太阳

[illegible]

稻[illegible]的时候，[illegible]时候，家家户户[illegible]，[illegible]。那天刚下过一场雨，[illegible]。[illegible]，[illegible]一[illegible]，除了[illegible]，不见一个人影。[illegible]，[illegible]，[illegible]。[illegible]，[illegible]了，[illegible]，[illegible]屋内。

[illegible]，[illegible]。[illegible]，[illegible]本领了……

[illegible]

最后的墓穴

石钟山 著

河北出版传媒集团
河北教育出版社

年轮典存丛书

编者荐言

中国当代文学已走过七十多年，每一次文学浪潮的奔腾翻涌，都有彪炳文学史的作家留下优秀作品。

回首20世纪七八十年代，改革开放开启了中国当代文学持续至今的繁盛，由于几百家文学刊物的存在，中短篇小说曾是浩荡文学洪流中的浪尖。然而，以1993年“陕军东征”为分水岭，长篇小说创作成为中国文坛中独立潮头的存在，衡量一个作家的创作成就及一个时期的文学成果，往往要看长篇小说的收获。中短篇小说的创作和读者关注度减弱，似乎文学作品非鸿篇巨制不足以铭记大时代车轮驶过的隆隆巨响。

进入21世纪，特别是党的十八大以来的新时代，我们乘着光纤体验世界的光速变迁，网络文学全面崛起，读图时代、视频时代甚至元宇宙时代的更迭，令人应接不暇，文学创作无论是体裁还是题材都呈现出一种扇面散播效应，中短篇小说创作也再度呈扇面式生长，精彩纷呈。

为此，我们特编辑了这套“年轮典存丛书”，以点带面地梳理生于不同年代的当代优秀作家的中短篇小说精品，呈现不同代际作家年轮般的生长样态。

我们不无感佩地看到，生于1940年前后的文学前辈，青年时已是文坛旗手，在当下依然保持着丰沛的创作力，他们笔耕不辍，使当代文学大树的根扎得更深。

“50后”一代作家已走过一个甲子，笔力越发苍劲。他们不断返回一代人的成长现场，返回村镇故乡、市井街巷；上承“40后”的宏大命运主题，下接烟火漫卷的无边地气；既广受外国文学的影响，又保有中国古典文学的高蹈气质。

在“60后”这一中坚力量的年轮线上，我们能看到在城乡裂变、传统向现代过渡的进程中，一代人的身份确认、自我实现，以及精神成长的喜悦和焦虑。

“70后”作家因人生经验与改革开放四十年紧密相连而被称为“幸运的一代”和“夹缝中壮大的一代”，也是倍受前辈作家的成就影响而焦虑的一代。如今已与前辈并立潮头，表现不俗。

而作为“网生一代”的“80后”和“90后”，他们的写作得到更多赞誉的同时，也承受了更多挑剔和质疑。但经过岁月淘洗，我们欣喜地看到，曾经的文学小将已在文坛扎扎实实立稳脚跟，相继以立身之作进入而立和不惑之年。

六代作家七十年，接力写下人世间。宏阔进程中的21世纪中国当代文学，正在形成新的文学山峰的山脊线。短经典历久弥新，存文脉山高水长。

目　录
CONTENTS

特　务

一

我们小学上到三年级的时候，换了一个班主任，叫刘文瑞。我们新班主任四十出头的样子，脸孔白净，鼻子上架了副眼镜，眼镜是宽边黑框的，戴在我们班主任脸上，显得很凝重。刘文瑞不仅是我们班主任，还是负责教我们语文课的老师。

记得我们第一次见刘文瑞老师时，他腋下夹着课本，另一只手里端着一个粉笔盒，笑眯眯地走进教室，样子有些腼腆。他先是站在讲台上，目光从前至后地从我们脸上掠过，然后做了自我介绍，介绍到自己名字时，他拿起一支粉笔回过身在黑板上潦草地写出了自己的名字，似乎觉得不妥，很快又擦去，端端正正地写出刘文瑞三个字，才用黑板擦指着自己的名字说："我叫刘文瑞。同学们以后叫我刘老师就好。”他说这话时，脸上一直挂着笑容，我们望着刘老师脸上的笑，觉得很温暖。刘老师拿出花名册，点了一遍我们的名字，被点到的同学都要站起来，应一声“到”。刘老师把目光落到被点到的同学脸上，停顿那么一两秒钟，然后肯定地点点头。

我们发现刘老师的记忆力超常，第一天他点了我们名字，第二天，他不用花名册，便能准确无误地叫出我们所有人的名字。后来我们才知道，刘老师的女儿刘小凤也在我们班里。我们从刘小凤嘴里得知，她还有一个姐姐叫大凤，在五年级，另外还有一个一岁多的弟弟。她妈是被服厂的工人。刘小凤的长相像她父亲，脸也是白白净净的，性子很慢，人就显得很温暾．说话慢声慢调，不管你有多么急，听小凤说话，都觉得不是个事了。小凤坐在我的前排，每次抄写，或者老师让打开书本，她的动作也是慢吞吞的，总是比别人慢半拍。字自然写得也慢，有时老师把黑板擦掉了，她还没有写完，只能扭过头，找同桌补抄。我经常被小凤的慢动作吸引，看她不慌不忙的样子，有时也起急，恨不能隔着桌子踹她一脚。我脑子里多次闪过这种冲动，终于还是没有抬脚，不仅因为她父亲是我们班主任，其实，除了性子有些慢，她身上还有许多优点。比如她很大方，有几次我不是把笔忘家里了，就是把橡皮擦弄丢了，都是小凤从她铅笔盒里拿出铅笔或橡皮擦借给我用，第二天我要还她，她总是说："不用还了，送给你了。"

因此，在我内心，还是有些感激小凤的。直到有一天，我看见她的母亲之后，就觉得她不是她母亲亲生的。那是一天第一节课，给我们上课的就是刘文瑞老师，我们正在学一篇新课文，刘老师刚把这篇课文的生词抄写在黑板上，转过身让我们打开书本，正要带领我们朗读课文。就在这时，门在外面被人一脚踢开了。这一脚用了很大的力气，门被踢开得猝不及防，用力地撞在墙上，发出一声巨响。然后我们看见一个中年妇女怀里抱着一个孩子，风风火火地闯了进来，直奔讲台上的刘老师而去，把孩子掼在刘老师的怀里，然后粗门大嗓地冲刘老师吼道："你上班倒是躲清闲了，我也有工作，孩子总不能让我一个人带吧？你是个男人，要有担当，从今往后，咱们一人带一天孩子，这才公平。"话还没等说完，便风风火火地走到了教室外。她身影虽然消失了，话语仍在缭绕："这孩子是你刘家的种，是你想生的，你就要做出当爹的样子。"孩子就是小凤的弟弟，叫"大龙"。大龙当时才一岁多，突然离开母亲的怀抱，眼见着母亲从眼前消失，在刘老师怀里大哭起来，挣扎着小小的身子，哭闹着要找妈妈。刘老师对发生的一切显然有些猝不及防，怀里抱着孩子，课本掉到地上，一时间不知如何是好。女人的身影已消失不见了，我们看见刘老师一张脸由白转红，先是弯下身子把课本拾起来，然后用手轻拍着孩子的后背，嘴里还发出哄孩子的哼哼声。半晌之后，大龙在刘老师怀里才适应过来，停止了哭闹，抬起一张泪脸好奇地打量着我们。

刘老师不好意思地冲我们笑一笑道：“同学们，接下来我们读课文。”刘老师读一句，我们便附和一句，课文还没读到一半，大龙又哭闹起来，挣扎着身子要找妈妈。我们这节新课就在大龙哭声的伴奏下，高一声低一声地上完了。终于下课铃声响了，刘老师匆匆把课本收起来，冲我们说了一句：“对不起了同学们。”说完还冲我们鞠了一躬，然后抱着大龙匆匆地向老师办公室走去。

后来我们从小凤嘴里得知，她母亲叫李彩珠，以前弟弟大龙由姥姥带。前一阵子，姥姥突然摔倒了，住进了医院，弟弟便没人带了。母亲请假带了一阵子，后来被服厂的厂长找到家里通知母亲，要是因为孩子不上班，厂里便只能对她母亲做出开除处理了。于是才有了把孩子抱给刘老师这一幕。小凤向我们叙说这些时，也是一脸难为情的样子。低下头，涨红着脸说：“这阵子我爸我妈为了谁带弟弟总是吵架。”

从那以后，每隔一天，我们就会看见刘老师抱着大龙来上课，不仅怀里抱着大龙，手里还提着一个布袋子，里面装着奶粉奶瓶什么的。大龙哭闹时，刘老师就会停下讲课，手摇着奶瓶，坐在椅子上，把大龙横放在自己的怀里，把奶瓶塞到大龙嘴里，哭声便戛然而止，大龙吃着奶，手舞足蹈，嘴里还发出咿咿呀呀的声音。刘老师的神态也安静下来，刚才的焦虑换成了一脸的宁静祥和，盯着大龙的目光呈幸福之态。

这样的状态持续了几天之后，有一天我们的沈校长背着手出现在班级门口。他推开门，一脚门里一脚门外地站在那里，此时，刘老师正在给孩子喂奶，刘老师见到了沈校长，便面带愧色，嗫嚅地说："校长，这就好了。"校长一直等着刘老师把孩子喂完，待刘老师在臂弯里把孩子抱起来，重新转过身在黑板上写生字，才径直走到我们教室最后一排，找了个空位坐下。我们看见刘老师脸上浮现出僵硬之色，很快又镇定下来，带着我们朗读课文。怀里的大龙似乎已经适应了这样的情形，吃饱喝足的他，不时地冲我们笑，我们大着声音一句句朗读，似乎激发起了大龙的某种欲望，他嘴里也发出咿咿呀呀的声音。刘老师声情并茂地带着我们朗读了一遍，又朗读了一遍。下课铃声响起时，我们看见沈校长背着手从后排一直走到门口，重重地看了眼刘老师，嘴里还发出重重的一声叹息。刘老师脸上就挂起笑容冲沈校长的背影说："校长慢走。"校长再也没回头，脚步沉重地向校长室走去。

后来我们听说，沈校长把李彩珠找到学校谈了一次话，但不知为什么，并没有改变每人带一天孩子的状态，沈校长除了又在刘老师上课时，在我们班级门口转过几次之外，并没有再说什么。

随着时间的推移，大龙似乎一天天大了起来，我们课本学到一多半时，有一次上课，刘老师把大龙放到地上，他倚着椅子，站立了一会儿，引来了我们一片惊呼。我们知道，用不了多久，大龙就会走路了。

有一天，刘老师正抱着大龙给我们上课，大龙在刘老师怀里尿了，我们先是看到一股水柱从刘老师怀里升起，竟然滋到了刘老师的脸上。大龙的“壮举”引起我们一阵哄笑，唯有小凤一下子伏到课桌上。刘老师狼狈地把脸擦干净，他重新戴上眼镜时，我们的骚动才平息下来。唯有小凤，耸动着肩膀在抽泣，她为父亲和弟弟难过。

二

那天课间操结束后，带操的体育老师并没有下令叫我们回班级。这时，我们看到沈校长手里拿着一张纸走到台上，站在麦克风前，向我们宣布了一条关于特务的通报。记得上小学一年级开始，我们就经常能接收到学校的这种通报。每封通报中，都对特务的年龄、身高以及体态，进行了详细的描述，这是公安机关下发的协查通报，通报下发到全省各个单位，我们学校自然也少不了。这次沈校长又做了这样的通报，依旧把这名特务的年龄、体态进行了描述，完毕之后，号召我们广大师生提高警惕，发现可疑人员马上进行报告。

在我们上学那几年，公安机关似乎抓到过不少特务。我们这座城市解放时，国民党秘密地派遣了许多特务潜伏下来。那会儿，我们还经常在收音机里听到电台播报关于抓住特务的新闻，在南方某沿海省份，国民党野心不死，不断地空降特务，被我沿海军民一举擒获，一次又一次粉碎了国民党颠覆我们新生活的阴谋。他们的阴谋是连成串的，一面派遣新特务潜入我们新中国，一面用电台或者收音机某个波段呼叫已经潜伏的特务行动起来。记得二年级下学期，我的同学白丁有一天神秘地对我说："昨天晚上我收听到敌台了。"我惊悚地望着他，在当时收听敌台可是罪过，不论社会还是学校都在宣传，让我们要坚决抵制收听一切敌人的电台，防止敌人的毒化和侵蚀。我们上小学二年级时，绝大部分家庭出身好的同学，集体参加了红小兵，我们每个人都配发了一条红领巾。老师告诉我们，红领巾是红旗的一角，是烈士的鲜血染成的，小小的红领巾就是我们五星红旗的象征。我们戴上红领巾时，就被一种使命感所召唤，我记得白丁当时噙着眼泪哽咽着冲我说："这条红领巾上有我两个叔叔的鲜血。"白丁和我是邻居，他父亲也在军区机关里上班，我以前就听说过，白丁父亲参加革命时带着的两个弟弟，一个在抗日战争时牺牲，另一个在解放我们这座城市时牺牲，在这座城市的烈士纪念碑上，还刻有白丁叔叔的名字。同学们平时对白丁都刮目相看。

他说他偷听敌台了，让我浑身的汗毛都竖了起来。他似乎在我的目光中明白了什么，拉了一下我的衣角说："我不是偷听敌人宣传，是为了抓特务。"他又告诉我，收音机中的某个波段，每天晚上八点到九点，台湾那边会在电台里呼叫潜伏的特务，让他们执行某种任务。白丁和我说完的当天晚上，我把收音机拿进被窝里，准时打开收音机，找到了白丁所说的波段，果然听到了一个妖里妖气女人的声音："0311，老家呼唤你，听到后请到种子播种地，有人会给你水喝。"电台里说的自然是暗语，这种暗语让我展开了无尽的联想：哪里是"种子播种地"？"给你水喝"又代表了什么？不断地猜想，又不断地推翻，想得我殚精竭虑，久久不能入睡。在各种各样、五花八门的推断中，我半睡半醒地进入了梦乡。

第二天我见到白丁时，他的一张脸也惨白着，我明白，他一定和我一样，也一夜没睡好。我们在上学的路上，包括下课去厕所，都在交流着特务的信息以及自己的种种推断，俨然成了侦探。

在上学放学途经的两站地，遇到的每个人，我们都会仔细地审视，校长给我们宣读的通报中对特务的描述，我们已经牢记在心，我们用这把尺子去衡量每个可疑人员。我们每天在放学的路上，似乎都能发现一到两名可疑人员，我和白丁两人就像发现新大陆一样，既兴奋又紧张。我们多次对可疑人员进行尾随，上公交车、进商店。有几次，我们都跟踪到了人家的家里，直到可疑人员把大门关上，我们才止步，然后详细地记录下门牌号，第二天上学时，找到班主任刘老师，把昨天发现的可疑情况汇报给他。我们每次做这样的汇报时，刘老师都会从他办公抽屉里拿出一个小本子，一丝不苟地把我们汇报的情况记录下来，然后在眼镜片后面眨着眼睛问我们："还有吗？"我和白丁就搜肠刮肚地想了想，又想了想，确信没有更多细节了，刘老师这才站起身，把我们送到老师办公室门外，一手一个地拍着我们的头说："两位同学，你们警惕性很高。"然后又俯下身，认真地盯着我们的脸说："你们一定要注意安全，小心特务狗急跳墙。你们今天反映的情况很重要，我一定会向校长汇报。"在刘老师的褒扬声中，我和白丁心满意足地回到了班级里，看见其他同学，我们就多了许多成就感。

有一天放学，在离学校不远的十字路口，我和白丁发现了一名可疑人员，男人四十多岁的年纪，方脸、微胖，走路一只脚高，另一只脚低。这人的特征和上周沈校长宣读的通告中特务的特征非常吻合，我和白丁对视一眼，在彼此的目光中都看到了大功告成的喜悦。于是，我们对此人进行了跟踪，穿大街走小巷，还上了两次公交车，其间，这人回过头扫了我和白丁两次，我们知道这人注意到我们了。我们采取了更隐蔽的跟踪，不断地寻找墙角和电线杆作为隐蔽物，只要那人回头，我们就及时地躲开，兜兜转转。之后，我们跟踪的目标消失了，我们茫然四顾，发现眼前是一个派出所，正当我们俩疑惑时，那人突然在我们身后出现了，他一手一个提着我们俩的脖子，径直走进了派出所。在一间办公室里，他让我们坐下，拉了把椅子坐到我们对面，笑着问："小朋友，为什么跟着我？"从进派出所门那一刻开始，我和白丁就意识到，我们跟错了目标。见他这么问，我还没想好怎么回答，白丁上前一步道："叔叔，对不起，真是大水冲了龙王庙，一家人不认一家人了。"我也忙补充说："我们本打算跟踪特务，谁知您……"那个方头大脸的叔叔哈哈大笑，问了我们学校，不顾我们的反应，便打了一个电话，指名道姓地让我们班主任来接我们。平时只有我们犯了错，才会惊动老师和家长，我们意识到捅了娄子，不断地和眼前的叔叔承认错误。那个叔叔却不搭我们的茬儿，和我们聊起了家常，当听说我们都是军区子弟时，他的眼睛亮了一下，然后告诉我们说，他以前也是名军人，后来腿负了伤，便从部队转业了。难怪这个叔叔走路一脚高一脚低的，也不能怪我们，错把他当成特务，让我们白跟了一路。我和白丁都感到有些委屈。这期间，有一些进进出出的公安人员不停地和眼前这个叔叔打招呼，然后把目光落到我们脸上，都是一脸笑模样，似乎并没有给我们治罪的意思。

很快，我们班主任刘文瑞老师来了，他还是平时给我们上课时的样子，走进来时，只是眼里多了些忐忑，目光游移着在我们身上滑过，最后定在警察叔叔的身上，温和地说："同志，我是这两个学生的班主任，有事冲我说。"警察叔叔突然哈哈大笑，还拍了一下桌子说："这位老师，今天请你来，我是想让你亲自把这两个小英雄接回去，不是批评，你要表扬他们。两个同学警惕性很高，将来一定是个好苗子，你们学校要多多培养。"这过山车似的反转，让我和白丁都猝不及防，我望眼警察叔叔，又望眼刘老师，我发现刘老师的神色也发生了变化，他紧绷的脸松弛下来，正微笑着面对我和白丁。后来警察叔叔又说了我们许多好话，比如如何机智、警惕，等等，还给我们断言，说我们以后一定会是个好侦察兵，或者成为一名好警察。

那天，刘老师把我和白丁从派出所带出来，他的手很温暖地抚着我们的头说："警察叔叔都表扬你们了，你们以后要更加努力，早日成为革命事业的接班人。"听了刘老师的话，我和白丁心里都暖暖的。刘老师一直把我们送到公交车站，车来了，他看着我们上去，车开了，我看见他还冲我和白丁挥了下手。

第二天上课时，刘老师把我们昨天的遭遇当成了英雄故事讲给同学们听，又把警察表扬我们的话重复了一遍，最后对全班同学说："这两位同学是我们的榜样，我们都要向他们学习，做好革命的接班人。"在刘老师的描述中，我和白丁俨然成了英雄。

不久，又在一次课间操结束之后，沈校长当着全校的面表扬了我和白丁，最后总结说："我们全校师生都要向这两名同学学习，学习他们的警惕性，早日把我们身边潜伏的特务挖出来，还新中国一片安宁。"

二哥和白丁的哥哥是同学，我们上三年级时，他们上五年级。那天放学，二哥和白丁的哥专门在学校门口等我们，二哥见到我们俩，咧着嘴说："平时没看出来呀，你们两个还这么尿性。"白丁的哥白甲也咧着嘴笑。

三

我和白丁几乎成了学校里的名人，走到哪里，都有人指指戳戳，小声地说着我们的名字。我和白丁就都把胸脯挺起来，一脸的骄傲。

班主任刘文瑞老师也经常在课堂上对我和白丁说一两句表扬的话，每到这时的刘老师神色都是郑重的，躲在镜片后的眼神也是一丝不苟的样子。因为学校里有我们俩人带头，所有的学生似乎都提高了警惕，不时有同学找到刘老师反映情况，我们看到刘老师那个日记本已经记录到最后几页了。校长仍然隔三岔五地通报着有关特务的情况，高矮胖瘦、脸方脸长的特务似乎一下子挤进了我们的生活。有几次，我们在外面玩儿，时间不早不晚，正是暮色四合的时间，我们看见有信号弹在夜空里升起，我们一致认为这是特务所为，他们这是在发出联络信号，我们飞快地向信号弹升起的方向跑去。结果当然一无所获，种种迹象表明，驻在台湾岛上的国民党野心不死，我们身边还有危险的敌特分子。

虽然，我们学校三天两头儿通报有关特务情况，可在沈校长嘴里，却没有一次告诉我们某某特务被抓住了，我们就有些遗憾，这么多被发现的特务，到现在还没有归案，仍然潜伏在人群中，想想就很危险。但一想到每天都有抓住特务的可能性，又经常被这种目标激励得热血沸腾，睁着眼睛望着黑夜一直到天明。

转眼我们升入了四年级，在那年的春天，在我记忆中，马路旁的柳树已经冒芽了，着急生长的杨树叶子已经成片了。一个星期一的早晨，我们刚到学校，就听说小凤出事了。小凤一直坐在我的前排，她梳个马尾辫儿，转身摇头时，她的辫梢经常在我眼前晃来荡去，有几次都碰到了我的鼻尖。有时我上课走神儿，盯着她的马尾辫儿有伸出手抓一把的冲动，每当有这种冲动时，我都忍住了。直到四年级开学，刘老师调整座位。我们排座位都是依据个子高矮进行分配的，男生女生各站一排，从前到后依次排列下去。每年新学期开学都要这么分配一次。四年级开学时，小凤分到了我的后排，这时我才发现小凤个子比我都高了，有些亭亭玉立的模样，眉眼间也有了少女的模样。小凤坐在我后排，看她的机会就少了，我只能偶尔假装借橡皮擦或铅笔什么的回头和她搭讪。小凤和以前一样，总是来者不拒，只不过，每次我和她说完话，她的脸颊上都有红晕升起，一副腼腆的样子。看着她如此模样，弄得我也心烦意乱，从那以后，我总是忍不住想回头看小凤一眼，强忍着，每天这种斗争都要进行好几回。

结果在那个春天的周一的早晨，我们听说小凤出事了。据说是周六放学，她发现了一个疑似特务的可疑人员，她忘了坐公交车，一直尾随那个人，后来跟着人家来到了河边，河边有一片杨树林，杨树的枝叶已经很繁茂了。那人走进那片树林，小凤也随着走进树林，结果意外就发生了，那人在一棵树后伸出一只手把她的嘴捂住了……我们听到的结果是小凤差点儿被人强奸，衣服都被扒下来了，正巧有人在树林外路过，救下了小凤，那个人趁机跑了。

小凤出了这样的事，对我们学校来说是件大事。那天早晨，我们看见小凤的母亲李彩珠用胳膊夹着大龙，披头散发地闯进校长办公室。我们听见李彩珠一边哭号，一边咒骂着："丧尽天良的东西，小凤还是个孩子，她能抓什么特务，都怪你们学校，怪你这个校长，还我女儿的清白……"李彩珠高一声低一声地咒骂着，校长低声辩解着，因为声音很小，我们听不见校长说话的内容，反正李彩珠并没有消火的意思，我们学生还有许多老师，都站在不远不近的地方看着校长办公室里发生的一切。有名副校长在人群后面把刘文瑞老师推出来，意思是让他劝劝失控的李彩珠。我们看见刘老师左右为难地走上前去，立在校长办公室门口，低着声音不知说了句什么，见李彩珠回过身来，朝着刘老师的脸狠狠地打了一耳光，又咒骂道："我是瞎了眼了，找了你这么个没用的男人，连女儿都保护不了，你还是什么男人！我倒八辈子血霉了！"刘老师脸上的眼镜被打掉了一半，一只镜腿挂在耳朵上，像口罩似的悬在下巴上。大龙显然受到了惊吓，大哭起来。沈校长头发凌乱、脸色苍白地站在一旁，一副大难临头的模样。我们师生所有人都被李彩珠的气势给震慑住了。

一连十几天，李彩珠每天都会到学校大闹一场，她要向校长讨要说法，校长没有说法，我们学生每天都像看演出似的，看着李彩珠又哭又闹的表演。刘文瑞老师那些日子脸色是苍白的，每天上课都是无精打采的样子，我们同情刘老师一家。小凤一直没有来上学，我忍不住，每天都要回几次头，看小凤的空座位，想起以前小凤脸颊升起红晕的样子，心里也跟着空落落的。

有一天，刘老师正给我们上语文课，突然听到校长室门前传来李彩珠的大声咒骂：“校长，你这话是人说的吗，你威胁我，别人怕，我可不怕，我李彩珠三代工人，根红苗正，堂堂的工人阶级，难道还不让我们工人阶级说话不成？”接下来我们看见李彩珠把大龙横在自己的怀里，一屁股坐在校长室门口，高一声低一声，拍手打掌地哭号着。我们又看见刘文瑞老师的头一点点低下去，有一缕头发耷拉在额前，样子似乎要哭出来，不知他是为小凤难过，还是为李彩珠这个样子而难堪。刘老师前半节课教了我们生词，后半节让我们默背课文，他自己坐在讲台的椅子上，目光像一条死鱼似的盯着自己的脚尖。快下课时，教室的门突然被一脚踢开了，我们看到李彩珠风一样地闯进来，抡起巴掌扇在刘老师的脸上，打完之后，她骂道：“你这个窝囊废！自己的女儿被欺负成这样，你连个屁都不敢放一个，你还算什么男人！我李彩珠嫁给你算是瞎了眼了！”李彩珠骂完，横抱着大龙噔噔噔地走了。留下刘老师呆若木鸡地站在讲台上，他的嘴角在流血，头发又耷拉下来，遮住了一只眼睛，一副欲哭无泪的表情。

李彩珠每天像上班一样，一直在我们学校闹了十几天，后来听说市教育局的领导出面做了工作，还有一条振奋人心的消息，欺负小凤的那个男人被公安局抓住了。不知是哪个结果起了作用，反正李彩珠从那以后没再到学校闹过。

小凤一直没来上学，后来我们听说小凤办理了休学手续。听小凤的邻居同学说，小凤在家带弟弟大龙，不过，每次见到同学，她就牵着弟弟的手匆匆躲开了。她似乎很怕见到同学。想起小凤的样子，我的心里就不是个味儿。

一切平息之后，刘老师的样子也有所好转，不同的是，他会经常发呆，有时上着课，讲了上半句，下半句就不知讲什么了，断片似的立在讲台上发怔。一节课总要发生几次这样的状况。

不久，又是在课间操时，沈校长又一次走到扩音器前，向我们宣布了一条教育局的规定：以后学生不再参与抓特务的行动了。原因是我们还小，不能保护自己。校长宣读这条通知时，一副无精打采的样子，声音也不像以往那么铿锵有力了。

四

学校这个规定对我和白丁来说无疑是个打击，我们一直希望能成为一个英雄。虽然，学校不号召我们学生参与抓特务了，但我和白丁不论上学还是放学，仍然一如既往地提高着自己的警惕。学校已不下发关于特务的通告了，但我和白丁每天仍睁大自己的眼睛，在人群中搜索着可疑人员。有时为了跟踪，上学都晚了，半堂课已经过去了。我和白丁只能硬着头皮敲响了教室的门，我们立在刘文瑞老师面前，他的目光躲在镜片后，很中性地望着我和白丁。起初两次，我们还编造一些生硬的理由，刘老师并不说什么，摆下头，让我们回到各自的座位上，然后像什么事也没发生一样，继续讲他的课了。有时他的目光会和我的目光碰在一起，停留两三秒之后又转到了别的方向。后来我和白丁再迟到，他连理由也不问了，做出一个手势让我们俩回到座位上。

因为学校不再提倡抓特务了，我们发现的可疑人员就没法向刘老师汇报了，更不能去找校长。我和白丁想到了派出所，因为我们有过去派出所的经历。我们把可疑人员都记在小本儿上，密密麻麻的有好几张纸了，当我们把这些记录递到派出所警察手里时，接待我们的警察似乎对我们还有印象，一边笑着一边翻看我们的记录，然后就说了些鼓励的话，表情温暖，一直目送我和白丁走出派出所。有一次，派出所一位民警结婚，办公桌上撒满了喜糖，接待我们的民警还抓了把喜糖塞在我和白丁的衣袋里，嘴里说着："这是大刘的喜糖，见面有一份。"时间久了，派出所的人都认识了我们，我们看着他们，也个个脸熟的样子。在我和白丁心里，这些派出所的叔叔不仅脸熟，还亲切得像自家人一样。这让我们的感觉很美好，我们一直期待着，我们提供的这些疑似特务的信息，对警察叔叔们有用，期待有一天，警察找到学校，通知我们，他们已经把特务抓到了，那将是多么开心快乐的时刻呀。

正当我和白丁憧憬着胜利成果时，我们学校又发生了一件大事。

那天下午，我们刚上完第一节课，学校广播里突然通知我们小学部全体师生到中学部操场集合。我们学校分为小学部和中学部，小学部和中学部中间隔了一条马路，分为两个校区。中学部因为有初中和高中，他们的操场要比我们小学部的操场大很多。我们小学部各年级排队来到中学部时，发现初中和高中的同学已经列队站在操场上了。我在初中二年级的队伍里还看到了二哥和白甲，两个人表情严肃地望着前方，连看我们一眼都没有。很快，我们所有学生集合在了操场上。先是沈校长迈着大步走上台，冲着麦克风吹了两下道："今天我们把全校师生集合在一起，是有件大事要向大家通报。"当我们正等待沈校长宣布大事时，却见两个警察一前一后走到台上，沈校长做出"请"的手势，离开麦克风，两个警察走到麦克风前，其中一个年长的警察大着声音冲麦克风说："我们分局今天特意来到你们学校，是向你们宣布，你们学校涌现出两名优秀的学生，在他们的帮助下，我们成功地破获了一部敌特分子留下的电台。"接着这名警察说出了二哥和白甲的名字。我们看见二哥和白甲两个人跑步向主席台方向而去，他们矫健地登上主席台，到了两个警察面前，还学着军人的样子冲两位警察敬了一个军礼，两个人像一对小公鸡似的挺着胸脯，接受警察颁发给他们的锦旗。锦旗上写着“反特英雄”四个大字，一旁还写着二哥和白甲的名字。落款自然是公安局某分局的字样。这时，校长带头鼓起了掌，二哥和白甲两人共同擎起那面锦旗，我在他们脸上看到庄严的神色，新鲜、干净、阳光般灿烂的笑容在他们脸上绽开。

二哥和白甲自从升入初中以后，我们就很少能看见他们的身影了，两个人总是神出鬼没，只有到晚上睡觉时，二哥才回到家中，神龙见首不见尾的。我和二哥住在一个房间，他睡在我的上铺，有时我都躺下快进入梦乡了，二哥才回来，吱呀一声躺在上铺。我经常不满地冲他嘟囔一句：“干吗回来这么晚？”二哥在上铺回敬一句：“用你管？”然后就没话了，二哥翻转几次之后，很快进入了梦乡。

自从二哥上了中学之后，他的个子似乎一夜之间就长高了，他的变化不仅是个子，还有他脖子上的喉结，每次说话，那喉结就上下滑动。我几次想伸手去摸一摸那喉结是怎样的存在，但面对二哥像大人一样一脸严肃的神态，又让人产生陌生和距离感——我只能放弃这样的冲动。

他和白甲发现特务的电台藏在南湖公园的一个树洞里，两人周末去南湖公园游玩，爬进了那个树洞，也许是两个人命太好，他们发现了特务藏匿在树洞中的电台。电台用油纸包着，打开时，电台还是崭新的样子，两人当即抱着电台直奔公安局。刚开始公安局并没有声张，也让二哥和白甲保密，事后我回想起二哥在那几日，神秘严肃又眼睛雪亮的样子，他不仅没和我说发现电台的秘密，就连父母也没告诉。这件事之后，我就料定二哥将来一定能成大事。一直到公安人员把取电台的特务抓获，这个案子才算成功告破，才有了公安人员来给二哥和白甲发锦旗的那次全校大会。

从那以后，二哥和白甲成了学校的名人，学校表扬、班级表扬自不必说。还有省报一个记者专程赶到学校，对二人进行了采访。不久，省报就登出了二人的事迹，后来二哥把那张报纸带回了家，先是父母轮流看了，最后才轮到我。文章的大意是，二哥和白甲从小就梦想着有朝一日能够成为英雄。虽然现在是和平年代，没有了战争，但身边有特务，特务不除，就无法过上安宁的日子。他和白甲时时刻刻绷紧了抓特务的这根弦，要全民皆兵，相信隐藏在人民中间的特务迟早会被一网打尽……看着这篇文章，觉得眼前的二哥既熟悉又陌生。

那天晚上睡觉，我在下铺央求着二哥道："以后你们抓特务带上我呗。"二哥嘴里咂了一声道："待一边去，你们小孩儿抓什么特务。"说完二哥便不再理我了。

后来，学校号召我们学习二哥和白甲的事迹，那张省报，刘文瑞老师在我们全班面前宣读了一遍，他的声音一如朗读课文时那么洪亮激情。读完二哥和白甲的事迹后，他很深情地望着我们，半晌才说："这是一场人民战争，不论特务隐藏得有多深，我们都能把他们挖出来。"讲到这儿，又压低声音说："学校领导要求我们低年级的同学不能参与太深，因为危险……"刘文瑞老师讲到这儿时有些愣神儿，他的目光又落到我的后排，小凤的空座位上。我们自然地想到了小凤，都为小凤的遭遇深深地难过。

有见过小凤的同学说，小凤在家里天天带着弟弟大龙。有几次同学放学时发现，小凤在胡同口一边带弟弟，一边还在读课文。看见熟悉的同学，她马上转身回家了。我不知道小凤为什么怕见我们这些同学。

我上课时经常走神儿，总是忍不住回过头看一眼小凤的空座位，眼前不时浮现出小凤的模样，似乎她还在对我腼腆地笑，眨动着一双好看的会说话的眼睛。每每这时，我都为小凤感到难过和神伤。

五

这阵子不知为什么，二哥突然变得形单影只起来，不再半夜才偷偷溜进门、爬上床。现在天还没擦黑他就回来了，吃完饭就躲到上铺去翻一本没了封皮的书。有一天，我看见二哥把书放下，又伸手把灯拉灭，我试探地问："你咋了？"他没说话，只是动静很大地在上面翻了个身，我抬起腿蹬了一下上铺的床板，穷追不舍地问："你是不是和白甲闹矛盾，没有朋友了？"也许这句话刺激了二哥，他在上铺狠狠地说了句："没你的事，一边待着去。"后面不论我说什么，二哥就缄了口，再也不说一个字了。

有天放学，在军区大院门口，我竟然看见白甲领着大凤说说笑笑地走过来，自从大凤升入中学后，我几乎再也没有见过她，她在中学部校区，家居住的方向和我们军区正好相反。以前那个瘦瘦弱弱的大凤不见了，她现在发育得很好，凹凸有致，一双会说话的眼睛此时正洋溢着一种叫幸福的东西，两条辫子在身后飘来荡去。大凤和二哥、白甲一直是同学，此时，他们已经是高一学生了。在我们小学生眼里，高中的学生几乎就是大人了，我还看见白甲的上唇长了层绒毛，他穿着一件军上衣，戴着军帽，人很精神。两人走到军区大院门口，白甲不知和大凤说了几句什么，大凤听话地点着头，抿着嘴向公交车站走去。白甲站在原地一往情深地注视着大凤的背影一点点远离。我冲他挥了几次手，他都没看见，白甲把自己站成了一棵树。我走了很远，才看见白甲恋恋不舍地转过身朝家的方向走去。

第二天我见到白丁时冲他说了："你哥恋爱了。"白丁吃惊地看着我说：“胡扯，我哥一直想当英雄，他怎么会谈恋爱。”我说：“我都看见了，是大凤。”白丁的嘴巴就张成O形，半晌合不拢。

不久，白甲和大凤恋爱的事，许多人都知道了。白甲也不掖着藏着，他有几次还把大凤带到了我们军区大院，领着大凤参观办公楼还有地道什么的。大凤参观这些时，眼睛睁圆了，很新奇地看。白甲一脸的骄傲。

我不知道刘文瑞老师知不知道自己的女儿恋爱了，他还是原来的样子，教我们生字，读课文。每节课总会有几次把目光投向小凤的空座位，然后发会儿呆，突然又想起什么似的，摇下头，接着带领我们分析课文的段落大意。我有时会望着刘老师走神儿，想象着白甲和大凤结婚后，白甲和刘老师、小凤、大凤成为一家人的样子。在我的想象里，他们的日子温馨又美好。我经常沉浸在这种漫无边际的幻想里而不能自拔。

一天下课发生了一件事，从此打碎了我对白甲和大凤的幻想。那天下午上了两节课之后，下课铃声刚刚响过，各年级的同学蜂拥着从各自教室里出来，我再一次看见了李彩珠。这一次和前两次不同，她穿着蓝色的工作服，两只小臂上还戴着套袖，头发也梳得一丝不苟，她一定是从车间里赶过来的。我们看见李彩珠轻车熟路地走到沈校长门前，粗暴地敲着门，沈校长却在她身后出现了，很文雅地问了一句："彩珠同志，你找我？"李彩珠回转过身子，刚开始还很文静地说："沈校长，还是你们学校把学生教育得好哇。"沈校长一副摸不着头脑的样子，躬身又问了一句："彩珠同志，你有事？"李彩珠突然勃然大怒道："学生私下里谈恋爱你知不知道？知道了你管不管？"我们看热闹的人突然明白李彩珠找校长的目的了，显然，她也知道了大凤和白甲谈恋爱的事。李彩珠高一声低一声地痛骂着学校，从小凤出事到大凤被人"勾引"——是的，她就是用的这个词。然后她还上纲上线地指责沈校长道："学校是教书育人的地方，不是培养流氓的'淫窝'。"显然她把话说重了，沈校长的脸一会儿白一会儿红，他求救似的望着呆站在一旁的刘文瑞老师。刘老师刚下课，几乎和我们同时走出教室，他的袖口和衣服前襟还沾着粉笔末子。李彩珠一开口和沈校长说话，他就像霜打的茄子似的低着头，一点儿支棱劲儿也没有。当沈校长的目光扫到他的脸上，目光有了短暂的对视，刘老师显然明白了校长的用意，双脚向李彩珠挪了一下，只有象征性的一点儿距离，然后清清嗓子说："有事儿好好说……"他的话还没说完，李彩珠就冲他嚷了句："一边待着去，你是孩子的爹，两个姑娘被人欺负了，你连个屁都不放一个，你还是什么爷们儿，娘儿们都不如……"李彩珠高一声低一声地训斥着刘老师，他的头一点点地垂下去，下意识地把刚才移动出的脚步退回来。上课铃响过，我们又回到教室，美术老师把教室门关上，我们仍然能听到李彩珠的声音铿锵地传到我们的耳朵里。在李彩珠身上，我们感受到了工人阶级的豪迈。

这件事情之后，我们不知道校长是如何找到白甲的班主任的，也不知白甲受没受到批评。我们以为这件事就过去了。有几天二哥回来得又很晚，在我的想象里，他一定是和白甲又凑到了一起。有一天晚上，我睡眼惺忪地问二哥："白甲是不是和大凤吹了？"二哥这次显得很有耐心的样子，他没有径直上床，而是坐到了我的床旁，这让我有些受宠若惊。二哥坐在我的床边问："你们班主任刘文瑞怎么这么窝囊？"我忙问："怎么了？"二哥叹口气："他在家说话一点儿也不算数，大凤和白甲的事他早就知道，他都不管，一个老娘儿们瞎掺和什么。"二哥说完这话一副很生气的样子，翻身上床再也不说话了。

有一天上课，我们看见刘文瑞老师脸上多出几条血道子，还没结痂，很新鲜的样子，这一定是李彩珠的战果。这么想过，有些替刘老师感到难过。

白甲出事了。一天傍晚，我们正在军区门前的一片小树林里用弹弓打鸟，看见白甲狼狈地跑进大院，他的脸上也有和刘老师一样的血道子，他的身后传来熟悉的声音，那个声音气喘吁吁地喊道："你这个小流氓，我要追到你家里，把你们家一把火点着了。"我们刚跑出小树林，就看见李彩珠破马张飞地冲到军区大院门口，她要硬闯进去，被两个哨兵拦住了，她不依，跺着脚喊着："放开我，我要去追那个小流氓，他欺负我闺女。"两个哨兵像一堵墙似的立在她的面前，任由她撒泼耍赖，哨兵动都不动，最后走出一个干部模样的人冲她道："这是军事重地，再不走按军法从事。"李彩珠看眼一脸严肃的军官，又望眼荷枪而立的哨兵，心有不甘地冲院里喊了一声："白甲你这个小流氓，我不会放过你的。"喊完，她心有不甘地走了。

白甲见李彩珠远去，才灰溜溜地走出来，低着头快步地向家走去。原来，上次李彩珠找到学校之后，并没能阻止他和大凤的恋情，两人的恋爱改成了地下，偷偷地约会。这一次，李彩珠在电影院门口把大凤和白甲抓了个现行，两人刚看完电影出来，眼睛还没适应突然而至的光亮，已经跟踪他们许久的李彩珠，就突然从斜刺里冲了出来，白甲脸上的血道子就是这么留下的。

这件事发生两天后，我们又见到了李彩珠，这次她是来给大凤办理转学手续的，这次她没骂也没闹，一副胜利者的样子。在校长室办完转学手续，沈校长把她送到门口，李彩珠停下脚步冲沈校长说："沈校长，你应该到我们被服厂锻炼一阵子，看看我们工人阶级是如何管理的。"她说完话头也不回地走了，留下呆怔的沈校长脸红脸白地立在那里。

若干年后，白甲和大凤的爱情还是成了我们相传的佳话。白甲高中毕业后便参军了，一直到 1984 年，牺牲在前线，后来又被安葬在烈士陵园。白甲参军后一直到提干，他和大凤的爱情才又一次公开，原来，不管李彩珠为他们的爱情设置了多大的障碍，两人从来没有断过，直到白甲提干，两个兜的军装换成了四个兜的，两人的爱情才再度公开。我们看见白甲穿着新军装、新皮鞋，有声有色地和大凤出双入对。那会儿，刘文瑞老师已经从监狱释放出来，李彩珠也老了，似乎她默认了他们的爱情，没再找过麻烦。

白甲本打算和大凤结婚的，婚房都布置好了，结果，白甲的部队接到了去前线作战的命令，这一走，再也没有回来。直到白甲被安葬后，大凤才起程去向白甲告别。听说那次大凤在白甲的墓前哭晕了三次。白甲牺牲几年后，大凤都三十出头了，才又找了个男朋友，并很快结婚了。大凤这才淡出我们的视野。

白丁曾对我说："大凤对我哥够意思了。"

六

那年的秋天，我小学五年中记忆最深的一件事发生了。那是个下午，教室外有风吹过，操场旁几棵杨树上的树叶纷纷飘落，像一群没家的孩子，在操场上的角落里四处游荡。

有眼尖的同学看见两个警察在沈校长的陪同下向我们教室走来，沈校长走在中间，两个警察一左一右随着沈校长的脚步，一点点地靠近我们的教室。刘文瑞老师正在给我们上语文课，生词刚讲过不久，他正在让学生站起来轮流朗读课文，刘老师抽时间发呆。自从小凤和大凤事件之后，我们的刘老师就经常走神儿，只要一有空他就盯着教室的某一处，眼神迷离，痴痴怔怔地盯上一会儿。

校长和两个警察越来越近了，许多同学忍不住扭着头伸长脖子向外张望，刘文瑞老师也看到了，接着我们看见他脸白了，似乎在那一瞬间头发也乱了。先是校长推开门，两个警察一左一右地站在门框旁，刘文瑞老师犹豫一下，脸上露出无奈的表情，向门口两个警察走去，还没到近前便伸出双手做服法状。其中一个警察从腰间扯下手铐利索地戴在刘文瑞的手腕上，另一个警察说："许大发你被捕了。"我们看到刘文瑞此时长嘘了一口气，他被带离教室时，回过头朝我们看了一眼，我们所有同学的目光都是惊讶的。他似乎想向我们笑一笑，嘴角牵动着，终于还是没有笑出来，便被两个警察一左一右地押走了。

校长收回目光，迈进我们的教室，似乎想要说点儿什么，想了想又改变了主意，只是小声地说："你们自习吧，这两天就给你们安排新班主任。"校长说完走了，留下一教室呆若木鸡的我们。

几天之后，有消息传来，刘文瑞是潜伏的特务，另一个特务落网，供出了潜伏在我们身边的刘文瑞。刘文瑞本名叫许大发，我们这座城市刚解放时，他就潜伏下来。以前他是保密局情报点的电报组组长，国民党撤出这座城市时，他被任命为特别行动小组的组长，军衔从中尉一下子晋升到少校。刚开始，这座城市百废待兴，包括我们这所学校，许大发便化名刘文瑞成了我们学校的老师。那会儿的许大发人还年轻，有学生家长给他介绍了如今的老婆李彩珠，李彩珠根红苗正，三代都是工人阶级，就是不知道年轻时的李彩珠是不是也这么暴躁。

刘文瑞——也就是许大发——被抓走的几天后，李彩珠又风风火火地找到了沈校长，沈校长与李彩珠打交道似乎已经有了经验，显得冷静了许多，他没让李彩珠进办公室，把身子横在办公室门口接待了她。李彩珠先是大着嗓门说："刘文瑞怎么会是特务，他在你们学校工作这么多年，你沈校长心里还没数吗？"沈校长不慌不忙的样子，声音不大地说："是不是特务我说了不算，人不是学校抓的，你有什么问题可以找公安局去。"沈校长的一句话，立马让李彩珠无言以对。显然，她来学校前已经哭过了，眼睛还红肿着，她用近乎哀求的声音说："你们学校就不能给我们家老刘做个证明吗？"校长也步步紧逼道："怎么证明？证明他不是特务？"李彩珠彻底断了念想，她无助地望了眼沈校长，转过身像喝醉了似的一脚高一脚低地向校外走去。我们望着李彩珠远去的背影，突然有些可怜这个女人。

在此之前，我们做梦也没想到刘文瑞老师会是个特务，在我们眼里他是名循规蹈矩的老师，经常被老婆欺负的男人。在我们的想象里，特务一定是眼观六路耳听八方，贼眉鼠眼，行踪诡异，神秘莫测之人。刘文瑞的落网颠覆了我们对特务的想象。从那时开始，我们不再热心去抓特务了，知道凭我们这点儿道行，别说抓特务，就是被特务卖了都得帮特务数钱。虽然我们不再热衷抓特务了，但揣摩人的心思却从来没有停止过，再看其他老师，包括我们的校长，都觉得有可能是特务。我们期待着公安局的人再次走进我们的校园，把某人带走，可一直等到刘文瑞的判决结果下来，仍没见到公安人员的动静。

刘文瑞的判决布告是一天早晨上学时被校长贴在宣传栏里的。我们学校进门，路的两侧是一排宣传栏，学校有大事小情的通知经常贴在那里。这天早晨我们看到了对刘文瑞的宣判布告。布告上说：刘文瑞（许大发）因认罪态度好，又提供了潜伏在本市特务的线索，本着从宽从轻的原则，被判有期徒刑十五年……

刘文瑞的结果终于出来了，比我们想象的结果好了许多，我们一直认为，他可能会被政府枪毙。在这之前，白丁有一天就白着脸冲我说："刘文瑞要是被枪毙了，他们一家怎么办？"我知道，白丁担心的不是刘文瑞的一家人，而是大凤。虽然李彩珠为了大凤和白甲的事找到学校闹过，又给大凤转了学，可他们的爱情之火并没有熄灭，反而有越烧越旺之势。我和白丁看见过几次白甲和大凤的身影出现在公园和电影院里，趁人不备的时候，他们的手还拉在了一起。

我们升入初中之后，小凤不再休学了，她回到了学校，但比我们晚了一届。刚升入中学的我们，经常在课间或放学后到小学校区里走一走，我看见过小凤几次，个子比休学前高了一些，但她学会了低头。在我眼里，小凤的样子似乎换了一个人，低着头谁也不看，行色匆匆的样子。有一次我在校门口和她狭路相逢，我见四周无人，拦住了她的去路，她抬头见是我，神情才放松下来。她冲我笑一笑，可笑靥刚在脸上绽放，就收了回去。我没话找话地说："你弟弟呢？"她又低下头答："上幼儿园了。"她答完，慌张地从我身边走掉了，头也没回一次，她的背影还是低头的姿势。从前那个快乐、无忧无虑的小凤不见了，她总是躲开所有人，踩着每天第一节课的铃声来到学校，最后一节课结束，她几乎第一个冲出校门，低着头，弯下身子快速地向家的方向走去。

从那以后，李彩珠再也没有来过我们的学校，听她家邻居的同学讲，李彩珠经常发火，轮流骂家里的三个孩子，骂他们是挨千刀的，她生下他们是作孽。也经常抱怨一个寡妇带着三个孩子，这是老天爷把她上辈子没遭的罪在这辈子找补给她了。

我们还听说，刘文瑞被宣判不久，李彩珠就跑到监狱和他办理了离婚手续。我们不知道，当时刘文瑞是怎样的一种心情。与特务划清界限，但在我们眼里，李彩珠一家并没有因为和刘文瑞一刀两断而有所改变，毕竟一个女人拉扯三个孩子，生活的艰辛可想而知。

七

刘文瑞被判刑，给李彩珠的生活带来了改变，她似乎变了一个人。

二哥和白甲高中毕业，两人报名参军了，大凤别无选择地下乡了。二哥和白甲参军出发那天晚上，整个城市正飘着雪花，父母之前在我们军区大院门口已经送过了二哥。我们军区大院子弟参军入伍是件轻松平常的事，家长没人当回事，说两句嘱咐的话，挥挥手就算是送别了。我和白丁一直追到了火车站，去送二哥和白甲，两人被接兵的干部吆喝着排着队向军列上走去。二哥和白甲登车的那一瞬间还冲我们招了招手，二哥一副喜气洋洋的样子，似乎是远行旅游那么高兴。白甲不知为什么，有些心不在焉，哭丧着脸，敷衍地冲白丁和我招了下手，便霜打茄子似的向车厢里走去。我们看见二哥和白甲坐在靠窗的位置上，玻璃上有了哈气，看他们的样子影影绰绰的，白甲不时地用手把哈气擦去，目光越过我们的肩头向远方张望着。还是二哥眼尖，冲白甲小声说了句什么，白甲立起身，弓着腰，透过车窗向外张望着。我和白丁看见大凤气喘吁吁地跑过来，白甲和二哥手忙脚乱地合力把车窗打开，白甲把半个身子探出来，大声叫着大凤。大凤站到车下，半仰着头望着车厢内的白甲。白甲激动得似乎不知说什么好，一遍遍地说："我以为你不会来了呢。"大凤不说话，仰着脸让泪水无声地流下来。白甲手足无措地说："是不是你妈不让你来呀？"大凤仍然不说话，仰着头让泪水默然地在脸上流过，就是一句话也不说。月台上一个军官挥着一面绿色的旗帜，示意军列启动，接着车头方向传来汽笛声，像公牛叫的汽笛声在夜晚传得很远，无遮无拦。这时的大凤想起了什么，从怀里掏出一个用牛皮纸包着的东西顺着车窗塞给白甲，列车已经启动了，大凤这才大喊一声："这是我烤的红薯，你们路上吃。"列车的速度在加快，大凤跟着车跑了几步大喊一声："白甲我等你。"这回轮到车上的白甲泪流满面了。他的目光一直没有离开过大凤一秒，他们在我们面前把爱情演绎得凄美又柔情。倒是二哥把手伸出车窗冲我和白丁挥舞几下，潦草着算是告别了。

我和白丁走出站台，来到了车站的广场上，才看到大凤低着头，脚步匆匆地走出来，抬头看见我们，径直走过来，那会儿我们已经是初中生了，个头儿差不多和大凤一样高了。她看我和白丁两眼，想说什么，最后又改变了主意，重新低下头，快步地走去。

一年以后的春节前夕，二哥和白甲回来探亲，经过在部队一年的历练，二哥和白甲似乎成熟了许多，他们穿着半新不旧的军装，逢人就热情地打招呼，叔叔阿姨地叫着，所有长辈都说："这两个小子长大了。"

有一天白丁闷闷不乐地找到我，让我陪他去看场电影，我看他情绪不高的样子，便问他怎么了。他吭哧半天也没说出个子丑寅卯来，直到电影结束，白丁似乎心情有所好转，在回来的路上他告诉我，大凤要和他哥订婚。我不假思索地说："这是好事呀。李彩珠以前为大凤和白甲谈恋爱找到学校大闹，为此还把大凤转学，现在李彩珠能同意这门亲事，也算是白甲和大凤终于修成了正果。"白丁又哭丧着脸道："我家不同意，说是大凤出身有问题。"白丁这句话提醒了我，我想起在监狱改造的刘文瑞。想了半晌才又说："大凤妈不是和刘文瑞离婚了吗？"白丁一脸惆怅地说："我哥也是这么说的，可我妈说不论怎么离，刘文瑞也是大凤的爹。"

大年三十晚上，我们军区大院张灯结彩，一派喜气洋洋的景象。有几个心急的孩子，天还没黑就放起了鞭炮。我在楼门洞里拿报纸，一抬头看见了李彩珠和大凤走了进来。几年没见，李彩珠似乎老了不少，脸上的皱纹交错着，头上戴了一条蓝色的头巾。大凤穿了件新衣，一件碎花棉袄，戴了条红色围巾，在雪的映衬下很鲜亮的样子。她们径直来到另外一个门洞，我看到白甲快步从门洞里跑出来，脸上挂着笑，热热地叫了声："阿姨。"他没和大凤打招呼，目光在大凤脸上黏黏地停留了片刻，才说："上楼吧。"我意识到，李彩珠一定是带着大凤来提亲的。

我上楼后，把看到的情景冲母亲说了，母亲正在厨房里包饺子，她摇摇头道："你张姨不会同意的。"母亲说的张姨就是白甲的母亲，和母亲同在门诊部上班。她们一定多次交流过白甲和大凤的事。

不出母亲所料，只是片刻工夫，我在窗子里就看见李彩珠领着大凤从楼门洞里走了出来。李彩珠头上的围巾拿在手里，她用手抚着杂乱的头发，一脸的失望和气愤，但她这次没有发火，走出楼门没几步，停下脚，仰起头冲楼上喊了一声："我李彩珠三代工人，根红苗正，大凤是我的孩子，她不比别人差。"喊完拉起大凤就向外面走去。大凤滞滞扭扭的，不停地回头，白甲冲了出来，伸手去拉李彩珠，嘴里说着："阿姨，您别生气，我妈的工作我来做。"李彩珠似乎叹了口气，没再说什么，毅然地拉起大凤头也不回地向院外走去。

后来白丁和我说，白甲和他妈在三十晚上大吵了一架。一家人这个年都没过好，初三一大早，白甲提着探亲回来时提着的提包，敲开了我家的门，他是来向二哥告别的，他要提前归队，不在那个家待了。二哥当即就把白甲拉进门，两人关在屋里不知说了些什么，足足有几十分钟，二哥这才出来向我们宣布，白甲要在我家借住几天，直到他们的探亲假结束。父亲坐在沙发上正在看报纸，挥了下手什么也没说，母亲就说："我找副铺盖，你们俩睡一个房间吧。"

白甲在我家待了两天，二哥天天陪着白甲，不是出门会同学，就是躲在房间里嘀嘀咕咕。初五那天，张姨敲响了我家的门。白甲正和二哥在房间里嘀咕着什么。二哥一定是听到了外面的动静，走出来，还不忘把门带上。张姨见到二哥眼圈就红了，便滔滔不绝地冲二哥诉起了苦，说什么都是为了白甲好，考虑到他的前途，婚姻不是儿戏，只有过上日子才知道生活不易，等等。二哥哼哈地应着，母亲也在一旁添油加醋地帮着腔。最后张姨提出来让白甲回家，一家人团圆着过个初五，这个年就算过去了。在这期间，白甲一直没从房间里走出来，不论张姨在外面说什么，他一声不应。后来张姨去推门，发现他在里面把门锁死了。张姨抹着眼泪走了，母亲打着包票说："一定劝白甲回家。"张姨走后，母亲敲开了白甲的门，苦口婆心地说了半天，最后白甲终于同意回家。

初五一过，整个城市就正常上班了，只有学校的学生还没有开学，同学之间聚在一起进行最后的疯狂。有一天下午，院里刚吹响上班的号声，我看见二哥、白甲和大凤走了过来，径直走到了我家的门洞。我看见二哥把房门的钥匙递给白甲，白甲和大凤就上楼了。二哥转过身向楼门洞外走来，看见不远处的我和白丁，二哥冲我们俩招了一下手，走到我们两个人面前小声地说："这事你们不要跟别人说。"说完又用下巴努了下楼门洞方向。我知道他说的是什么意思。二哥又把目光盯向白丁说："你哥和大凤说几句话，大凤明天就要回知青点了。"那天我们陪着二哥站在楼门洞外不远的地方，说着一些可有可无的话，二哥的心思压根不在我们身上，他不停地观察着过往的行人，一副眼观六路耳听八方的样子。大约过了一个小时，我们才看见白甲和大凤从楼门洞里走出来，白甲在前，大凤在后，白甲不断地舔着自己的嘴唇，一副很滋润的样子。大凤的脸也是红红的，一直不敢和我们直视，脸上显露出无尽的甜蜜。白甲把钥匙递给二哥，带着大凤向院外走去。二哥又正色地冲我和白丁说："这事你们谁也不能说呀。"交代完大步流星地向院外走去。

我看着白丁，他把目光抽回来，盯着我说："我哥这是和大凤生米做成熟饭了，我妈要是知道了，一定会大闹。"我望着他们远去的背影也显得忧心忡忡。

几天后，二哥和白甲的假期结束了，两人结伴归队了。

大凤下乡，他们的故事暂告一段落。

八

我们上高二那一年，小凤也上高一了，她出落得比大凤还要漂亮。本来瘦弱的身子突然圆润起来，她的穿着并不鲜亮，很明显，她穿的是她姐穿过的衣服，裤子上还明显有两块显眼的补丁。但这一切并没有影响到她的鲜亮，青春期的小凤，像枝红杏出墙来，惹人注目欢喜。

自从小凤休学，我的心里就缺了一角，总是忍不住回头望一眼空下来的座位，仿佛小凤刚离开。在小凤休学的那一年时间里，我想起小凤心里总是怅然若失。直到她又重新复学，虽然不在一个班上了，但偶尔在校园还能看到她的身影。虽然她像换了一个人，变得少言寡语，行色匆匆，但在我心里，她还是小凤。

我上高二那年，她上高一，和小凤只隔了一个教室的距离，课间时，我经常能看到她低着头匆匆地向厕所走去，有几次她和我走对面，我抬起头大胆地注视着她，她似乎意识到了，抬起眼睛很快地在我脸上扫过，目光受到惊吓似的又逃离开，没有留下一丝一毫有价值的信息。我的心就一次又一次地空落起来。

我把这种感觉和白丁说过，白丁睁大眼睛问：“你真喜欢她？”我点点头，想了一下说：“不是简单的喜欢，是那种刻骨铭心的喜欢。”我想起了班上另外几名女生，人也很漂亮，说话声音娇滴滴的，有时也能吸引我的目光，只是简单地喜欢她们，一点儿也不刻骨。白丁已经戴上了眼镜，他扶扶眼镜说：“那你得出击呀，像我哥和大凤那样。”说完咧嘴笑了。白甲和大凤的定亲被他母亲搅黄了，虽然这样，但白甲和大凤已经生米做成熟饭了。他们以地下的方式进行着艰苦卓绝的恋爱之路。我多次想过，白甲和大凤的恋爱，想一想就挺让人振奋的。

在白丁的鼓励下，我决定向小凤表白。正巧，我们那天最后一节是体育课，体育老师在操场上扔了几个足球，让我们自由活动。我活动了一阵，便和白丁几个同学坐在操场一侧注视着几个女同学在那儿踢球，她们站成了一圈儿，把球从一个人脚下又踢给下一个人，就这么点儿乐趣，经常把她们逗弄得哈哈大笑。她们欢笑时，身子扭成了几道弯，我们知道，她们是在用这种方式来吸引男生的目光。笑完了，还不时地把目光瞥向我们男生，然后又重复着做她们的游戏。

下课铃响过了，体育委员来收球，他要把这几个足球送到体育老师那里去。我们几个男生把衣服搭在肩上向教室走去，准备拿上书包回家。这时我看见高一的门开了，学生们从教室里拥出来，当然我也看到人群中的小凤。那天我不知哪儿来的勇气，迎着人流走过去，一直走到小凤面前，她停下脚步错愕地看着我，我冲她说：“我有话对你说。”说完向操场方向走去，我用余光看到她犹豫了一下，最后还是跟着我的脚步走了过来。我立在操场边上望着她，衣服还搭在肩上，汗水把背心浸了半湿。我望着她，头上又涌出一层细汗，我口干舌燥，使劲地咽了口唾沫，终于变音变调地说：“刘小凤同学，我喜欢你许久了，你能答应吗？”接下来我看见她的眼神里流露出一种叫慌乱的东西，像我怦怦乱跳的心脏，这种慌乱没持续多久，她低下了头，望着自己的脚尖，这时她还不由自主地向后退了一步，很快她小声地说：“我不想走我姐的老路，再见。”她说完这句话，头也不回地转身，快步向学校大门方向走去，她再一次融入放学的学生们中间，最后竟然跑了起来，书包在她的身后，上下翻飞。

我失落地向教室方向走去，狂跳的心已经平静了，像一潭死水一样沉寂。抬头时，眼前的色彩不见了，整个世界成了一部黑白电影。突然我听到一个声音：“咋样，她答应了吗？”这个声音吓了我一跳，我看见白丁站在那里，似乎他一直站在这里等我，他习惯性地又扶了扶眼镜。他自从戴上了这副眼镜，经常做这样的动作。我没有说话，埋下头继续向教室方向走去。

在放学的路上，白丁一直安慰我："在这一点上，你应该学我哥，我哥说，他第一次约大凤时也遭到了拒绝，连约了三次才成功。最后咋样，大凤还不是被我哥拿下了。"他居然用了"拿下"这个词。我对白丁刮目相看，虽然他这么说，我还是忍不住内心的失落。那种空空荡荡的感觉，再次强烈地向我袭来。白丁走在我身边又说："我赞成你把小凤拿下，这样一来，咱们两家就是亲戚了。"这句话又气着了我，我又一次把惊奇的目光投在他的脸上，此时的白丁正微笑着，夕阳投射在他的脸上，在镜片上一闪一闪的。我想起了"旁观者清"这个成语。

虽然有白丁的鼓励，可惜我再也没找到接近小凤的机会。自从有了上一次，她像一只受惊的小鹿，只要见到我的身影，她便逃也似的离开，不管在校园还是在校外。我虽心有不甘，任凭空落在心里发酵，还是没有再越雷池半步。

一晃高中毕业了，我的命运只能步大哥二哥的后尘——报名参军了。

我接到入伍通知后，乘坐上接新兵的专列。透过车窗，我看见白丁等几个同学站在月台上为我送行。白丁也想参军，但因为他近视，都没报上名，只能羡慕地来送我了，站台上另外几个同学也是一副羡慕不已的神色。我又想起了几年前送二哥和白甲参军的画面，大凤在最后一刻跑来，她眼泪汪汪地送白甲出发的画面在我眼前一次又一次重现。此时的我，多么希望小凤从远处跑来，挥起她的手臂，不断呼喊我的名字。我这种想象当然落空了，一直到列车启动，也没有看到这样的画面出现，我只能举起手臂，苍白无力地冲月台上几个同学挥舞着，脸上的表情一定是失落的。

到了部队之后，我不仅给白丁等几个同学写信，也终于鼓起勇气给小凤写信，信中的内容满是爱慕的语气，以及延续革命友谊的话语。可惜的是，我没收到小凤的只言片语，空落的心便有些麻木了。白丁告诉我，我们这届毕业生，下乡的名额减少了，下乡的政策已经发生了变化，只要在城里找到工作，下乡的同学也可以马上回到城里上班。白丁还告诉我，他母亲托人在区里福利厂给他联系了一份工作，福利厂就是生产手套、口罩、工作服等的厂子。白丁不用下乡，顺利地找到了工作，我在信里真心地向他表达了祝贺之情。

第二年上半年，我突然接到白丁的来信，他在信中告诉我，全国高考恢复了，他已经报名参加高考，现在是利用业余时间复习，信的末尾他又写了一笔：你要是不参军多好，我们可以一起高考了……

不久，又接到了白丁的来信，他喜气洋洋地告诉我，他被本市的师范学校录取了。最后一行，他像喊口号似的写道：我以后可以当老师了。我真心为白丁感到高兴，特意在周末时跑到新华书店，买了两本哲学书寄给白丁。我觉得哲学对白丁一定有用。我又想到了刘文瑞老师，一晃他已经服刑几年了。自从他服刑后，关于他的消息我们一无所知。

那年的年底，我第一次探亲，提着一堆东西刚进军区大院，迎面就看到了白丁。他用手掌擦了下眼镜片，认清是我之后，啊呜一声向我扑过来。那天，他神秘又兴奋地告诉我："你知道我现在和谁是同学吗？"虽然之前他给我写信，叙说了许多学校的生活，但并没有提他的同学。见他这么问，我只能茫然地望着他。他又怪笑着补充道："刘小凤。"我的心咯噔一下，没想到刘小凤也考学了，而且还和白丁又一次做了同学。虽然我参军才短短一年的时间，却有了白云苍狗的感觉。

那次休假，我又一次见到了小凤，当然是白丁安排的。白丁那天神秘地冲我说，要请我吃一次李连贵大饼。我们俩坐下不久，给我们端菜的居然是小凤，我当时眼睛都直了，几乎不敢相信自己的眼睛。小凤到了近前，见是我们，脸红了一下，先是冲白丁点了一下头，最后望了我一眼，又很快把目光移开，转身快步走去。我把目光从小凤身上移到白丁的脸上，他凑近我说："我们一放假，她就在这里打工，今天我是给你们创造见面的机会。"一直到我们吃完，小凤再也没有出现。当我们离开饼店时，小凤才掀开门帘露了一下头，冲我们说了一句再平常不过的客套话：“你们慢走。”

从那次与小凤邂逅，我本来平静的心情又一次活泛起来，几天之后，我一个人又来到了那家饼店，这次我是有备而来。我把小凤从饼店叫了出来，她扎着饼店的围裙，样子俏丽。她低着头一直不敢正视我的眼睛。我因为来之前已经想好了要对她说的话，但面对她时还是不由自主地磕巴起来，我都忘了当时对她说了什么，中心思想是：知道她生活艰难，如果愿意，我可以把每个月的津贴费交给她，让她安心学习之类的。记得我说完这些时，她抬起头，望着我说：“谢谢你老同学，真的不用，我现在挺好的。”然后她转过身，向饼店走去，饼店门口结了一块冰，她走在上面差点儿摔倒，她俏丽的样子在我眼前再次展现。掀开门帘后，她便消失在我的眼前。

我回部队后给小凤汇了一次款，把两个月的津贴费寄给她。没过多久，那张汇款单又原封不动地退了回来。我刚刚扬起风帆的信心，又一次偃旗息鼓了。

我参军的第二年，部队也恢复了军校考试制度，我如愿地考上了军校。军校所在的位置，就是我曾经居住过的城市，我又一次回到了熟悉的环境中。

九

一个星期天的早晨，白丁把电话打到了我们宿舍走廊的公共电话处，白丁在电话里气喘吁吁地告诉我："刘文瑞从监狱里出来了。"听到这个消息我怔住了，呼吸明显加重，像电话那头的白丁一样，我疑惑地问："刘文瑞不是被判了十五年吗，怎么这么快就出来了？"白丁说："此一时彼一时，许多老干部都被平反了。"我说："刘文瑞是特务。"白丁似乎在电话里说不明白了，告诉我，他们几个同学约好，要去看他，问我去不去。

白丁等几个同学把我领到了火车站，他们告诉我，刘文瑞就住在车站的候车室里，他已经出狱有一阵子了，是我们一个同学的父亲出差，认出当年的刘老师，才把消息传出来。在候车室一个角落里，我们果然看到了刘文瑞，他还穿着进监狱之前那身衣服，灰色中山装，蓝色裤子，一个行李卷放在身边空位子上。他正端着一个搪瓷茶缸子吸吸溜溜地喝热水，不知道的人一定会把他当成即将出发的旅客。远远地，他似乎看见了我们，怔了一下，把头埋下去。我们一直走到他的身边停下来，他才不得不抬起头，摇晃一下站起来，一脸羞愧难当的样子，想笑又没笑出来，小声地嘀咕一句："是你们呀。"然后真的笑了出来，笑容晦涩，掺杂了许多内容。

我们一时不知怎么称呼他，以前当然叫老师，但自从他身份暴露之后，我们一致认为，他不配老师这个称呼了，再提起他时，便一律指名道姓地称呼了。我们尴尬地面面相觑足有几分钟，白丁终于上前一步，握住他的一只手，叫了一声“老师”。刘文瑞瞬间眼圈红了，半张着嘴，目光依次从我们脸上掠过，惊喜交加的样子。也是在那一刹那，我们想到了刘文瑞曾经与我们的过往，他是个温和的人，也是认真教学的老师。刘文瑞进了监狱之后，我们又换过两任语文老师，我们暗自把刘文瑞和那两名老师做过比较，一致认为，刘文瑞对我们更好。白丁这么一叫，我们也随着叫了老师。刘文瑞的眼泪终于流了下来，他用袖口一遍遍地擦拭着眼角，伸出手拍拍这个，又看看那个，依次叫着我们的名字，然后说：“你们出息了。”他还长嘘了一口气。最后还是白丁提议，一定让刘老师搬离火车站，他说已经找好住的地方了。当我们七手八脚提起刘老师的行李卷和地上的提包时，刘老师一遍遍地说：“同学们，使不得呀，我已经没有家了，还是让我住在这里吧，晚上有椅子，白天还有口热水喝。”白丁主意很大地头也不回，扛着刘老师的行李卷已经向外走去，我们簇拥着刘老师向外走去。白丁最后把我们带到了一间地下室的旅馆前，回头冲我们说：“就是这儿了。”他轻车熟路地往里走去，我们只好跟上，他在一个房间门口停了下来。推开门，这是两张床的一个房间，白丁把行李放到里面那张床上，冲刘老师也冲我们道：“我已经交了一个月的房费，地下室小旅馆不费什么钱。”我们很惊讶，刘老师更是一副不知如何是好的样子，一边流泪一边哽咽着声音说：“有你们真好。”

那天晚上，我们把刘老师带到旅馆附近的一家餐厅，请刘老师吃了顿饭，我们还叫了啤酒。我们轮流向刘老师敬酒，每次刘老师都站起来，抿上一口，然后颤颤巍巍地说一句：“谢谢你们。”刘老师还像以前一样彬彬有礼，说话的空隙，总是下意识地扶一下自己的眼镜。我们发现他戴的还是被警察带走时的那副眼镜，只不过这副眼镜已经更加老旧了，镜腿都是用胶布粘牢的。我们一直想问刘老师怎么提前出狱了，但是一直没有张开口。刘老师似乎猜透了我们的心思，喝了几口酒之后，他的脸已经红了，便涨红着脸说：“感谢政府，让我提前出狱。”然后就满脸真诚地笑着，又补充道：“我已经到派出所报到了，现在又是一个正经的公民了。”刘老师的嘴张着，脸上挂着从容又踏实的笑容。我们也替刘老师感到庆幸。最后刘老师感慨地说：“现在政策变了，我们都赶上了好时候。”

我们吃完饭，重新把刘老师送到地下旅馆，再进房间时，屋内的另一张床上坐着一位农民大爷，看样子似乎是到城里来赶集的。刘老师进门冲那个农民大爷道了一声：“你好。”

大爷怔了一下，看了眼身后的我们，身子往里躲了躲，拍着自己的床铺爽声道："坐吧。"

我们在地下室门口又站了一会儿，白丁提议，如果以后刘老师没有去处，希望我们同学轮流请刘老师住旅馆。这家地下旅馆一张床每天晚上三块钱，一个月也就几十块钱，我当即保证，下个月的旅馆钱由我来出，我们都一一做了保证。

从那以后，我们几乎每周都会去看望刘老师。有一次我们看见大凤、小凤还有大龙从地下旅馆里走出来，三个人似乎都刚哭过。大龙已经上小学了，大凤拉着他的手，大龙还在抽泣着。在旅馆房间里我们看到了刘老师，他似乎也刚刚哭过，正摘下眼镜，用手背擦眼睛。

后来，我们听说刘老师想和李彩珠复婚，遭到李彩珠的拒绝，李彩珠的理由是，大凤刚从农村回到城里，家里还有两个上学的孩子，只有一个人工作，不想再养一个闲人。

轮到我交旅馆费用没几天，我又接到了白丁打来的电话，他告诉我一个振奋人心的消息："刘老师又回到学校工作了。"

又一个周末，我们结队回到我们的母校来看刘老师。学校的大门是关闭的，正当我们犹豫着如何进入校园时，电动大门突然打开了，在门口传达室里走出我们的刘老师。他满脸笑容地站在我们的面前，他换了一身新衣服，白衬衫加一条灰色的裤子，眼镜似乎也换了，变成了枣红色镜框的眼镜。他的目光在镜片后亮亮地看着我们说："回到学校真好。"我们这才知道，刘老师回到学校成了一个看门人。以前住在这里的是张师傅，我们上小学时就是那个张师傅，上学时按时把校门打开，放学后又及时关上，每当上下课时，分秒不差地打铃，还有邮递员每次来到学校，把报纸和信件都会一股脑儿地放到值班室里，再由张师傅把报纸分送到各教研室。张师傅退休了，是沈校长做通了教育局的工作，把无家可归的刘老师又招回了学校。他的身份是名临时工，即便这样，足以让刘老师满足了，他不再是一个无家可归的流浪汉，他是一个有单位有工作的人了。

那天刘老师又陪我们参观了一次校园，因为是星期天，除了我们再也没有别人了，只有操场上落着的几只麻雀在叽叽喳喳地叫着。刘老师又带我们走进曾经上课的教室，他从腰间掏出一串叮叮当当的钥匙，把教室门打开，自己又站到讲台上，我们十几个同学，依次地找到曾经坐过的地方，仰头望着刘老师，在那一瞬间，我们似乎又回到了当年。想起一桩桩趣事，竟有了恍若隔世之感。

刘老师走下讲台，从前排开始，冲着座位依次回忆当年坐过学生的名字。刘老师记忆力惊人，他竟一个不差地把当时班上三十几个学生的名字都叫了出来，座位还分毫不差。

刘老师回到学校没多久，我们又得到了一个关于刘老师的好消息——李彩珠同意和刘老师复婚了。他们到民政局重新领了结婚证，破裂的家庭又恢复到了原来的样子。

又一个星期天，我们同学约好，一起去刘老师家里祝贺，我们同学有人买了花，还有其他礼物，二十几个人一起来到刘老师家中。白丁之前已和刘老师联系好了，他在家门口等我们。这是我第一次到刘老师家里来，他住在城南一条胡同里，三间平房带一个小院。刘老师那天换了身新衣服，头发也理过了，像个新郎官似的在胡同口迎接我们。李彩珠不在家，还在上班，家里只有三个孩子，大凤、小凤和大龙走到院里迎接我们，我看见小凤不像以前那样总爱低着头了，她一直直视着我们，脸上挂着笑。她和大凤一起为我们端茶倒水，家里的茶杯不够用，小凤又找一次性纸杯，当她把一杯茶递到我手上时，她还明媚地冲我笑了一次，还小声地说了句“谢谢”。应该说“谢谢”的是我，她这句话让我想到了以前，我几次向她表白都遭到了拒绝的情景，于是我也冲小凤笑了。

那天中午，刘老师说什么也要请我们吃顿饭，在胡同口的一家饭店里，我们坐了两桌。那天是我们看到刘老师最高兴的一天，他不停地向我们敬酒，脸上绽放着阳光一样的笑容。一顿饭下来，刘老师就喝多了，后来他站在饭店门口依次和我们握手告别，车轱辘话说了一遍又一遍，中心意思是：他有幸结识了我们这些有情有义的学生。这句话在饭桌上时他已经说过无数次了。当站在饭店门口又重复无数次之后，他突然想起了什么似的说："同学们，我以前是当过特务，可是那是解放前，解放后我就一心一意想当个好老师，啥也没干。"他说完这句话时，蹲在饭店门口的台阶上，呜呜地哭了起来。半晌，似乎又清醒过来，重新站起身子，冲我们挥着手又一次告别道："再见了同学们，我刘文瑞又是一个公民了，清清白白的公民。"阳光又一次回到他的脸上。

十

自从刘文瑞老师回到母校上班以后，我们这拨儿同学总会在周末相约着，三五成群地去看望他。我们围坐在刘老师身边，望着他那张渐渐红润起来的脸颊，一次又一次回忆我们当年上学时的情景，许多鲜活的细节又一次浮现在我们的眼前，让我们想起了曾经无忧无虑的少年时光，但不论怎么回忆，刘老师总是避开当年有关我们抓特务的细节。其实刘老师那次被警察带走，他的身世就谜一样地刻在了我们的心里，关于他特务的身份被定性，后来又判了刑，只有从法院公告中我们了解了只言片语。我们一直想追溯刘老师的过去，当年的军统中尉身份。刘老师一直在回避着某种敏感词汇，关于他的过去，只能谜一样地放在我们心里的最底层。

我军校毕业那一年，突然听说刘老师被调到市里去工作了，单位是新成立的港澳台办公室。改革开放了，全国都在招商引资，于是各省市港澳台办公室相继成立起来，港澳台人民都是我们的同胞，这些同胞商人是第一批看到内地商机的。也许是考虑到刘文瑞的身份，于是他被调到市政府工作。从那以后，我们很少有机会能够看到刘文瑞老师的身影。倒是偶尔看电视里一些省市领导陪同一些外资老板在城市里视察的新闻时，在人群的角落里，在一扫而过的镜头前发现了他。刘文瑞人比以前精神了，穿着机关公务人员经常穿的白衬衫，还扎着领带，眼镜换成了金丝边的，头发也梳理得一丝不乱，他在人群里微笑着，流露出志得意满的神情。

白丁也已经从师范学校毕业了，他和小凤一起分配到了我们的母校去当老师。白丁教算术，小凤教语文。两人分到母校后，突然有一天白丁告诉我，他和小凤要一起请当年的同学聚一次。

我们的聚会约在一个周末，就在离母校不远的一家饭店里，本市的大部分同学都来了。我们围坐在几张桌子旁，一起祝贺白丁和小凤又回到母校当老师的喜事。接下来我们就各自说话，找到不同对象喝酒。有许多同学还是毕业后第一次见到，说到当年的友谊以及种种细节，都眼泪汪汪的。男同学不断地拼酒，女同学则三两个人把头扎在一起，小声地叙说着每个人的变化。白丁和小凤站起来，白丁端着酒，小凤端着饮料，一次次走到每一桌，不断地向我们敬酒。我听见身边的一个女同学小声地冲另一个女同学说："原来白丁和刘小凤还挺般配的呀。"听到的同学，就露出只可意会不可言传的笑容。还有个同学大声说："你们看白丁和刘小凤像不像一对新人。"他的声音很大，几乎所有人都听到了，然后爆发出哄笑声。白丁大声说："你们可别胡说。"脸上的笑容却是一副幸福无比的样子。小凤羞红了脸，忍着脸上的笑意却又忍不住的样子。

此时的小凤，早已不是以前的小凤了。我又想起小凤跟着疑似特务走进小树林里的往事，那件事发生后，给小凤的打击是毁灭性的，她自此没有了笑容，总是低头溜着墙边走路。眼前的小凤不仅人变得比以前更加漂亮了，从内心里流露出的自信也更像一名老师了。

我们那次聚会一年后，白丁的哥哥白甲牺牲在了前线。又是两年后，我突然接到白丁的电话，他在电话里喜不自禁地通知我，他下周末就要结婚了，请我务必参加。他还告诉我，新娘就是刘小凤。我们聚会那一次，虽然我们在开白丁和小凤的玩笑，但两人之间还没那个意思，只是两人作为同学更默契一些而已。后来白丁告诉我，他和小凤走到一起就是因为白甲的牺牲。他们从最初的相互安慰到相知相近，最后走到一起，他们的爱情没有受到任何阻力。

在白丁和小凤的婚礼上，看着这对幸福的新人，我又想到白甲和大凤多灾多难的爱情，他们的爱情故事像蒲公英的果实，随风而散，在这座城市里流传。

白丁和小凤婚后不久，有一天白丁又一次给我打电话，他在电话里喜气洋洋地告诉我，两天后，在市里的新区有一个新建的工厂要举行奠基仪式。他说这个工厂就是他岳父、我们的刘老师在众多的投资者中，把一位台胞的投资拉到了我们这座城市，投资了这座工厂。

工厂奠基那一天，我们几个同学结伴到新区去捧场，在路上，一个同学告诉我，这个投资的台胞，以前是刘文瑞老师的上级。1949 年去了台湾，在部队干了一阵，又到地方创业，从卖家乡的瓜子起家，后来做起了实业，在台北、高雄开了几家工厂。我听了同学介绍，想起当年我们抓特务的往事，竟有种隔世之感。

在工厂奠基典礼上，我们又一次看到了刘文瑞老师。他似乎比以前胖了一些，脸色红润，招呼我们之后，他就跑过去陪着台商和领导了。当天的新厂奠基典礼来了许多电视台记者，刘老师和台商一起在礼宾小姐的托盘里拿过剪刀，一起把系在红绸带上的红花剪下来，我们和台上的领导一起鼓起了掌。

刘文瑞和那个台胞的手握在一起，两人微笑着面对着拍照的记者。

我望着眼前的情景，情绪似乎穿越了时光。在这座城市解放前夕，年轻的刘老师穿着中尉制服，敲响了一扇门，开门的就是他的上司——保密局办公室主任。主任神色凝重地打开一个信封，那是一张刘文瑞的委任状，任命他为潜伏的特别行动组少校组长。我不知道刘文瑞老师当时是何种心境，只见他举手向上司敬礼，郑重地接过委任状，然后转身离去，身影消失在隆隆的枪炮声中。几天后，这座城市解放了。

大　计

深潜

程野走进长春郊区这座农家小院时，正是傍晚时分，家家户户都升起了炊烟，有狗三两只地叫着。昨天刚下过一场雪，小路两旁的雪还都新鲜着。他在这家普通农户的小院门前站定，习惯性地向四周望了一眼，除了不远处传来稀疏的狗叫声，不见一个人影。他快速转身，向院内走去，这是他和吉林地下省委书记甘志刚的临时接头点。他敲了三下门，门很快就开了，甘志刚扎个围裙为他开门，他把一股冷气带到屋内。

甘志刚正在往锅里贴饼子，锅底熬了鱼，鱼的鲜香弥漫了整个房间。甘书记用力把最后一个饼子甩在锅壁上，又弯下身，往灶膛里扔了两块木柈子，然后一边解围裙一边拉着程野往屋内走。屋内的炕上已摆了一张吃饭桌，桌上摆了两只碗、两双筷子，还有两头大蒜。甘志刚把围裙从自己腰间解开，搭在一边，两人侧身坐在炕上。平时，他们都分开办公，由通信员联络，他们很少碰头，这个农家小院就是甘书记的临时住所之一。甘书记通知他见面，一定不是为了喝酒吃炖鱼，一定是有大事。

两人各自吸了一支烟，烟雾在小屋内散开，甘书记没有说话，他只能等待着。一支烟吸完后，甘书记出去一趟，端来了饼子和一盘鱼，又把桌上的酒拧开，倒在两只碗里。甘书记不说话，他只好埋下头随着甘书记的节奏，喝酒吃鱼。他调到吉林地下省委任副书记之前，在冀中区委工作，日本人在长春建立了伪满政权，他便从冀中调到了吉林。甘书记是地下省委的老人，已经能说一口地道的东北话了。结识了甘书记后，才知道他是从延安到的东北，参加过长征，部队到了陕北后，便开始做地方工作，早他三年来到的吉林。他们地下工作者，平时都有各自的身份，用来隐藏自己的真实身份。甘书记是农户，种着院前院后的两亩地。他的身份是猎户，经常背着猎枪去深山老林里打猎，夏天的时候，他就背着猎物的皮子，到处去兜售。他们许多时候见面开会，不是在城里的哪家茶馆、饭铺，就是在乡下的某一片林地里，为了自己的安全，他们很少在自己的住处碰头见面。

他知道一定有大事即将发生了，心怀忐忑地开始喝第二碗酒，身体已经热了起来，他把酒碗放下后，抬起一双热眼望向甘书记。甘书记的代号是“棒槌”，他的外号叫“老把头”。在东北“棒槌”是野山参的意思，“老把头”是挖山参的人。很少有人知道他们的真实姓名，平时他们都以代号相称。这是地下工作者的纪律，他们的真实姓名和履历躺在上级的花名册中。

他终于说：“棒槌，有任务就说吧。”

棒槌点起一支烟，眼睛眯成一条缝，目光如火如炬地望向他，终于开口说道：“延安一号来电，命令你潜入敌人内部。”他听了命令，倒吸一口冷气。以前他们地下组织也千方百计地试图打入敌人内部，但每次还没有进入外围，便被敌人发现了。溜得快的，保住一条性命；命不好的，当即被敌人抓获，有的牺牲，有的叛变，他们的处境便极其危险，只能离开原来的潜伏地点，变换身份，再试探着把同志们聚拢起来。

棒槌接着说：“上级考虑过了，只有你的身份合适。”

一年前，城里的特高课为了铲除吉林省的地下组织，悬赏缉拿两人。两人赏金一路走高，棒槌是一百两黄金，他是七十两。从那时开始，他们就知道，危险就像悬在头上的一把剑，随时都会掉下来。他们见面开会，都异常小心。几个月前，一个交通员叛变了，那时他们正在一个叫二道河子的窝棚里开会，会议进行到一半，外面的警戒人员就告诉他们，发现了敌人。他们一把火把窝棚烧了，向山里逃去，这一带他熟悉，每天打猎，他都从这里路过，每条小路、每棵树都在他的心里。他们顺着一条羊肠小道翻过了两座山，追兵胡乱朝他们打了一阵枪，停下了追踪的脚步，敌人不再追了。他们担心林子里的抗联，那次，他们把组织中的一些外围人员清退了，只留下了一些骨干成员。即便这样，他们也不能保证这些人中不会出现叛徒，金钱的诱惑永远大于人性。

棒槌举起酒碗喝了一口说："上级知道我们工作的被动，所以必须主动出击，成为敌人肚子里的蛔虫。"

他从炕上下来，立在地上，酒精在体内似乎变热了，他说："我服从组织决定，可怎么让敌人相信我呢？"此时，他心里燃动着一股悲壮，大有壮士一去不复还的豪情。

棒槌又低头抿了一口酒，不抬头地道："把我供出去。"棒槌说完，又夹了一块鱼，吃相有些狼吞虎咽。他站在那儿，以为自己听错了，提高了一些声音道："怎么可能！怎么会，我是不会出卖你的。"

棒槌从炕上骗腿下来，站在他的面前，认真地盯着他说："我想过了，只有用这种办法，敌人才能相信你。我已把方案报告给延安，延安已经同意了。"

瞬间，他身上的血液似乎凝固了，盯着棒槌足有几分钟，才道："你知道那意味着什么吗？"

棒槌一笑，低下头，又抬起来："当然想过，最坏的结果就是个死，比死还难的是生不如死。"

他又倒吸了一口气："一定要这样吗，要不，咱们任务对调一下。"

棒槌挥了下手："我和上级研究了，只有你的身份最合适。"

说完，棒槌把他又重新拉到饭桌前，重新为他们碗里加上酒。棒槌举起碗："为了我们成功，干。"两只碗撞在一起，发出细碎的声响，酒就像一团火似的流进了他们的身体。

棒槌送他出门时，天早就黑透了，只有两人踩着地上的雪发出的吱嘎声。远处村庄里，有一只狗有一搭无一搭地吠着。

程野停下脚步，他立住身回过头，在暗影中望着棒槌。棒槌说："你的任务就是深潜在敌人的心脏，越深越好。接头地点和时间你要记住，只许成功不许失败。"

他在暗处点了一下头。

棒槌又说："我被敌人抓住之后，我只求你一件事。"

他模糊地望着棒槌的脸，那张脸仍无比的平静。

棒槌说："我生不如死时，你一定想办法把我解决了。"

他一把抱住棒槌，两个男人的胸膛硬硬地撞在了一起，他想大哭一场，悲伤涌遍了全身，他只能憋住，浑身颤抖着。

棒槌把他推开一些，认真地望着他的眼睛说："别以为你轻松，你以后就是刀尖上行走的人，随时会粉身碎骨。"

他伸出一只手，棒槌的一只手递过来，他们似乎用尽了平生的力气，用力地握了一回手。他转过身子，向前走去。这时，天空又落起了雪，雪伴着风硬硬地砸在他的胸上，他心里有团火，熊熊地燃烧着。他回了一次头，棒槌的身影已经消失在风雪之中。

虎 穴

伪满洲国警察厅坐落在关东军司令部对面的一条街上，老把头来到警察厅门口，看见两个警察在风雪中缩着脖子站在门口。他走上前，掏出一盒烟卷，向两个警察递过去，两个警察摆手拒绝，其中一个警察上下地把他打量一番，斜着眼睛冲他说："没事别在这儿扯犊子，麻溜地走开。"

他不紧不慢地把烟收起来，揣在兜里又按了按，说："进去和你们方厅长说一声，就说老把头在门口等他。"另一个警察似乎没听清，歪过脸又问一句："你说啥？"他又一字一顿地说："老，把，头。"一个警察就一溜烟儿地向里面跑去，回了一次头，摔了一个跟头，爬起来，挓挲着手又向前跑去。留下的那个警察把枪掏出来，磕磕巴巴地说："别，别动啊，我，我手里有家伙。"小警察上牙磕着下牙，似乎在打摆子。警察对"老把头"三个字再熟悉不过了，他们天天在寻找着地下省委的人，并且还有重金悬赏。

少顷，警察厅里拥出一群人，又前呼后拥地把他迎进了警察厅。他被带到方厅长办公室时，方厅长正在办公室里踱着步子，抬头看见了他，脸上的肌肉狠狠地扯动了一下。没等方厅长让坐，他一屁股坐在进门的沙发上。方厅长犹豫着坐到桌后面的椅子上，又上下地把他打量了一番，咬着牙说："你说你是'老把头'，用什么证明？"先前带他进来的几个警察，还立在门口，不进不出，把目光聚在他身上，他望着那几个警察说："方厅长，你就这么对待投奔你的人？"方厅长挥了一下手，门口拥挤的几个警察散开，有人还伸手把门给带上了。

两个小时后，棒槌被一辆警车带了回来，他被五花大绑着，趺趺撞撞地从车上拖下来，直接押送到了地牢。方厅长这时出去了一会儿，办公室就剩下他一个人，他站在窗前，看着此时已经空荡下来的警车，刚才就是这辆车把甘志刚书记拉到了这里。想起两人昨晚在风雪里的分别，他眼里有种潮湿的东西涌出来，他努力控制着自己。

傍晚时分，方厅长把他带到特高课课长小原一郎的房间里。日本的特高课是设在警察厅内的一个情报部门，他知道，整个警察厅都是特高课课长小原一郎说了算。小原唇上蓄着一字胡，显然是精心修整后的样子，脸上肌肉线条都是横向生长，给人一种威严不苟言笑的样子。他被方厅长带进门时，小原早就站在门口，伸出一只手，和他的手握在一起，脸上努力地绽放出一缕笑意，很流利地说：“程野君，真的是太谢谢你了。”他知道，小原是个中国通，日俄战争前就在旅顺收集情报，伪满洲国成立后，便名正言顺地到特高课任职了。

小原异常热情地把他安顿在沙发上，还亲自给他倒了一杯茶，放在他的面前。然后坐到他身旁空着的位置上，侧过身，把一张脸凑到他面前，一字一句地说：“关东军欢迎你，溥仪皇帝听说你弃暗投明，也会高兴的。”小原说到这儿，真的就笑了起来，不仅唇上的胡须呈一字，脸上的肉也舒展开来。

他再见到棒槌时，是在三天后的地牢里，小原和方厅长陪着他一步步走进地牢，地牢的灯昏沉沉地燃着，阴气丝丝缕缕地弥漫着。棒槌倒伏在一片血水里，气息奄奄。棒槌似乎听见了走近的脚步声，眼帘微微颤抖着，他和小原、方厅长停在棒槌三两步开外的地方。棒槌终于睁开眼睛，眼里充满了血丝。最后把目光定在他的脸上，似乎燃烧出一团火。来地牢之前，方厅长找到他说：“那个棒槌，真是个棒槌，一句有用的也不说。你去劝劝他。”他一走进地牢，就被一种阴森之气笼罩，总觉得空气里有种黏稠的东西，让他呼吸不畅。他想好对棒槌说的话，一下子跑得无影无踪，他知道，棒槌会受些苦头，但他没想到，眼前的棒槌会是这个样子。小原和方厅长的目光都停留在他的脸上，他只能向前迈动脚步，想了一下，蹲下来，看着棒槌的脸说："老甘，你这是何苦呀。"棒槌喘息着，伸出只手，做出让他俯下来的动作。他回望一眼小原和方厅长，两人不远不近地看着他。小原做出了努嘴的动作，示意他听棒槌的，他只好把头凑过去，耳朵贴近棒槌的嘴巴，他知道棒槌一定有重要的指示要交代给他。他的耳朵接近棒槌的嘴边时，棒槌只用他能听到的声音说："快把我结束了。"说完一口咬住他的耳朵，他大叫起来，在地上翻滚着。几个小警察拥过来，把他和棒槌分开，他的耳朵被棒槌咬掉了一块，他被扶起来时，棒槌把一口血水吐在他的脸上，嘶哑着声音叫了一声："叛徒。"

被撕扯掉半块肉的耳朵，虽然包扎起来，还是火辣辣地疼痛着，他站在窗前几乎一夜没睡。看着甘书记受刑的样子，他惊骇了，为了他能潜入敌人内部，甘书记的苦肉计代价太高了。他想起前几天和甘书记见面时，甘书记说过的话："舍不得孩子套不到狼。"甘书记说的"孩子"就是他自己，然而"狼"呢？他知道，仅凭他供出棒槌，小原和方厅长并不能完全相信自己，棒槌在敌人面前演出的又一场苦肉计，无疑会让敌人更加相信自己几分。耳朵受伤后，小原派出自己的车，让两个日本特务陪他来到关东军医院，日本军医为他包扎好耳朵，还开了消炎药和止痛药。此时的药效起了作用，他脑子异常清醒。他知道，几天前的晚上，他领受棒槌的任务之前，棒槌就把地下省委的后事都已经安顿好了。新任地下省委书记两天前也已经到任，从那一刻开始，他们两人就是脱线的人，只有这样，地下组织才是安全的，不论他们两人发生什么，地下省委组织也不会因为他们两人的变故而发生意外。想到这儿，他浑身上下轻松下来，棒槌的声音又在耳边响了起来："快把我结束了。"棒槌结束了，就一了百了，他不会再受敌人折磨了。想到这儿，他的心像被刀绞了一样的疼，那天夜里，他站在窗前，直到东方发白。

又是几天后，《新京日报》上发了一则棒槌被捕的消息。方厅长把这张报纸拿给他，指着上面那则消息说："程野兄，这都是你的功劳。"然后咧着嘴冲他真诚地笑着说："说不定，溥仪皇帝和大日本皇军还要给你开庆功宴呢。"

诀 别

庆功宴是两天后在伪皇宫里召开的，溥仪在一群人的簇拥下走出来，缓缓走到他面前，伸出手，与他的手握在一起。这是他第一次这么近距离地和溥仪站在一起。伪满洲国成立时，溥仪在新京登基的照片，印在各种报纸上，在他们眼里，溥仪是最大的汉奸。此时，他和汉奸握手并站到了一起，林立的相机和摄像机对准了这个瞬间。他脑子空蒙一片，他不知招待会何时结束的，只记得自己被方厅长推到一个台子上，面前的闪光灯晃得他睁不开眼睛，他讲了些什么，自己都不记得了，他像做了一场梦。这场梦直到他走回警察厅的宿舍，外面的门被小孙和小张关上的那一刻，他才清醒过来。他想到了地牢里的甘书记，他亲眼所见，甘书记已被打得血肉模糊，最大的愿望就是速死。想到这儿，他打了一个激灵，受伤的半边耳朵又开始火辣辣地疼了，疼痛让他有了存在感。他的任务才刚刚开始，甚至还没有得到小原一郎和方厅长的信任，这几天，警察厅派出两名警察——一个姓孙，一个姓张——来保护他，名曰保护，实则在监视着他。此时，虽然他身在宿舍内，他知道在走廊的某一处，正有一双眼睛盯着他的门口。

他无力地躺在床上，身体接触到柔软温暖的棉被，他又想到地牢里冰冷的渗着血水和冰水的地面，甘书记就躺在那里，身子像触电一样。他坐起来，望着窗外清冷的月色。几天前，两人在风雪中分手时，甘书记说过："为了我们民族大计，只许成功，不能失败。"那会儿，他还没意识到，甘书记会受到如此的折磨和苦难。他再也睡不着了，站起身在房间里踱步，想着与甘书记朝夕相处的那些日子，仿佛就在昨天。他们用信任温暖对方，收集情报，把物资偷运到山里，去支援抗联队伍，那些日子，多么美好和值得纪念。现在他和甘书记咫尺之遥，可他们却是两个世界的人了。

第二天，方厅长兴冲冲地把他叫到了自己的办公室，向他展示一张又一张报纸，报纸上印着醒目的照片，有他和溥仪握手的，也有他一个人的。照片旁的标题刺痛了他的眼睛，他看到了自己的名字，还有“满洲国”“归顺”等字样，他有想把这些报纸撕碎然后烧成灰烬的冲动。他望着方厅长的一张笑脸，也只能佯装把喜悦挂在脸上。方厅长站起来，踱到他的身边，把手扶在他的肩上道：“小原一郎说了，从今以后，你就是警察厅的副厅长了。别嫌官小，说不定以后，你高升了，可别忘了我。”方厅长的笑堆在脸上，样子真诚而又灿烂，甚至还有些讨好的意思。他想说点儿什么，站起来，冲着方厅长说：“多谢方厅长提携。”方厅长叹口气道：“兄弟，咱们以后都在一个锅里搅马勺了，有些话我也不瞒你，别看咱们厅长、副厅长地当着，名好听，可都得听日本人的，溥仪皇帝不也是如此吗，咱们现在干这些，就是混口饭吃。”他点着头，默认方厅长的话。方厅长走回到自己的座位上，感叹一声：“你不一样，你是有功人员，过来就把共产党的大官供出来了，要是能通过那个棒槌把新京地下党一网打尽，你一定会成为日本人眼中的红人，到时候还愁不许给你更高的职务？到那时，可真别忘了老哥我。”

又一次审问棒槌时，小原一郎亲自出马，还带了两名医生，去地牢之前，小原找到他，冲他眯着眼睛说：“棒槌是条好汉，吃了那么多苦，一个字也没说，这次不用他吃苦，我保证让他说实话。”当他看到两名日本军医时，他明白，敌人要在棒槌身上使用致幻剂了。他之前听说过，日本人对付被捕的地下党，当刑罚失灵时，这就是他们最后的撒手锏，让地下党在迷幻中说出他们想要的信息。

他随着小原又一次来到地牢，阴森之气很快笼罩了他。棒槌被从血水里提出来，脚镣和水泥地面摩擦发出刺耳的声音。两个警察把棒槌扶到一张准备好的凳子上，棒槌的头是垂着的，他闭着眼睛谁也没看。

小原隔着铁栅栏坐在审讯室的对面，小原坐下时，示意他也坐下，他只好坐在小原的身旁。小原压低声音说：“棒槌，我欣赏你是个男人，吃了这么多苦头，什么也不说。今天我不让你吃苦，让你做一个好梦。”小原说到这儿，挥了下手，两个日本军医打开铁门，走进审讯室，两支针头在灯光下晃了一下，发出一道白光。

他看到棒槌身子动了一下，脚镣发出细碎的声响。棒槌的目光落在他的脸上，转瞬又麻木起来。当两个警察按住他的手臂，两个日本军医把针头刺进他身体的一瞬间，棒槌大叫了一声，一口鲜血喷涌而出，溅了两个警察和两个军医一身，人便昏死过去。其中一个警察跑过来向小原报告道：“太君，他把自己的舌头咬下来了。”

他发现小原随着棒槌的一声大叫，身子抖了一下，面色如土。小原越过铁门走进去，站在棒槌身边，棒槌的脸都被血罩住了，分不清眉目，鼻子也在出血，有几个气泡呼出来，又碎裂了。他的身体在发抖，想站起来，双腿却没力气，他坐在原地，隔着栅栏望着棒槌。

小原灰着脸垂头丧气地走出来，冲他挥了一下手，他知道，小原在叫他同行。他站起来，前两步不太稳，但他还是站住了，回了一次头，看见棒槌满身是血地瘫在椅子上。他咬了一下后槽牙，再往前走时，他的心里响起了《国际歌》的旋律。这首歌他在青年时代还在上学时就会唱，那会儿他们搞学生运动，上街游行，每当唱起《国际歌》，心底里就有股力量。此刻，《国际歌》的旋律越来越强，似乎已经冲破他的身体直抵云霄。他抬头望眼天空，天空灰蒙蒙的，似乎又要落雪了。

几天后，他提出自己要审问棒槌，棒槌没了舌头，不能说话，还可以写。他向小原一郎提出这个请求时，他看见方厅长目光里打了一个“闪”，他明白方厅长为什么会这样。小原刚才还是垂头丧气的样子，听了他这个主意后，似乎振作了起来，说了句中国古语：“死马当活马医。”得到了小原一郎的首肯，他带着小孙和小张又一次来到了地牢中的审讯室。棒槌正倚在墙角，眯着眼睛看一盏灯，那盏灯灰蒙着，一点儿光彩也没有。棒槌的脸被洗净了，呈现清灰一样的颜色。他一步步走近棒槌，棒槌的目光和他的碰到了一起，他在棒槌的目光中看到了一缕光。他让小孙、小张抬过一张桌子，自己又拉了一把椅子放到桌后，把纸和笔放到桌子上。棒槌被两个警察扶到桌后坐好，他拉了把椅子坐在棒槌对面。棒槌的目光先是落到了他那只受伤的耳朵上，耳朵的伤口已经好了，只是缺了一块肉。他看见棒槌微微地点了一下头，目光和他的交织在一起，那一瞬，他读懂了棒槌想要说的话，正如两人最后一次分手时棒槌的交代。棒槌很快躲开他的目光，低头看了眼桌子上的纸笔，他马上趁机说："你说不成话了，有什么想说的，你就写出来。"棒槌又抬了一次头，望眼在他身后不远不近站着的两个警察，棒槌不紧不慢地把钢笔拧开，还认真地看了眼笔尖，在纸上先是画出一条横线，似乎在试着笔。很快棒槌在纸张的一角写下三个字"青红院"，马上又把那三个字涂掉，棒槌一连贯的举动，只有他看清了。棒槌抬起头，深深地望了他一眼，抬起握笔的手，向自己的喉咙刺去，还没等所有人反应过来，棒槌就从椅子上跌到地面上。棒槌喉咙里发出一种气泡破裂的声音。他冲两个小警察道："还不快去叫医生。"小孙和小张脚步杂乱着奔了出去。棒槌翻动了一下身体，他忙蹲下去，抱起棒槌，低叫了一声："老甘……"棒槌冲他咧了下嘴角，样子似乎要笑出来，还伸出一只带血的大拇指。又一声气泡碎裂了，棒槌头一歪靠在了他的怀里。

叛 徒

棒槌走了，在他怀里闭上眼睛的那一瞬间，棒槌的目光是那么安详，似乎踏上了一条名叫"幸福"的不归路。

方厅长和小原一郎等人赶来时，棒槌已僵硬地躺在水泥地上，周身都被血水包围了。桌子上的几页纸散落在地上，那支笔仍然插在棒槌的喉管处，那张被棒槌涂抹过的纸，似乎成了棒槌试验笔端是否锋利的证明。

几天之后，小原一郎把他叫了过去。小原让他坐下，目光落在他的脸上，他看不清小原目光确切的含义。棒槌牺牲在他的怀里，后来又滑落到冰冷的水泥地上，连同那些污水和血水，在他眼里，棒槌成了孤岛。从那以后，他每到夜晚便做梦，梦见棒槌总是神情严肃地望着他，每次都是欲言又止的样子。总是他先说："甘书记，你放心，为了'大计'，我愿意潜伏，以后的路哪怕是刀山火海。"每次他在梦里都要流泪，醒来时，枕巾已湿了一片。棒槌的影子在他眼前还是挥之不去。他突然想到，梦中的棒槌不和他说话，是因为他少了舌头吗？这么想过了，他激灵一下，便再也无法入睡。

小原一郎终于说话了：“方桑要见你。”他不知道是哪个方先生，当他晕着头，随在小原身后来到伪皇宫一间办公室时，他看见一个女人的背影立在窗前。女人手里夹了一支卷烟，烟在燃着，冒出袅袅的烟雾，小原站在女人的身后，毕恭毕敬地叫了一声：“方桑，人我带来了。”在那一刻，他意识到，眼前的女人是川岛芳子无疑了。这个生在日本的中国人，他早就知道她，而且还知道，她现在是日本关东军的高级特务，也是游走在中日之间的交际花。女人没有回头，仍然是那个姿势，小原一郎把腰弯下去，折叠在一起，像只螳螂。不知过了多久，川岛芳子转过身，狠狠地吸了一口烟，烟雾在她眼前散开，遮住了她半张脸，她坐在桌后的椅子上，小原的腰才直起来。她的目光在他脸上停留了几秒，目光又望向远处，他似乎成了透明人。她虚着眼睛说：“程野君，我以前就知道你，吉林地下省委主要负责人。”她说着一口流利的东北话，如果走在街上，没人会把她当成日本特务。他向前一步，点了一下头。她说完把燃烧了半截的卷烟按灭在桌上的烟灰缸里，目光落在案头的几页纸上。她一边翻动纸张，一边抬头看他，他想：这一定就是他的材料了，这材料是方厅长还是小原提供的？他不知道。川岛芳子的目光从那几页纸上抬起来，又落在他的脸上，轻声道：“你程野的名字要改一改，以后就叫野夫吧。”

小原上前一步道：“野夫君还不快谢谢方桑。”

他叫了一声：“谢谢你，方桑。”

又是两天后，方厅长在他眼前展示了一张印有“满洲国国务院”公章的委任状，他被任命为警察厅的副厅长，上面的名字写的就是野夫。从那以后，从上到下都叫他野夫君，以前的程野已离他远去。他知道，在人民的眼里，他是叛徒程野，那个行走在地下的“老把头”再也见不到了。

两名小警察小孙和小张成了他的贴身随从，他们形影不离地跟着他。小孙和小张都是二十出头的样子，小孙以前家里是种地的，父亲卖了两头牛，给他谋了一份当警察的差事。小张的身份似乎复杂一些，去日本留过学，会说一些简单的日本话，一张脸白白净净的，像个尚未结业的书生。他明白，这两个小警察是小原安排在他身边的，从开始到现在，也许小原并没有真正相信过他。力争取得小原的信任，仍然是他当下重要的任务之一。

棒槌从他怀里滑落下去，他就像一只断了线的风筝。棒槌之前交代过，在益民胡同有一个青红院，那里是他新的接头地点。青红院他当然知道那是个什么地方，伪满洲国成立之初，东北大大小小的风情场所，成了特务们情报的来源中心，那里会聚了五行八作的人员。棒槌把接头地点选择在这里，一定是为了掩人耳目。青红院他还没去过，什么人会和他接头，他更无从知晓，他记得接头日期，每周日的晚上八点，他拿着一支蒙着红布的手电，进门坐在大堂二号桌子旁，把手电开关三次，就会有自己人来找他接头。

周五的晚上，他就出现在青红院门前，当然他不是来此接头的，他不放心，是来此考察环境的。他进门站在大堂一角，环顾着青红院里面的环境，这是个二层小楼，一楼进门是大堂，周围有几个房间，然后有一个楼梯通往二楼。二楼是清一色的房间，房间门上都挂着布帘，写着房间的名称，名称都很乡土：蜡梅、荷花、芍药什么的。客人很多，影影绰绰，不时有人吆喝着进进出出，为大厅的客人端茶倒水。几个客人，一边喝着茶水，一边嗑着瓜子，一边欣赏一出二人转。一男一女在大厅的空地上，咿呀地唱着。

警察小孙和小张在车里等着，他当上了副厅长之后，就配了一台车，司机是个胡子很密的中年男人，平时也不穿警察制服，阴着脸，很少说话，像是所有人都欠他账。

他出来的时候，司机和小张正倚在车头抽烟，烟火一明一灭，小孙袖着手在嗑瓜子，瓜子皮散落一地。他不说话，开门上车，坐在副驾驶座上，另三个人也就各就各位，司机打火发动车，打了几次车才轰的一声被点着，司机的眉头舒展了一些。车灯照耀着前方一路雪痕，小心地驶上了路。小孙从车座后探过头殷切着说："野夫厅长，想玩儿，青红院不够档次，二马路的怡香院才好，听说那里的姑娘都是老毛子，会说中国话。”他望着眼前的雪路不紧不慢地向后退去。

后面的小张也说：“小孙说得对，厅长你这身份，得去怡香院那种有档次的地方。方厅长就经常去。”小张似乎说漏了嘴，用力把嘴巴捂上，不再说话。他现在不仅是警察厅的副厅长，还是个有钱的叛徒，五十两黄金就是上周方厅长送给他的。方厅长把一层层包裹黄金的绸布揭开，在黄金的映照下，方厅长的眼睛也有了光芒，方厅长就咂着嘴说：“野夫厅长，人哪，这辈子就那么回事，只有吃香的喝辣的，才叫人间滋味。”说完看了他一眼，又望了眼堆在眼前的黄金：“这钱花出去才是你的，不花堆在这里就是一堆废铜烂铁。”说完冲他嘎嘎地笑。他提着黄金，沉甸甸的，他又想到了棒槌把钢笔插入自己喉管里那一瞬间望向他的目光。他想哭，这不是他挣得的黄金，是棒槌用命换来的。

车途经一条胡同口时，被两个扔在路上的麻包挡住了去路。小孙和小张骂了几句，下车去察看地上的麻包。这时他看见几个黑影从墙后蹿了出来，他想起了地下组织的锄奸队，他现在是汉奸，是锄奸队的重点对象。他打开车门，向后面跑去，枪响了起来，司机中弹趴在方向盘上，他脚下一滑跌倒在车后的路上。他倒地瞬间，看见小孙也中了一枪，拖着腿在地上向前狼狈地爬着。一支冰冷的枪口抵在他的太阳穴上。他看到了锄奸队许队长的脸，许队长压低声音：“你这个叛徒，我代表人民毙了你。”说完扣动扳机，枪针撞击声响过之后，子弹并没有射出来，许队长又一次扣动扳机。街上响起哨声，然后就是一队人马跑来的声音，锄奸队一位队员奔过来喊了一声：“队长，撤！”许队长挥起枪硬生生地砸在他的头上，他只听到咔的一声脆响，便什么都不知道了。

疑 影

他在医院醒来时，第一眼便看见小原一郎那张探寻的脸，然后又看见方厅长。方厅长见他醒过来，凑过脸来皮笑肉不笑地说了一句：“万幸呀，看来共产党的锄奸队，还是手下留情了。”

他的思绪一点点回到原处，才想起昨晚发生的事，许队长的枪冰冷地抵在他的头上，如果不是子弹卡壳，也许，他再也睁不开眼睛了。方厅长告诉他，给他开车的司机死了，小孙腿中了一枪。短促清冷的枪声像一场梦境，在他的脑海里一闪而过。

小原一直探寻地望着他，直到离开时，才说了句：“程桑，你好好养伤。”小原和方厅长离去之后，他发现门前多了一张新鲜的面孔。那是一个老警察，脸上长满了胡子，四十出头的样子，一张严肃的脸。小张寡白着一张脸，望他的眼神像多了层雾，不近不疏的样子。

他慢慢地回想着昨晚发生的事，许队长带着两名锄奸队员，另外两人他没看清，他们突然出现，又很快消失。许队长那句话还是像一粒子弹击中了他："你这个叛徒，我代表人民毙了你！"是的，他在自己人面前成了叛徒。棒槌和他说过，这次行动，除了他们两人知道，还有一人便是"延安一号"。以前他们地下省委的一切行动都由"延安一号"负责，这个"延安一号"是一个组织，还是一个人，他们并不了解。每次下达命令，要么发报，要么通过交通站，"延安一号"只是个代号，他们并不需要知道"延安一号"到底是一群人还是一个人。

他是在另外一个病房里见到小孙的，小孙的腿被厚厚的纱布缠了起来，架在床头上，似乎麻药劲儿已经过了，正龇牙咧嘴地喊着疼。见了他便说："程副厅长，那几个共产党动作太快了，枪口抵在你的头上，我以为再也见不到你了。"小孙说到这儿，眼里还蓄了层泪水。他走过去，伸出手抓住小孙的一只手，也许是他用力了，头一阵疼痛，他冲小孙说："为了我，让你受苦了。"小孙就咧开嘴说："程副厅长，你命真大，枪到你头上怎么就没响。"

第三天，他头上的纱布还没有拆去，便被方厅长请到了小原的办公室，小原仍然是一副关心的样子，把身子探过来，上下左右地把他打量了一番，然后身子才坐正。方厅长拉了把椅子让他坐下，自己则自然地坐到了他的对面。方厅长点燃了支烟，烟雾让他半眯上了眼睛。目光虚虚实实地罩在他的身上。

下面是小原和他的一段对话：

小原问："你遇到了什么人，有几人？"

他说："锄奸队的，带头的是许队长，他们一共三个人。"

小原说："他们为什么没把你杀掉？"

他说："子弹卡壳了，许队长一共开了两枪，都卡住了。"

小原和方厅长的目光对视一眼。方厅长深吸两口烟，烟雾厚重地把他的脸遮起来。

小原站起来，向窗子方向踱了几步，又向回踱了几步，然后站定，目光虚虚实实地望在他的身上。

在医院里，他就明白，小原和方厅长已经对他有了疑虑，以前建立起来的他们对自己的信任，随着许队长的出现，正在一点点地瓦解。重新建立起他们对自己的信任，他还有很长的路要走。

小孙拖着一条腿也出院了，小孙被调到了内勤打杂去了。他又见过一次小孙，小孙指着自己的腿，真诚地冲他说："多亏了这一枪，不然以后，还不知啥时候成了冤死鬼。"他又想起那天晚上，枪声响起时，小孙和小张作鸟兽散的样子，像两只无头的山鸡，扎在路旁的雪堆上。

从那以后，无论他去什么地方，小张和那个四十多岁的老警察总是形影不离地跟随着他。小张的话似乎比以前少了许多，和那个老警察似乎也没有更多的话，两人总是不远不近的样子。他还发现，小张有些惧怕那个老警察。有一天，他问小张："那个老警察叫什么名字？"小张犹豫了一下，还是回答道："姓王吧。"他知道小张在说谎话。有一天，他把老警察叫到办公室里，问他："你叫什么名字，以前怎么没见过你？"老警察似乎早有准备，操着外地口音道："我姓王，你以后就叫我老王。"然后再不多言，低垂下目光，望着自己的脚尖。

锄奸队又有了一次行动，这次不是针对他，是伪皇宫里的两名侍卫，他们被杀死在一条胡同里，身上被各插了一把刀，刀尖上还扎了一张字条，字条上写着："汉奸的下场。"一时间，整个新京人心惶惶，一些警察交头接耳，面露苦涩之情。他不知道，在地下省委那些人眼里，自己是叛徒还是汉奸，也许两者兼而有之。

一天小原突然找到他，让他随自己出发。他们同乘一辆车，后面还有一辆车跟随着，他看见那个老警察和几个日本特务，一同上了后面那辆车，却没发现小张的身影。小原并没和他说明去哪里、干什么，车在雪路上颠簸着，他认出这是通往二道河子的路。二道河子有日本人的驻军，半年前，抗联队伍在这里和日本人发生了一次激战。那是下山运送粮食的抗联小分队，他们被敌人包围了，激烈的枪声响了一夜，十几个抗联战士全部阵亡。他们是在一天夜里为这些阵亡的抗联战士收尸的，战士们的身体已经硬了，像一截木材，他们把这十几个人葬在后山的一片老林子里，没敢留下任何记号。当时，棒槌手扶着一棵树，用力地拍了两下说："记住这棵树。"他们在雪地微弱地反光下，狠狠地看了眼那棵普通的树。那里就是抗联战士的葬身之地。

到了二道河子，他才知道，日本人抓获了一名抗联的团政委。他们的任务是把这个政委押解回来，并审问。

那个团政委穿了件黑色的棉衣，夹层的棉花似乎已经被掏空了，风肆无忌惮地钻进这个政委的怀里，他被五花大绑。男人的胡须很长，头发也凌乱着。他被推进后面那辆车里时，目光扫在他的脸上，像一把刀子。他们出发了，还是来时的样子，他和小原的车在前，后面那辆车在后面尾随。不同的是，原本坐在后车上的那个老警察，坐到了前车副驾的位置上。他没有回头，他们没有任何交流。

他们出发时，夕阳已经偏下，又行驶一段，暮色笼罩了冰天雪地的四野。车灯打开，射向前方不远处。枪声就在这时响了起来，子弹射中司机的天灵盖，血飞溅出来，一股温热的液体兜头溅在他的脸上。他看见小原一双惊慌的眼睛，脸上挂着司机的脑浆，那个老警察打开车门，用日语喊了一声："有情况。"他突然明白，这个老警察是名日本特务。后车的人也出来了，向路旁的林地射击。他从车上弯下腰出来，两颗子弹射过来，一颗击中车门，又射在座位上。小原在雪路上跌倒了，另一颗子弹击中小原的肩膀，小原哎哟一声，用手去捂伤口。他奔过去，扶起小原，从地上捡起枪，翻身躲到路旁的沟里，一颗子弹射过来，击中了他头上的帽子，帽子像一只垂死的鸟飞了出去。他伏下身，开始射击。后车的那几个人，也在向林地射击。他拉起小原，顺着路沟向前跑去。抗联的队伍似乎打了一次冲锋，被后车顶上的机枪扫射压制了下去。

遭遇战很短，也就是十几分钟的样子，抗联队伍不恋战，一声呼哨，队伍消失在山林里。少顷，二道河子方向驶来两辆卡车，卡车的灯光很刺眼，照亮了一方世界。

他和方厅长去医院探望受伤的小原，小原的脸色似乎恢复了正常，他站在床下，冲他鞠了一躬："谢谢野夫君。"受伤的小原如果不是他及时出手相救，也许小原就不会出现在医院里了。

青红院

他又一次来到青红院，甘书记交代过，进门大厅左手二号桌，上次，他来过这里，站在大厅的一角，察看过这里的环境。二号桌没人，他走过去，环顾了一下四周，把桌上的茶水单反扣在桌面上，将蒙着红布的手电闪了三次，然后闲来无事地用手指关节敲击着桌面。大约过了几分钟，一个梳长辫子的俄罗斯姑娘走了过来，微笑着冲他说："老家的客人走了，今晚要点儿什么？"这是甘书记交代给他的接头暗号，最后一次见甘书记时，甘书记把关于接头的细节写在一张字条上，他看完便烧掉了。种种细节印记在他的脑子里，他没想到的是，找他来接头的竟是一位俄罗斯姑娘。他的心快速地跳起来，一种游子终于回家的亲切感，在他身体里弥漫着，他忙应对道："老家的表舅还没走，今天就是陪他来的。"暗号出口后，姑娘下意识地向四周瞟了一眼，小声地说："跟我走。"

姑娘在前面走，他在后面跟随着向二楼走去。二楼是单间，在一个门前停下，姑娘打开门，把他让到里面，随后姑娘进来，带上门。倚在门上，望着他说："老把头，我叫娜塔莎，我是你的联络员。以后到这里，你直接找我就好。"他望着说着一口纯正中国话的俄罗斯姑娘，就像见到了家人。离开组织后，还从来没有人这么称呼过他。在不明真相的人眼里，他就是叛徒，上一次差点儿被锄奸队许队长误杀了。他有些激动，终于找到组织让他踏实下来。娜塔莎拿起桌上的茶壶给他倒了杯茶，顺势坐在他的对面道："老把头同志，需要我传达什么信息？”

他这次到青红院接头，是为了抗联被捕的政委，昨天晚上押解归来和抗联游击队发生了枪战，抗联游击队无疑是想解救那个被俘的政委，然而没有成功。他把政委关押在警察厅地牢里的消息告诉了娜塔莎。娜塔莎告诉他，马上就会把这消息转出去。他想离开，却被娜塔莎拉住了，盯着他说：“你不能这么快就离开，会被人怀疑的。”他突然意识到，这是青红院，门口车里还有一色和小张在等他。小孙受伤，一色补了小孙的缺，刚开始他以为一色就是中国人，昨天傍晚，他们一行和抗联队伍发生遭遇，无意之中，一色暴露了自己的身份。回到警察厅后，小原一郎才正式地把一色叫到他的面前说：“小孙受伤了，以后就让一色来保护你。”他在那一刻才知道，眼前这位穿着警察制服的日本特务叫一色。锄奸队没有除掉他，不可能不引起特高课小原一郎的怀疑。司机死了，小孙受伤，小张跑得快，扎到雪里躲了起来，锄奸队的枪口明明已经抵在他的头上了，他却完好地活下来。这么想过了，他只能留下，陪着娜塔莎说话。

娜塔莎说起了自己的身世：她生在哈尔滨，父母年轻时就到中国做生意，她在哈尔滨长大，在一个犹太人开的教会学校里读书，后来又到女子师范学校上学。日俄战争爆发后，父母回到苏联，她那会儿已经加入党组织，便留了下来。伪满洲国成立后，她被组织密派到长春（后改名新京），在青红院以老鸨的身份隐藏自己。之所以到青红院来，是因为这里是各种道上人交流信息的场所，五行八作的人员都在这里交织，日本特务、国民党、青洪帮也经常光顾此地，他们来这里不仅是寻欢作乐，同时做着交换情报的生意。

听着娜塔莎的叙述，他意识到棒槌把接头地点选择在这里的良苦用心。棒槌是他的好搭档、好同志，棒槌用一支钢笔结束了自己的生命，就在他的眼前。每每想到这样的场景，他心里就会升起一种无名的悲壮。为了他的深潜，棒槌告诉他，他们的计划叫“大计”，棒槌不在了，他只能自己演独角戏了。棒槌为了“大计”已经谢幕了。

他走出青红院时，车便亮着灯开过来，一色和小张一左一右地从车上下来，小张拉开里侧的车门，示意他上车。他上了车，一色很快钻到了副驾的位置上，一把枪从怀里掏出来。他看见小张的手里也多了一把上了膛的枪。一色不回头地说：“野夫厅长，我们一定全力保护你的安全。”他自从来到警察厅，名字就变成了野夫。方厅长也有日本名字，叫“多多吉野”。小原一郎一直这么称呼方厅长。

他又一次走进了地牢，和他同行的还有小原一郎和方厅长。他们来到地牢时，那个被俘的抗联政委已经被绑到了柱子上，直到这时，他才定睛打量着这位抗联政委，四十左右的样子，脸色青黄，一身棉衣破烂得露出了棉絮。他闭着眼睛，似乎睡着了，昏蒙的灯光，让地牢变成了另外的世界。

小原站定，望向他说：“这个人就交给你了。”说完自己就坐到稍远处的一张桌子后面，他没在小原脸上看到任何表情。方厅长的目光在他脸上驻留了有几秒钟，想对他笑一下，脸上的肉却是僵硬的，他在方厅长的目光中读到了一些怜悯。

书记员已坐到离审讯现场稍近的一张桌子后面，正用目光寻找着他。周围暗影里站着警察和特高课的特务们，各种刑具一应俱全地摆放在四周。这一切，他并不陌生，上次审讯棒槌时，他就领教过。他更明白小原的心思，虽然，他救了小原一命，但小原对他并不放心。让他做今天的主审，算是对他的又一次考验。他的眼前突然又闪过棒槌的脸，舌头已经被自己咬断了，但暗示他的目光他是理解的。他的任务就是深潜，完成组织交给他的“大计”。想到这儿，他挺了一下身子，抻了抻衣角，坐到书记员身边。书记员把几张白纸整齐地放在面前，记录的笔已拧开笔帽。他知道自己所扮演的角色，他要把戏演下去。于是大声问：“姓名？”刚才还闭着眼睛的那个政委，此时把眼睛欠开一条缝隙，目光窄窄地落在他的脸上，轻蔑地说：“大丈夫，行不更名，坐不改姓，姓李，名叫长林。”书记员的笔在纸上游动，发出沙沙的声音。

李长林运足了一口气，把一口唾沫啐过来，星星点点地在光影里飞舞着。

“你的任务?！”他把声音又加大了些力气。

李长林又把眼睛闭上，偏过头，自语道：“如果老子不是晕过去，你们休想抓住老子。”

去二道河子押解李政委时，他听驻军的日本人介绍，这个李政委带着一队抗联游击队下山来找粮食，被日本人伏击。日本人在追击游击队的过程中，发现了晕倒在树丛中的李长林。他枪里的子弹已经打光，嘴里嚼着一块棉絮还没来得及咽下去。

再往下问，换来的就是李长林的咒骂。李长林又睁开眼睛，打量着那些刑具道：“老子不尿你们，要死要活给个痛快，别磨叽，老子皱下眉头都不算好汉。”

他回头望了眼小原，小原铁青着脸，无动于衷地坐在那里。小原的目光并没有和他交流。他用余光看到，方厅长也把目光偏向了别处。他再回过头时，那几个警察和日本特务都把目光落在他的脸上，等待他一声令下，便施以刑罚。他只能挥了一下手，那些等待行刑的人，一窝蜂地拥上来，皮鞭落在李长林的身上，棉絮飞舞着，在灯影里飞翔，像飘了一场雪。李长林已皮开肉绽，身上破旧的棉衣已经被打飞了。一道道血痕最后变成一条条口子，有血渗出来，血水随着皮鞭在飞舞。

“给老子来个痛快的。”李长林咬着腮帮骨大声地咒骂着，把一口血水啐向他和书记员。

一只烧红的烙铁烫在李长林的大腿上，整个地牢便被一股焦煳味儿所笼罩了。

李长林昏死过去，几桶凉水兜头倒下，李长林耷拉着脑袋，有气无力地咒骂道：“老子不尿你们，你们这帮汉奸，迟早有一天，人民会找你们清算。”

皮鞭木棍又兜头打下，他听见了刑具与骨头的撞击声。李长林又一次晕了过去……

第一次审讯就此结束了，他随在小原和方厅长的身后走出地牢。小原站在光天化日之下，盯着他的眼睛说：“野夫君，审讯这个人的任务就交给你了。”说完转身向办公楼走去。他抬头望了眼灰蒙蒙的天空，太阳躲在云后，有气无力的样子。他又想到了棒槌，棒槌和李长林一样。在整个审讯过程中，屹立的好汉会令敌人胆战！他想到了自己，如果有一天被敌人识破，自己被捕，敌人向自己行刑的样子。他浑身一紧，望向天空的目光有些模糊了。他控制住自己的泪水，恢复常态之后，他看到一色和小张不远不近地站在那儿，正探寻地望向他。

待命

他又一次走进青红院，娜塔莎告诉他，上级指示李政委被俘的事，已经安排人来营救，他的任务就是深潜。

上级的指示，让他又想到了棒槌，棒槌在闭上眼之前，望着他的眼神似乎在说："老把头，我的任务完成了，接下来就看你的了。"每次想到棒槌的眼神，他心里就像压了一座大山。

今天他来青红院时，没有用车，他是坐了一辆人力车过来的，他也想就此试探一下，日本特务一色和小张是否还会跟踪自己。上午小孙出院了，腿仍然不利索，走起路来，还是很吃力的样子。他来到小孙宿舍看他，临走时，掏出一些钱递给小孙，小孙很感动，眼泪在眼眶里打转，他走到门口时，小孙叫了声："程厅长。"他回头去看小孙，小孙小声地说了句："你是个好人，有机会我还想回到你身边工作。"他笑了一下，拍了一下小孙的肩膀道："等你把伤养好，我就和方厅长说。"他再次转过身去时，小孙又叮嘱了一句："小心那个一色。"他回头盯了小孙一眼，没说话，也没有流露出任何神情，转身走去了。最初小孙安排在他的身边，想必，也是方厅长和小原放在他身边的眼线。

他刚走出青红院，就看见了一色和小张，他知道他们会找过来，但看到他们站在自己的面前，心还是一沉。一色用眼睛去看小张，小张就上前一步道："厅长，你别多想，保护你的安全，是我们的责任。"小张说完还拍了拍腰间的枪。

一色挥了一下手，一辆车便驶了过来，停在他们的面前。

车行驶在路上，已经是初春的季节了，路上的残雪已融化干净，路两旁还有一些残雪，在车灯前泛着深灰色，看上去脏脏的。

一色和他坐在车的后排，手插在怀里，目光盯着车窗外。他知道，一色怀里装着枪。小张的枪一上车便握在手上，扳机打开了。上次的事件，让所有人都紧张起来，司机的油门似乎踩进了油箱里，车疯了似的疾驰在路上，路灯和人影快速地向后驶去。

车行驶到伪皇宫附近，可以看到街道两侧有日本士兵在巡逻，一色的身子才松弛下来，凑过身子冲他说："野夫君，下次出门一定要通知我们，你有意外，就是我们的责任。"他说了一句："谢谢。"他知道，自己现在不论干什么，都离不开小原的视线。

一天早晨，他刚到办公室，想给自己沏杯茶，方厅长便推门走进来，方厅长端着茶杯，杯子里正冒着热气。方厅长笑眯眯地坐在沙发上，满脸笑容地望着他，他只能装作若无其事地道："厅长，有话你就说，不用这么看着我。"方厅长就说："我给你做回媒人怎么样？"他不知道方厅长这话的用意，绷紧了身子，望着方厅长。方厅长点燃支烟，轻飘飘地道："你是个男人，在新京这个地方无家无业的，没个女人照顾怎么行。"他明白了方厅长的用意，也放松下身子道："没有牵绊才一身轻松，干咱们这行的，脑袋别在裤带上，要家干什么？"方厅长就说："教会医院我有个远房表妹在做护士，我把她介绍给你吧。我表妹人贤惠，也算漂亮。"他只能抱了拳，冲方厅长表示着感谢。方厅长离开他时，回过头又叮嘱一句："我说的话可是认真的。"他就再一次把感激的笑挂在脸上。教会医院是以前的称呼，现在已经成了日本人的医院了。他想，方厅长这么做，无非是换个法子盯着他吧。

他有个恋人叫马遥，两人在延安干训班认识的，后来，他来到了东北，马遥被上级派到了青岛。她现在的身份是一家商行的会计，实则做着地下组织的联络工作。他潜入敌人内部之前，两人偶有通信。为了安全，信中并不能涉及太多内容，只是相互报一份平安。他奉棒槌之命潜入敌人内部，给马遥写过一封信，信里只写了一句只有他们能听懂的话："鸽子已经起航。"想必，马遥一定接到了他的信，也知道他另有任务了。

青红院这个联络点他去过两次之后意识到，以后再去，怕是不方便了。不仅有一色和小张的两双眼睛，躲在他们背后的还有小原和方厅长的目光。

审讯李长林政委他又参加过一次，这次主审是审讯科的王科长。李长林在他眼里已经面目全非，各种刑讯工具又用了一遍，李长林的咒骂声已经很微弱了，冰水又一次把李长林浇醒。现在小原审讯的条件已经降低了，只要李长林写一份脱离抗联的声明，就可以还给他自由。即便这样，李长林仍是宁折不弯，把一口血水啐在小原的脸上。李长林已经被折磨得奄奄一息了。小原请示了关东军司令部，关东军司令部指示：不能让李长林死，他活着的意义比情报更重要。

李长林是一天夜里被医院的救护车拉走的，小原派出一队警察，由审讯科王科长带队，去负责李长林的安全。

他看着李长林被人七手八脚地抬上救护车，又看着王科长带着一队警察随救护车而去。近在咫尺的战友，他却不能伸手相救。那一夜他几乎没合眼，睁眼闭眼都是李长林受刑的样子，李长林和棒槌两人的画面在他眼前交替出现，想到自己也许有朝一日也会被敌人抓住，也会受到如此的待遇，刚积攒起的睡意便消失得无影无踪。他坐了起来，浑身出了层虚汗。

李长林被送到医院一周后，方厅长突然把所有警察都集合起来，他得到一个消息，李长林在医院里跑了。他得到这个消息时，心里一阵轻松。果然，上级已经有了营救李长林的安排。他觉得此时的自己不再孤单，身边的某一处就隐藏着和自己并肩战斗的战友。

战 友

三天后，他看见一个车队驶回到警察厅院内，车上不仅下来一批警察，还有几卡车日本宪兵队的士兵。他们列队持枪，枪口同时指向一辆车内，少顷，李长林被五花大绑地从车内推了出来，随后审讯科的王科长也被推搡着从车内出来，一群警察荷枪实弹地把两人押送到了地牢。

他的心像坐过山车一样，在这三天时间里，他无数次想起抗联的李长林政委，他想过若干种可能，李长林一定在地下组织的帮助下，逃出了新京城，回到了游击队的阵营中，因遭受太多的酷刑，一定在养伤。他想起这些时，心情一度无限美好起来，在心里便哼起了小曲，为李长林政委能脱离虎口感到欣慰。可眼前的现实，把他所有的幻想都击得粉碎。

后来，他从方厅长嘴里得知，这个李长林在医院治疗时期，做通了看守王科长的工作，在王科长的掩护下，逃到一户农家，但最后还是被抓了回来。当然，同时被抓捕归案的还有审讯科的王科长。他意识到，接下来，被捕的两人应该还会受刑。

结果几天之后，关东军突然来了份命令，二人立即处决。李长林和王科长是如何处决的，他并不清楚，当二人的尸体被挂在城门上示众时，许多当地老百姓都去看热闹，他也裹挟在人群中，二人被吊在城门楼上，他们的尸体在风中摇摆。许多百姓路过城门时，都加快了自己的脚步，压低自己的视线，望着自己的脚尖或前方的某一处，匆匆而过。他自己说不清怎么离开城门的，那天晚上他做了一个梦，梦里又一次出现了棒槌，棒槌苍白着脸，站在他的面前，一遍遍地冲他说："老把头，我冷啊。"他急着去给棒槌找衣服，周围空空荡荡的，什么也没有，哪怕是一片树叶也没有。他想起了自己的衣服，伸手欲脱，竟发现自己是赤身裸体的，自己并没有穿衣服。他急得大叫，发现自己被绑在行刑架上，对面审讯他的是小原一郎和方厅长。小原把一张纸扔到他面前，大声地说："你这个共产党，还不快交代出你的上级。"他望着小原和方厅长，不知自己是如何暴露的。突然听到耳边又响起棒槌的声音："为了'大计'你不要承认自己的身份。"敌人开始对他动刑，烧红的烙铁在他眼前一晃，便在他的腿上烧着了，连同皮肉，他又闻到了一股焦煳的气味。他大叫了一声从梦里醒来，发现自己浑身是汗，呼吸粗重。

他想自己该去一趟青红院了，这次他没有偷偷摸摸地自己去，而是叫了车，还叫出了一色和小张，带着他们风风火火地又一次来到了青红院。他在心里告诫着自己，青红院是风月场所，别人能来，他也可以来。全警察厅的人都知道他投奔日本人后，得到了一笔不菲的黄金。那是日本人曾经悬赏捉拿棒槌的奖金，棒槌是他供出来的，这笔奖金当然属于他了。他第一次见娜塔莎时，便把这些黄金交给了她，还补充了一句：“一定要亲手交给组织，算是棒槌最后一笔党费。”娜塔莎红了眼圈，郑重地把这些黄金接了过去。不久，他把黄金寄存于青红院的事，整个警察厅的人都知道了。方厅长还开玩笑地冲他说：“那些黄金够买几个青红院的了，为了美人你可真是舍得下本。”他当时笑了，故作轻松地说：“钱财乃身外之物，千金散尽还复来。”方厅长竖起大拇指，冲他道：“佩服，兄弟你是做大事的人。”

他在青红院门口下了车，小张跟上两步问：“厅长，今天还叫那个俄罗斯女孩儿吗？”他听了小张的话，打个激灵，自己来青红院的次数并不多，每次小张等人都在外面，他们是怎么知道娜塔莎的？他又用目光去寻找一色，一色看他目光扫过来，故意把脸扭到了一旁。他来不及多想，走进青红院的大门，坐到了二号桌的位置上，他记得前几次来青红院，每次都坐在这里，片刻工夫，娜塔莎便会走出来。可这次他左等不来，右等也不来，他急不可待地冲一个端着茶水招待另外一桌客人的姑娘道：“我找娜塔莎。”听到“娜塔莎”三个字，那个姑娘一哆嗦，差点儿把端着的杯子掉到地上。上下打量着他，似乎对他有了印象，小声地说：“娜塔莎不在了。”“不在了？她去哪儿了？”他下意识地追问道。姑娘见四周没人注意他，附在他耳边说：“前两天被日本人带走了。”他脑子一阵轰鸣，空蒙一片。那姑娘又扯扯他的衣襟道：“客官，我们这姑娘还有很多，别的俄罗斯姑娘也有，用不用我给你介绍几个？”他不知道自己如何走出青红院的，车就停在青红院门前不远处。他看见一色和小张站在车头前正在说话，他克制着自己，让自己恢复到常态，脑子也清醒过来，进门前，小张问他的话，他意识到，小张和一色一定知道娜塔莎的事，只是自己不知道而已。他又想到了小原和方厅长望向他的躲闪的眼神。

他沉闷地上了车，一色坐在副驾的位置上，小张和他并排坐在后面。他故作轻松地说：“那个俄罗斯姑娘不在了，你是不是早就知道了？”小张答非所问地说了句：“厅长，要不，我带你换一家，保证那里的姑娘比青红院的好上几倍。”他没再说话，心里验证了自己的猜测。

他回到警察厅的住处，关上门倚在门上，发现自己浑身无力，他又想到了前两天做过的梦，一种不祥的预感侵袭了他。后来他仰躺在床上，望着头顶昏蒙的灯光，脑子飞快地转着，是他让娜塔莎暴露了，小原怀疑他，只能从娜塔莎下手了。如果从娜塔莎身上找到突破口，不仅会把他招供出来，还有他们的上线。这么想过，他腾地从床上坐了起来。娜塔莎被日本人秘密带走，日本人并没有来抓他，证明日本人并没有抓到他的把柄。也就是说，娜塔莎并没有变节。

这么想过了，心里随之也踏实了许多，却被另一种孤独占据了。娜塔莎是他的上线，娜塔莎被抓，他失去了上线，就像一只断了线的风筝，在空中飘来荡去，不知身在何方。

以后的日子里，他像什么也没有发生一样，每天走进自己的办公室，倒上一杯茶，打开一张《新京日报》，眼睛停留在报纸上，心思却飘到了别处。他想象着娜塔莎的命运，也许此时，她被关在某个地牢里，正接受酷刑。他又想起了和娜塔莎的几次接触，娜塔莎端庄美丽，充满灵性，一双幽蓝的眼睛真诚地望着他。每次她向他传达完上级的指示，他都会说一句："谢谢。"娜塔莎就说："咱们是战友，不用客气。"他每次听她说到战友时，心里总会热一下。

此时，他身边没了战友，他成了迷失的战士，不知自己将飘向何方。他想过很多种结局，娜塔莎为了保护他，什么也不交代，被敌人的刑罚折磨而死。还有一种，她把他供出来。上级知道娜塔莎被捕吗？还会派人和他联系吗？一切都是未知数，没有上级的命令，他只能在这里坚守着。

又一天早晨，刚上班不久，方厅长端着茶杯出现在他的办公室里，打着哈哈说："兄弟，我上次提到的远房表妹的事，你考虑得怎么样了？"他只能应付着方厅长，把脸上的笑容挂起来，有一搭没一搭地说："咱们都是听差的，有今天没明天的，就别耽误良家妇女了。过一天算一天吧。"方厅长喝了口茶，用手捂在茶杯上，试探地问他："娜塔莎的结局你不想关心？"他听了这话，心里翻起一股巨浪，这么久了，方厅长第一次和他提起娜塔莎，之前这段日子里，他发现，小原和方厅长的目光总是回避着他。心里巨浪翻腾，嘴上却波澜不惊地说：“上次我去青红院，听人家说娜塔莎已经不在了，怎么，她的故事还有后续？”

方厅长就苦起一张脸道：“都是日本人干的好事，把人抓起来了，怀疑她是苏共，弄到哈尔滨去审，结果也没审出什么来，最后就送出满洲国，让她回苏联了。”

他从方厅长轻描淡写的叙述中，终于知道了娜塔莎的结局。娜塔莎被抓，当然不是日本人怀疑她是苏共，而是怀疑自己，希望从娜塔莎身上打开缺口。看来娜塔莎坚守住了底线，不仅保住了自己全身而退，还保护了他。这么想着，眼前又浮现出娜塔莎的样子，还有她嘴里说过的战友。想起战友，他心里就翻江倒海地热了起来。

从那以后，小原和方厅长看他的目光已经有了变化。有一天，小原还请他喝了一次酒，然后拍着他的肩膀说：“野夫君，你是个好人。”他知道，从这一天开始，他才真正得到了特高课的信任。

大 计

可他成了一只孤雁。

每次路过青红院时，他都会让司机把车慢下来，透过车窗望着青红院的门脸，想着曾经的上线娜塔莎。他不知道娜塔莎何时回来，又会以何种方式联系自己。心便空落起来。

有一天，他正在警察厅会议室里开会，小张突然推门进来，附在他的耳边说："嫂子从老家来找你了。"他望了眼小张，不见小张有开玩笑的意思，一本正经的样子。他想到了马遥，他自从打入伪满洲国的警察厅便和马遥失去了联系。他冲小原一郎和方厅长打了个招呼，随着小张走出来，门廊处，一个乡下女人杵在那里，脚前放了一个篮子，里面装了些花生大枣什么的。那女人见到他，呜哇大叫一声扑过来，挥起手一边在他身上拍打着一边大叫道："姓程的，你真没良心，把我扔在老家你就不闻不问，二姥爷死了仨月了，你也不回老家一趟，你只顾着自己在外面风流快活……"刚才还云里雾里的他，立马清醒了，眼前这个女人，是自己人。娜塔莎第一次见他时，就和他约定好了，万一青红院这个接头地点遭到敌人的破坏，会有人联系他，接头暗号就是"二姥爷死了"。果然，组织并没有忘记他，派人来了。

还没等他说话，女人就说："你这个没良心的，我二丫在你家当牛做马，把二姥爷伺候走了，你连句感谢话都没有。是不是还要休了我……"二丫一屁股坐在地上，真的哭了起来，一边蹬腿，一边拍手，眼泪生动曲折地从脸上爬下来。

此时，方厅长推开门，小原一郎等人也走了出来，显然方厅长明白了眼前的情景，走过来，拉着他的膀子说："还不快把弟妹照顾好。"他抱歉地冲小原一郎和方厅长笑一笑，拉起地上撒泼耍赖的二丫道："别在这儿丢人现眼了，有话咱回去说。"二丫仍然不依不饶地说："你当着大家伙的面说一说，你是不是要休了我，姓程的，你今天把话说清楚。你不说清楚，我就不起来。"二丫说完又把身子坠下去。戏演到这儿，他也进入角色之中，使劲地扯起二丫，拖着二丫向外走去，一边走还一边说："你别丢人现眼了。"小张提着篮子跟在身后，走进楼门洞时，他回身冲小张说："把这些老家土特产带走吧，算是给大家捎来的礼物。"小张谢过了，提着篮子飞快地走了。

他用钥匙打开门，二丫进门，他把门关上，用后背靠在门上。二丫立马换了一个人似的说："程野同志，我是组织派来的你的上线，以后你就叫我二丫好了。"说完望着仍然迷怔的他说："暗号已经对过了，你还愣着干什么。"他看着眼前的二丫，样子虽然有些土气，可她是组织上派来的人，从此，他不再是一只单飞的孤雁了。他上前抓住二丫的手，摇晃着道："谢谢你二丫同志，我等了你好久了。"二丫甩开他的手，脸上流露出羞怯的样子道："以后我可是你的媳妇了，咱们要把戏演好了。"他又想到远在青岛的马遥，再看眼前的二丫，她们有着天壤之别。

为了把二丫隆重地介绍给大家，他张罗着请了一次客，把厅里的科以上人员都叫到一起，足足有四五桌。不知道的人还以为是他和二丫的婚礼，有几个科长居然还给他带来了礼物，有脸盆、暖水瓶，还有毛巾、香皂什么的。席间，他带着二丫挨桌敬酒，每到一桌他就介绍道："这是我的内人，叫二丫。"然后二丫就上前给大家敬酒，酒装在碗里，二丫敬酒的动作又大，不时地有酒从碗里洒出来，二丫把酒喝进嘴里，又哩哩啦啦地落在前襟上，把衣服也弄湿了一片。酒气却很浓烈。方厅长就说："弟妹你少喝点儿，别伤了身子。"二丫就没心没肺地咧开嘴笑道："多谢你们，要不是你们给我做主，我们家老程非得休了我不可。"众人就笑，一顿饭吃得很喜庆。

散场时，方厅长把程野拉到一旁小声地说："兄弟，多亏了没把我远房表妹给你带来。"说完又看了一眼等在不远处的二丫，然后拍拍他的肩膀道："兄弟，我理解你以前为啥总是往青红院跑了。男人嘛。"方厅长拍拍他的肩膀，理解又温暖地笑着。他也借势小声地说："厅长，以后你说话可有点儿把门的，别把我以前的事顺嘴秃噜出去。"方厅长就一副过来人的样子说："哪能呢。"然后就满脸复杂地笑。

他的上线二丫就在这里安营扎寨了。他发现表面粗鲁的二丫，实则是个称职的上线。房间里剩下两个人时，她是另外一个样子，思绪清晰，胆大心细，只要一离开这个门，她马上就换成了二丫的身份。二丫白天经常出门，左手挎个篮子，呼朋唤友地叫上其他女人，一起上街买菜。这里面有方厅长的太太，也有一些科长的老婆。很短的时间里，二丫就和这些女人混熟了，一副如鱼得水的样子。他看着二丫渐渐地熟悉了环境和人，暗暗地松了一口气。

接下来，关东军内部发生了几起不可思议的事：先是关东军围剿抗联时，在老虎岭，一个乔装成猎人的日本关东军中队遭到了抗联队伍的袭击，几乎全军覆没。还有伪皇宫溥仪侍卫长，大汉奸张帮昌被锄奸队击毙在街头。又是不久，关东军 731 部队研制细菌的过程及罪行，被延安的新华社向世界公布，苏联的塔斯社马上转载播发，世界很快便知晓了日本人的罪行，全世界的抗议声讨，阻止了日本人把细菌投入实战当中……

这一日，二丫挎着篮子兴冲冲地从外面回来，他已经下班回来一些时候了，站在窗前，看见二丫从楼门洞里上楼，才把怀里的枪放到抽屉里。每次二丫出门，他的心都会悬起来，二丫每次和上线接头，都充满了危险，整个新京的大街小巷都风声鹤唳，不仅布满了便衣警察，还有许多特高课的特务也混杂在其中。他们在围剿一个代号叫“老把头”的中共地下党。从皇宫内部到关东军司令部，篦子梳头一样，已经梳理几个来回了，抓捕了一批怀疑对象，关在地牢里，再逐一审查甄别，整个地牢里哀号一片。他不能不为每次二丫出去接头而担心，只要二丫出门，只要有脚步声走近自己，他都会把手放在胸前，握住已经上膛的枪，这种场面他已经在心里演练无数回了，先把子弹射向敌人，最后一颗子弹留给自己。

二丫进门，把篮子放到脚下，身子抵在门上，一脸兴奋地望着他，招了下手示意他过去。他很近地站定在二丫面前，二丫用只有他能听到的声音说："延安一号指示，尽快搞到关东军要塞布防图和兵力布置情况。"二丫说到这儿，气喘着目光灼灼地望向他又说："还有伪皇宫里的动向，尤其是溥仪的一举一动，上级指示，绝不能让日本人在溥仪身上再做文章。"

二丫一口气说完，他做了一个干净利落的手势。此刻，时间已经进入1945年，美国人已对日本人宣战，延安方面正秘密接触苏联，让其出兵东北。虽然他们不知道在不久的将来，会有若干大事发生，但他们都能感受到，一个崭新的天地即将向他们打开。两人在吃饭时，二丫坐在他对面，郑重地冲他说："延安一号让我口头转达给老把头同志，组织给他记了一等功。"他握着筷子的手抖了一下，夹起来的菜又落到盘子里。二丫微笑着，迎着他的目光说："恭喜你。"他没再说话，低下头快速地吃饭，想起了棒槌最后时刻望向他的眼神。自从棒槌牺牲，棒槌的眼神一直伴随着他。似乎时时在提醒着他："就看你的了。"他知道，自己就是刀尖上行走的人，随时会粉身碎骨，但他必须一往无前地走下去。

1945年8月19日，苏联远东军第六近卫坦克集团军，派空降兵成功占领了中国东北重要战略中心奉天。在机场成功俘获即将登机准备逃往日本的伪皇帝溥仪。

1945年9月，臭名昭著的日本高级特务川岛芳子在北京被捕，于1948年3月25日在北平第一监狱执行枪决。

1945年11月，第四野战军挥师北上，接收东北。

……

1946年春，长春北郊的一处山岗上，多了一处坟墓。墓前立了一块碑，碑上刻了一行字："棒槌之墓"。一个男人和一个女人走过来，男人怀里捧了一束野花，缓缓走到棒槌墓前，弯下身子把花放到墓前，直起身子时，已经泪流满面。嘴唇颤抖着说："棒槌，你交给我的'大计'，我还没有完成。"说到这儿，他举起手臂向棒槌的墓敬礼。女人立在一旁，警惕地打量着四周。男人蹲下身，把墓地上的草拔掉一些，女人说："我们该走了。"男人站起来，直起身子，凝视着墓地道："老伙计，我方便时还会来陪你的。"男人把脸上的泪抹去，女人已向山下走去，男人叫了一声：“二丫，你等等我。”

山下的小路上，一辆挂着警察局牌照的车在等着两人。

完　美

上 篇

一

娴静、端庄、貌美的师医院护士李静爱上了师部警通连的警卫排长梁亮，这一切似乎顺理成章。

梁亮是住进师医院之后，才和李静产生恋情的。在这之前，梁亮并不认识李静，但李静却认识梁亮。梁亮差不多是师机关的名人，不仅因为梁亮长了一副挺拔的身板，更重要的是，梁亮当战士的时候，就有一副极好的身材，他是全师学雷锋标兵，还是学习“毛泽东思想”的积极分子。每年师里都会组织两次演讲比赛，梁亮就是那会儿脱颖而出的。很多人都认识他，不论是干部还是战士。

梁亮成为师里的名人是有基础的，他刚当新兵不久，就有警卫部队来师里选人，梁亮差点儿就被选中。听说这次选人的警卫部队是中央的，专门给国家和军委的领导人站岗放哨。不仅要求这些人政治合格，而且还要相貌英俊，个头儿也得一米七六以上，那时候如果能进去，是一种至高无上的荣耀。

那年警卫部队来师里选人，选来选去，最初是十几个，那十几个新兵站在一起，简直是一个模子里刻出来的，小伙子个个精神、挺拔，后来又选了两轮，最后只剩下三个人，这当中仍有梁亮。警卫部队已经首肯这三个人了，回去就能给他们发调令了，后来的情况发生了变化。警卫部队致函给师里说：警卫任务有变化，部队不需要那么多人了。最后梁亮他们谁也没有去成。过了一阵子，有小道消息说：这次选人，是给周恩来总理做贴身警卫，后因周总理住进了医院，不需要警卫了，梁亮他们才没有去成。不管这小道消息是真是假，在师里上上下下着实传说了一阵子。因此，梁亮也跟着有名起来。许多出入师部大院的人，都想找机会一睹梁亮的风采。那时的梁亮新兵连训练已经结束，在师机关的警通连负责站门岗，人们很容易就能看到梁亮站在哨位上的身姿，不论谁看到梁亮都会在心里赞叹：这小伙子不错，有英武之气。

这种认识只是对梁亮表面的一种认可，随着时间的流逝，人们还发现，原来梁亮不仅人长得英武俊美，居然还很有才气。能写一手好字，还会画画儿，出口成章，古典诗词张口就来，尤其是朗读毛泽东诗词，简直和电台播音员不分高下。这样一个人物，在小小的师机关里，很快就脱颖而出。梁亮是个勤奋上进的小伙子，当兵满三年时入了党，提了干。那时他年轻，才二十三岁，人们在梁亮身上看到了无限的前途和光明。

梁亮很活跃，只要师里有出人头地的事都会和他有关。比如“八一”“十一”等重大场合的晚会，还有师部院里的各种标语、口号的书写，都有梁亮的参与。师医院许多女孩子都暗恋梁亮，把梁亮想象成白马王子、梦中情人。梁亮这是第一次住进师医院，他不像有些年轻干部，有事没事总爱往师医院跑，为的就是能和师医院那些女兵套套磁，或者只为得到一张笑脸、几句玩笑。梁亮从来都不，他见到师医院这些女孩子时，始终目不斜视。他越是这样，就越是惹得那些女孩子心旌摇曳。

一次，梁亮在越障训练中把小腿摔骨折了，住进了师医院。骨折的小腿重新接过，打着厚厚的石膏，他在医院里休养。梁亮住院，成了师里那些女孩子的节日。她们整天嘻嘻哈哈，有事没事地就来找梁亮。梁亮住院的确够闷的了，平时陪伴他的就是一只“红灯”牌半导体收音机，能有人来陪他说话，他是不会拒绝的。但他和这些护士还有女兵一直保持着合适的界限和距离。那些日子，他换下来的衣服总有人抢着洗，包括他的内衣。梁亮觉得这样很不好，就自己拄着拐，挪到水房里自己去洗。

李静是负责梁亮这间病房的护士，每天她都要出入病房几次，给病人分药、打针、测体温什么的，李静似乎对梁亮没有那些女孩子那么热乎，没事从不多说什么，她对他说得最多的一句话就是：“梁亮，这是你的药。”说完，盯一眼梁亮就出去了。李静不和他多说什么，也是因为李静漂亮，李静被称为师里的第一美女，别人都这么说，这一点她心里清楚，也有陈大虎的追求为证。

陈大虎是师机关训练科的参谋，这些都不能说明陈大虎的身份，要想说明陈大虎的身份，最好的办法就是提他的父亲，他的父亲全军区的人都知道，因为他就是大名鼎鼎的军区陈司令。

陈司令的公子陈大虎有一阵子追求李静都到了走火入魔的程度，只要一下班，就泡在师医院里，千方百计要讨得李静的欢心。师医院里那么多女孩子，他不对别人动心，偏偏对李静动心，这足以说明李静不是一般人物。李静不仅人漂亮，家庭出身也好，她父亲是省军区的政委。虽然省军区和大军区还差着一大截，但也算是高干了。李静的父亲和陈司令关系也不一般，传达室说李静的父亲曾给陈司令当过通信员，那时陈司令还只是营长。这子一辈父一辈的关系，谁看了都眼馋，就在人们认为陈大虎和李静这对金童玉女就要走到一起时，人们突然很少见到陈大虎在师医院里出入了。不久就有消息说，陈大虎又爱上了军区文工团的独唱演员马莉莎。所有的人都认识马莉莎，因为他们看过她的演出，她最拿手的曲目是《南泥湾》和《绣红旗》。她用悦耳的嗓音唱歌时，让人们不由自主地想起了郭兰英。陈大虎爱上马莉莎，人们能够理解，很快人们就不再议论李静和陈大虎的关系了，但人们心里都清楚，是陈大虎把李静给甩了，喜新厌旧。

也可能是经历了这样的一次挫折，李静变得与众不同起来。她用冷漠和尊严把自己遭受挫折的心灵包裹起来。她不再相信男人的花言巧语，更不愿意随便把自己的恋情交给男人了。

李静对梁亮是有好感的，在那个审美单一的年代里，谁见了梁亮这么优秀的军官，都会动心。李静在私下里也对梁亮动过心，只不过她不会像那些女孩子一样那么表现罢了。因为她漂亮，因为她和陈大虎有过那么一段，还因为自己的父亲是省军区的政委，诸如此类，足以让李静卓尔不群起来。

梁亮对李静的看法也是与众不同的，她越是表现得不一样，他越觉得李静和那些热情似火的女兵不同。梁亮很少来师医院，因此，他对李静和这些女兵的情况几乎一无所知。但他一眼就能看出李静和其他女兵是不一样的，不是因为李静的冷漠，也不是因为李静的漂亮，而是李静身上有股劲儿，这种劲儿让梁亮对李静充满了好奇和好感。他每次见到款款走进病房的李静，心里的什么东西就会动一动。

李静从不和他多说什么，分完药，交代几句服药的注意事项就走了。有时不经意间，两人的目光快速地碰撞在一起，又很快地躲开。李静走后，梁亮常会躺在病床上望着天棚，呆呆地愣一会儿神。

二

处于朦胧恋情中的男女，相互之间有时就隔着纸那么薄的一层东西，一旦捅破了，就会进入另一番天地。

拉近两个人距离的，还是梁亮那种追求完美的精神。因小腿骨折而在病床上躺了一个多月的梁亮，终于迎来了拆掉石膏的日子，拆掉腿上的石膏，梁亮就可以自由走路了。可石膏拆掉了，医生和梁亮都怔住了，梁亮的小腿在接骨时并没有完全复位，也就是说，大腿和小腿并没有在一条直线上，直接的后果就是，他的伤腿将永远不能像摔伤前那样行走了。梁亮傻了，医生也因失误哀叹连连。沮丧的梁亮并不放弃最后的希望，他问医生："有没有办法让我的腿再重新接一次？"

医生下意识地回答："除非再断一次。"

梁亮看看自己错位的腿，又看了眼医生，然后一拐一拐地向病房里走去。他走进病房后，就用被子蒙住了头。他在床上躺了好久，在这期间李静来查了几次病房，看见梁亮一动不动地躺在那里，安慰的话都到了嘴边，又咽回去了。梁亮这个样子一直持续到中午。此时，正是医生和护士交班的时候，突然，他们听到梁亮的病房传来石破天惊的一声巨响。当医生、护士拥进梁亮的病房时，他们被眼前的景象惊呆了，梁亮把那条伤腿插在床头的栏杆里，床头是铁的，刷了一层白漆，梁亮用铁床头再一次把自己的伤腿弄折了，此时的梁亮已晕倒在床上。

梁亮把自己接错位的腿再一次弄折的消息，被演绎成许多版本流传开来。不管是哪种说法都让人震惊，所有人都被梁亮追求完美的行为深深地折服。那种疼痛不是常人能够忍受的，即使能够忍受，也未必有勇气去尝试。梁亮这么做了，做得很彻底，他让自己那条不完美的腿，又从伤处齐齐地断裂了。

当李静冲进病房时，她看到昏死过去的梁亮嘴里还死死地咬着床单，但她无法使梁亮的嘴与床单分开，最后她只能用剪刀把床单剪开。梁亮当时就被推进手术室里，又一次接骨。

第二天，李静又一次走进病房时，梁亮早就清醒过来了。重新接过的伤腿被高高地悬吊起来，他正神色平静地望着自己的伤腿。李静走进来时，他的眼皮连眨都没有眨一下。

李静站在他的床旁，先是把药放在他的床头柜上，平时她交代几句就该走了，今天却没走，就那么望着他，他意识到了，望了她一眼。这一次，她没有躲避他的目光，就那么镇静地望着他。

她说："昨天那一声，太吓人了。"

他咧了咧嘴。

她又说："其实，不重接也没什么，恢复好的话，别人也看不出来。"

他说："我心里接受不了，那样我自己会难受。"

她不说话了，望着他的目光里就多了些内容。

从那以后，两人经常在病房里交谈，话题从最初的伤腿渐渐广泛起来。梁亮情绪好一些时，他会躺在床上抑扬顿挫地为她朗读一段毛主席的诗词，他最喜欢"数风流人物，还看今朝"那首。梁亮二十出头，正是血气方刚，年轻气盛，他向往那些风流人物。

李静被梁亮的神情打动了，以前在师里组织的联欢会上，她曾无数次看过梁亮的朗诵，但没有一次是在这种距离下听到的，这是他为自己一个人朗诵的，这么想过后，心里就有了一种别样的滋味。

时间长了，两人的谈话就深入了一些，直到这时，李静才知道，梁亮出身于知识分子家庭。梁亮的父亲是大学中文系的教授，梁亮从小在父亲的影响下，读过很多书，能写能画也就不奇怪了。

有一次，梁亮对李静说：“能帮我找本书吗？我都躺了快两个月了，闷死了。”

第二天，李静就悄悄塞给梁亮一本书，书用画报包了书皮。梁亮伸手一翻，没看书皮就知道是《钢铁是怎样炼成的》。上高中时，他已经读过了，但他没说什么，还是欣然收下。他躺在床上又读了一遍，发现再读这本书时，感觉竟有些异样。这本书显然是李静读过的，书里散发着女性的气息。他的手一触到那本书，便有些兴奋。

那天下午，太阳暖烘烘地从窗外照进病房，梁亮手捧着书躺在床上，望着天棚正在遐想，李静推门走了进来。她没有穿白大褂，只穿着军装，这说明她已经下班了，她神情闲散地坐在凳子上。自从那天的巨响之后，她对待梁亮就不那么矜持了。她对他的好感明显落实在行动中。经过这一段时间的交往，她有些依赖梁亮。在她的潜意识里，有事没事总爱往他的病房里跑。这是四人一间的病房，师医院很小，主要接收师里的干部、战士，虽然每天出入医院的人很多，但真正有病住院的人并不多，所以，梁亮的这间病房就一直这么空着。

她坐在阳光里，笑吟吟地问：“书看完了？”

他望着阳光中的她，脸颊上有一层淡淡的绒毛，这让他的心里有了一种甜蜜和痒痒的感觉。他没说什么，只是点点头。接下来，他说“保尔”，她说“冬妮娅”。在那个年代里，“保尔”和“冬妮娅”就是爱情的代名词。两人小心翼翼地触及这个话题时，脸都有些发热，但还是兴奋异常地把这样的话题继续下去。

她突然问：“如果你是保尔，你怎么面对那样的困难？”

他沉吟了半晌答：“我要完好地活着，要是真的像保尔那样，我宁可去死。”

他这么说了，她的心头一震，仿佛那声巨响又一次响起来，并且声音越来越大，越来越强，反复地在她的心里撞击着。

过了片刻，她说：“我要是冬妮娅就不会离开保尔，因为他需要她。”

他神情专注地望着她，因为太专注，呼吸开始有些粗重，她的脸红了，一副羞怯的样子。一股电击的感觉快速地从他的身体里流过，此时她在他的眼里是完美的。漂亮、贤淑的李静，就这样坚不可摧地走进了梁亮的情感世界。

感情这东西，有时是心照不宣、势不可当的，不该来时，千呼万唤也没用；该来了，便毫无征兆地出现。在病房里，一对同样优秀的青年男女，他们朦胧的爱情萌发了。

第二天，她又为他找了一本书，那本书叫《牛虻》。在这之前，他同样读过，可他又一次阅读，就读出了另一番滋味。这书里似乎有李静和自己的影子，那么深邃和完美。他陶醉其中，不能自已。

因为有了梁亮，李静单调的护士生活一下子有了色彩，生活的味道也与众不同起来。就在两个人的感情蒸蒸日上的时候，梁亮的腿第二次拆掉了石膏，这一次很理想，他的腿严丝合缝地复位了。

梁亮怀着完美的心情出院了，但他和李静的关系并没有画上句号。

三

梁亮和李静的恋爱掀开了新的一页，人们经常可以看到这样的场景：

黄昏时分，李静和梁亮走在师部营区外的一条羊肠小路上，路很窄，他们低声交谈着，几乎挽在一起。

一有时间，梁亮就会迈着军人的标准步伐出现在师医院里，他成了师医院里的常客，许多医生和护士也都和他熟悉起来。

警通连的宿舍里，也经常能见到李静的身影，警通连一半男兵一半女兵，按道理说，警通连是阴阳平衡的，他们不会为一个女兵的到来一惊一乍，然而李静每次出现在警通连都会引起一阵不小的骚动。李静太漂亮了，让警通连的女兵自惭形秽，她们学着李静的样子装扮自己，或弯出一缕刘海儿，或翻出一角碎花衬衫的领边，但不管怎么收拾，始终出不了李静那种效果。李静的美丽是骨子里流露出来的。她们一面忌妒着李静，一面又模仿着李静。虽然，梁亮是她们的排长，天天生活在一起，但梁亮的女朋友却是李静。

那些日子里，师部院内院外留下了梁亮和李静亲密的身影，也铭刻了他们发自内心的幸福。有许多人猛然意识到，他们走在一起竟是那么般配，那么和谐，他们是天生的一对，除此之外与谁相配都不合适。

正当梁亮沉浸在爱情的愉悦中时，他听到了一个消息——李静和陈大虎谈过恋爱，且时间长达半年之久。在这期间，李静曾利用休假随陈大虎去过省城的军区陈大虎家，一个星期后两人才返回。

梁亮听到这个消息，如同在炭盆里浇了一瓢冷水。在和李静的交往中，李静从来没有提过那一段经历。

对于陈大虎，梁亮当然认识，他们都在师部机关，可以说是低头不见抬头见，陈大虎比梁亮早两年入伍。他入伍的时候，陈大虎刚提干，走起路来目不斜视。他对陈大虎没什么好印象，在他得知陈大虎的父亲就是军区的陈司令员时，他在心里认定，那就是狐假虎威。他自己是优秀的，靠的是本事走到今天，而陈大虎靠的是老子。这是他对陈大虎的印象。有了这种印象后，他开始从骨子里瞧不上陈大虎。他从不主动和陈大虎有什么关系，陈大虎肯定也不会主动和他有什么关系，两人经常在师部大院里走个对面，有时点个头，有时连个头都不点。两人可以说都是师机关的名人，梁亮是因为多才多艺，什么样的活动都少不了他；陈大虎则是因为出身，许多年轻干部对陈大虎又羡慕又逢迎，就是范师长也经常把陈大虎叫到家里去喝几杯。

范师长经常在全师大会上讲起当年那些战争岁月，每次一提到战争，就离不开陈司令员，他说："陈司令员哪，可是一员猛将，都当师长了，还和我们一样打冲锋，抱着一挺轻机枪，左冲右突，杀出一条血路。"范师长每次这么说都是一脸神往，渐渐地人们就知道范师长和陈司令员的关系不一般了。

有一次，陈司令员到师里检查工作。汇报结束后，两人在范师长办公室里喝了一次酒，酒是范师长从家里拿来的，也没什么菜，一盘油炸花生米，一盘炒鸡蛋，最后两人都喝多了，都说到了过去的战争岁月。他们越说越激动，恨不能再回到以前那种爬冰卧雪的日子里，最后陈司令员提议，让范师长陪他到士兵的宿舍里住一个晚上。范师长回到家，抱着自己的铺盖真的和陈司令员来到了士兵的宿舍。他们把士兵赶到上铺去，两人睡到了下铺。据那天晚上有幸和司令员、师长一起睡过的士兵讲，他们一晚上都没睡着觉，刚开始是兴奋，后来司令员、师长都打起了呼噜，两人的呼噜都很有水平，比赛似的，弄得六名士兵天不亮就蹑手蹑脚地起床了。他们门里门外地自动给司令和师长当起了警卫。

陈大虎和范师长的关系也不一般，因此，陈大虎在师里也不会正眼看几个人，心高气傲得很。

四

梁亮是从王参谋那里得知陈大虎和李静谈过恋爱的。王参谋和陈大虎在一个宿舍里住，他对陈大虎的私生活应该说是了如指掌。

那天，梁亮和李静约会刚刚回来，就看到在操场上散步的王参谋。王参谋笑眯眯地望着梁亮，一副欲言又止的样子。那阵子，梁亮正处在巨大的幸福之中，他所见到的事和人都是那么美好，当然在他的眼里，王参谋也不例外。他看到王参谋便停下来，掏出烟来递给王参谋一支，两人一边往前走，一边吸烟。王参谋说："去约会了？"

梁亮笑一笑，算是默认。

王参谋说："李静这姑娘真的不错，你们俩是天生的一对，在咱们师，你们俩能走到一起，是最合适不过了。"

梁亮虽然无数次听到这样的话，但今天王参谋这么说，他还是感到很受用。

王参谋这时突然叹口气，看着梁亮说："陈大虎是没福气呀，李静当年对他那么痴情，他说不要人家就不要了，真是个命呀！"

梁亮听了王参谋的话，一下子站住了，他回过头冲王参谋说："你说谁不要谁了？"

王参谋睁大眼睛说："陈大虎和李静谈过恋爱，你不知道？"

梁亮张大嘴巴道："李静和陈大虎谈过？"

王参谋道："我以为你知道呢，他们俩谈了那么长时间，陈大虎还把李静领回家过，你真的不知道？"

梁亮的心跳陡然加速，感到血液涌到了头上，他痴痴怔怔地望着王参谋。

王参谋说："李静是个好姑娘，她太善良了。她和陈大虎谈恋爱时，陈大虎的袜子她都洗，她对你也一定错不了。"

梁亮的眼前忽然就黑了，他不知道自己是怎么走回连队的。通信排长朱大菊正在往晾衣绳上搭水淋淋的衣服，通信排都是女兵，朱大菊是女兵的排长。朱大菊人生得很黑，力气也大，她经常和警卫排的男兵掰手腕，许多男兵都掰不过她。她也主动要求过和梁亮掰手腕，梁亮没有和她比试过，他不是怕比不过她，只是总觉得她是个女人，就是赢了脸上也光彩不到哪里去。于是，朱大菊一直耿耿于怀。她见梁亮神情不对，气色不好，就跑过来说：“小梁子，咋了，是不是李静欺负你了？”

梁亮不想和朱大菊多说什么，他和朱大菊同岁，但朱大菊比他早一年入伍，在他面前处处摆出一副老兵的架势，一直称呼他为“小梁子”。

梁亮越是这样，朱大菊越是想了解其中的底细，她一冲动，就跟着梁亮回到了宿舍里。她走在后面，进门后用脚后跟把门踢上。他们都是警通连的干部，两人自然很熟，熟到朱大菊有事找梁亮从不敲门，推门就进。有一次梁亮曾含蓄地对她说：“朱排长，这是男兵宿舍，你这样进来不怕看见不该看的吗？”

朱大菊大咧咧地说：“咳，有啥呀，你们男兵能有啥，不就是换个裤子啥的，那有啥，我见得多了。”

梁亮这么说了，她依然我行我素，她和梁亮说话总是粗门大嗓，不分你我。朱大菊在师里也算是个人物，她有着光辉的背景。她是从老区入伍的，她的养母是全国拥军模范。解放战争那会儿，养母是拥军队长，什么做棉衣、鞋垫，还有家乡的红枣什么的，都通过养母的手源源不断地送到前线子弟兵手中。部队过长江时，养母曾推着小车一直随大军南下到了海南岛。养母的名气显赫得很。养母做出的最大贡献是救过范师长。范师长在解放战争那会儿是排长，在孟良崮战役中被敌人的炮弹炸伤了，按范师长的话说，自己快被炸碎了。是朱大菊的养母，带着担架队把范师长抬了回来，范师长在野战医院住了几天，部队就转移了，范师长因伤势太重没能随部队一起走，只能安置在老乡家里。朱大菊的养母主动请缨，把范师长背回家，然后用小米和红枣熬粥，一点点把范师长将养好。半年后，范师长又是一个面色红润、活蹦乱跳的小伙子了。范师长临离开救命恩人时动了感情，他跪在朱大菊养母面前，声泪俱下："大姐，你是我的亲姐，要是我小范活着回来，我一定报答你的大恩大德。"

养母也哭了，半年多的时间里，她已经和范排长处出感情来了，她早就把范排长当成自己的亲人了。她抱着范排长的头，哭着说："你去杀敌吧，要是伤着了就来找大姐，只要你还有一口气，大姐一定能用小米粥把你救活。"

部队越走越远，后来范师长和救命恩人就断了往来，直到几年前，范师长在报纸上看到了朱大姐的事迹。那时朱大姐已经有名字了，就叫"朱拥军"。他越看越觉得朱拥军很像当年自己的救命恩人。于是他去了一趟老区，果然是当年的朱大姐。范师长和朱大姐拥在一起，百感交集，临走时范师长对朱大姐说："大姐，你有啥事就说，我就是头拱地也为你办。"

那会儿，朱大菊刚放学回来，朱拥军一见朱大菊就果然有了心事，朱大菊不是她亲生的，这辈子她没生养过，病根自己也知道，年轻那会儿她雨里水里地随大军南征北战落下了毛病。于是，在她年纪大时抱养了朱大菊。她没别的愿望，她就是想让朱大菊去当兵，她太爱人民子弟兵了。她的想法刚和范师长说了一半，范师长就摆摆手说：“大姐，啥也别说了，你真的能舍得姑娘和我走？”

朱拥军一拍腿说：“当兵保卫祖国，有啥舍不得的。”

当天，范师长就把朱大菊带走了。

朱大菊果然不负众望，老区的丫头吃苦受累不算啥，从小就受养母的影响，她的觉悟没说的，男兵干不了的她都能干，于是很快入了党，又很快提干当了排长。朱大菊深得范师长的喜爱。范师长经常在全师大会上表扬朱大菊，表扬她老区的本色没有丢。范师长一说到老区就眼圈红红的，范师长是个重感情的人。

因为朱大菊的经历，梁亮对她也是崇敬有加。

朱大菊一进门，就一手叉腰，一手舞动着说：“是不是那个李静把你甩了？你说，要是她甩了你，我去找她说理去。”

梁亮现在没心思和朱大菊磨牙，便不冷不热地说：“朱排长，让我一个人清静一会儿，你忙你的去吧。”

朱大菊似乎没听出梁亮的弦外之音，仍叉着腰说：“李静有啥呀，不就是长得漂亮嘛，当初陈大虎甩她时，她咋不牛烘烘的？”

梁亮从朱大菊的嘴里再一次印证了李静和陈大虎谈过恋

爱的事实，并且结果是李静让人家陈大虎给甩了。看来，许多人都知道李静和陈大虎的事，唯有自己不知道，这说明当初和李静谈恋爱就是一个错误。

按理说，李静和别人谈过恋爱与否，跟他应该没有什么关系，但梁亮是一个追求完美的人。他从王参谋那里得知，李静连袜子都给陈大虎洗，而且还去过陈大虎家，看来两人的关系已经非同一般，结果还是被陈大虎给甩了。这么说来，李静在陈大虎眼里已经是个破瓜了，这是其一。还有重要的一点，那就是梁亮在心底里从来没有瞧得起过陈大虎，陈大虎是什么人，除了他爸是军区司令员外，自己哪儿都比他优秀。很多人背地里议论陈大虎就是个花心大萝卜，仗着家里的背景不断地谈恋爱，以谈恋爱的名义玩弄女性。

那一刻，梁亮猛然意识到，李静是陈大虎丢掉的，别人用过的东西，自己凭什么捡起来。一时间，李静留给梁亮的那些美好的印象荡然无存。

梁亮恨自己有眼无珠，怎么就看上了一个别人甩掉的烂瓜，同时他也恨李静，恨她为什么要隐瞒自己。他躺在床上心绪难平，气愤、懊悔、悲伤，他的脸从热到凉，血液忽地涌到头上，又忽地沉到脚底。

他恨不能立刻见到李静，质问她为什么欺骗自己，然后告诉她，从此两人再也不会有什么关系，你走你的阳关道，我走我的独木桥。陈大虎能甩了她，他为什么不能。

陈大虎算什么，他梁亮可是师里的才子，不仅人长得标致，还能写会画，以后的前途不可限量，凭自己的条件什么样的女人找不到，何苦去啃人家咬过的烂瓜。在今天的约会中，他吻了李静，虽然她开始有些躲闪、羞怯，可后来就火热地迎合了他。那一刻，他以为自己很幸福，可现在他却觉得自己受到了前所未有的羞辱。李静和陈大虎谈了那么久的恋爱，连袜子都给人家洗，还去人家里住了好几天，他们之间还有什么事不能发生？

五

梁亮气冲冲地来到了师医院，他一路上心里只有一个念头：李静是个破瓜，烂得不能再烂的破瓜。

梁亮来到师医院的时候，李静正在班上，她惊诧梁亮怎么挑这个时候来，而梁亮却冷着脸冲她说："你出来一下。"

李静说："有事儿？"

他说："有事儿。"

李静看出梁亮从来没有这么严肃过，她和值班护士交代了几句，就随梁亮出来了。在这过程中，因为梁亮的脚步过于匆忙，她还拉了他一下道："又不是着火了，看你急的。"梁亮不说话，径直往前走去。

最后，他们在医院外的一棵树下停了脚步，李静有些气喘地问："怎么了？看你急的。"

梁亮定定地望着李静，单刀直入地问："你和陈大虎谈过恋爱？"

李静没料到梁亮会问这个，她不解地说："怎么了？"

梁亮没好气地喊："我问你和他谈过没有。"

李静白了脸，她预感到他们之间要有什么事情发生了，小声地说："和他有过那么一段，这又怎么了？"

梁亮说："那你为什么不早说？"

李静说："他是他，你是你，过去的事都过去了，还提它干什么？"

李静说这话时心里有些虚，目光也显得游移不定。

梁亮又提高了一些声音道："你们谈恋爱时都干了些什么，你以为我不知道吗？你把我梁亮当傻子吗？"

梁亮说完，一甩胳膊就走了，留下一脸惊愕的李静。梁亮这一去情断义绝，以前两人所有美好的过去，经他这一甩，烟消云散。

李静站在那里呆怔了足有五分钟，她不明白今天的梁亮是怎么了。她和陈大虎谈恋爱很多人都知道，她没想隐瞒什么，也没想把谁当傻瓜，这一切是怎么了？一下午，她都心不在焉，干什么都丢三落四的。科里那部电话，她从来没有那么关注过，她希望有人喊她去接电话，当然那电话一定得是梁亮打来的。可今天那电话响了无数次，却没有一个电话是找她的。

李静煎熬了一个下午，下班后没有吃饭。她在宿舍里苦思冥想，也没有想明白，梁亮为什么在这件事情上发这么大的火。那一刻，她还没有意识到，自己和梁亮的缘分已经到此结束。她一直认为，这次只是他们之间的一个小误会，过去了也就过去了。

晚上，她主动来到梁亮的宿舍，梁亮的日子似乎也不好过，他正把自己关在房间里吸烟，满屋乌烟瘴气。李静推门进去时，梁亮似乎已经冷静下来。李静进来时，他看也没有看她一眼。

李静就那么静静地坐在他的床沿上，望着他的半张脸。以前两人在宿舍里聊天时，大都是这种姿势。李静一时没有话说，梁亮自然也没有说话。

李静沉默了一会儿，她心里忽然就多了几分柔情，在这一点上，女人比男人恋旧。她把手放在梁亮搁在桌子上的手臂上，柔声道："还生气呢，你听我给你解释嘛。"

梁亮把手臂抽出来，挥挥手道："不用解释了，咱们的关系到此结束了。"

李静慢慢地站了起来，她的脸红一阵白一阵，所有的困难她在来之前都想过了，但她从没想到梁亮会和她分手。她的脑子一时没有转过弯来，就那么怔怔地望着他。

梁亮把身子靠在椅背上，眼睛望着前方说："我不能和一个烂瓜谈恋爱。”

李静一下控制不住泪水，语无伦次地说：“你，你说我是烂瓜？”

梁亮闭上眼睛道：“谁是谁知道。”

瞬间，李静什么都明白了，她紧盯着梁亮的眼睛，一字一顿地说：“梁亮，你是不是说咱们就此一刀两断了？”

梁亮有气无力地说：“对……”

李静猛地转身，头也不回地跑了，她的脚步声很快就消失了。梁亮宿舍的门没有关，就那么敞开着。

朱大菊拿着值班日记走进来，她来了有一会儿了，刚开始看见李静进屋，她就没有进来。

朱大菊把值班日记放在梁亮的面前，大咧咧地说：“下周该你值班了。”

梁亮看也没看，说：“放那儿吧。”

朱大菊似乎并没有要走的意思，她背着手这儿看看，那儿瞧瞧，似乎看出了一些事情的苗头，声音里透着兴奋地说道：“咋的，你和李静吹了？”

梁亮没有说话，他又点了支烟。

朱大菊又说：“李静出去的时候，我看她哭了。”

梁亮说：“她哭不哭跟我有什么关系？”

朱大菊的判断得到了验证，这下她真的有些兴奋了，背着手一遍遍地在屋子里转来转去，她一边转一边说：“说得是嘛，小梁子，你这么优秀，她哪儿好了，就是脸蛋漂亮点儿，有啥用，好看的脸蛋又不能长出高粱来，你说是不是？”

梁亮苦笑了一下，不置可否。

朱大菊意犹未尽地说：“再说了，她和陈大虎谈了那么长时间的恋爱，他们都到了啥程度，谁能说得清。怎么着，你小梁子也不能找个二手货，是不是？”

梁亮心里一下子又乱了起来，他可以说李静是烂瓜，但别人这么说李静，他心里还是不舒服。他突然回过头，冲朱大菊说：“朱排长，你别在我这屋转了，转得人头晕，我要休息了。”

朱大菊忙说：“好好，小梁子你休息吧，明天你要是起不来床，我替你带队出操。”

梁亮不耐烦地冲朱大菊挥了挥手，朱大菊一走，他就一头栽在床上，却一点儿睡意也没有，睁眼闭眼的，都是和李静交往这几个月的细节——李静的笑容和他们说过的悄悄话，还有甜蜜的热吻，这一切都在他的眼前挥之不去。但他意识到，这一切都将成为过去。他和李静情断义绝后，并没有感觉轻松，反而在痛苦不堪中一遍遍地煎熬着自己。他又陷入新一轮的痛苦之中。他不能忍受李静的“不干净”，但又割舍不下和李静曾经拥有过的美好。他是爱她的，就这么一刀两断了，他心里不好受。

这一晚，对李静来说也是一个不眠之夜，她蒙着被子流泪痛哭。她谈过的两次恋爱都以失败告终，而且都是人家把自己甩了，这时她想起了一句老话：自古红颜多薄命。她相信这句话是真理，此时，在她身上明白无误地得到了印证。两次恋爱，她都是全力以赴地投入。和陈大虎在一起时，她初次体会到了爱情的快乐，虽然陈大虎身上的优点不多，但她喜欢陈大虎身上的那股男人劲儿，什么问题在他眼里都是小事一桩。陈大虎和她之间的关系，也是勇猛无比，她喜欢他那种狂风暴雨似的表达方式。后来陈大虎退出了，是因为马莉莎那个女人，她曾见过马莉莎，人的确漂亮，她为陈大虎的退出找到了理由。她伤心、痛苦过，但很快就心如止水了。再后来，她遇到了梁亮，梁亮和陈大虎相比，简直是另外一道风景，不仅人帅，重要的是他身上有着那么多的优点，医院里那些小姐妹都羡慕她，说他们是郎才女貌，天生一对。正当她沉浸在幸福甜蜜中时，晴天霹雳，她和梁亮就此了断了，这使她的身心受到无与伦比的打击。从小到大，她还没有受到过这样的重创，她的自尊心一时间灰飞烟灭。和陈大虎的分手，她用三个月的时间才走出困境，因为那是她的初恋；而这次和梁亮的分手，更让她无法接受、无法面对。

李静在那一晚，已经越过理智的底线，她没有了退路，也看不到一点儿希望。于是在黎明时分，她推开了宿舍的窗子，从三楼一跃而下。

李静的生命并未结束，在下落的过程中二楼的晾衣绳挂了她一下。楼下的花坛里正争奇斗艳地开满鲜花，李静在花丛中发出一声惨叫便不省人事了。事后经检查，她的左手骨折。

事发的第二天，省军区的政委、李静的父亲用一辆上海牌轿车把她接走了。李静走了，就再也没有回来，她的调动手续一个月后也办完了，她调到了军区总院，从此，关于李静便杳无音信。

六

梁亮没有料到事情会以这样一种结局收场，他不想给任何人造成伤害，他提出和李静分手，因为他觉得李静欺骗了他，他受到了一种无法言说的伤害。他是个追求完美的人，不允许自己所爱的人有丝毫的污点。况且，李静和陈大虎的恋爱，又是一件谁也说不清楚的“污点”。自从他得知李静和陈大虎有过那么一段恋爱后，他的心理和生理都发生了明显的变化。他的脑海里一次次臆想着李静和陈大虎在一起的画面，这种想象缘于自己和李静在一起的感受。以前，他心里的李静是他的，她是完整的、纯洁的，而现在的李静已经不纯洁，更谈不上完美了。他无法忍受已经被人玷污的李静。

这一系列生理和心理上的变化，导致了他痛下决心，快刀斩乱麻地结束和李静的恋爱关系。他以为，这件事情就这样过去了，正如当初陈大虎甩了李静一样，风平浪静，水波不兴。没想到，李静竟用跳楼的方式来结束自己的生命。梁亮着实被李静的这种举动震惊了，虽然没人找他的麻烦，但他的心里还是受到了空前的震撼。

那些日子，他不知自己是怎么过来的，他一次次地设想，如果自己不和李静分手会怎样。当然设想这种结局时的前提是要容忍李静的过去，但这样的污点他能忍受吗？答案是否定的。随着李静的调走，他也渐渐地恢复了正常。

直到这时他才发现，朱大菊已经频繁地出现在他的生活中了。他和朱大菊是一个连队的两个排长，他们平时总是低头不见抬头见的，他们男兵宿舍在一层，女兵宿舍在二层，大家又都在一个食堂吃饭，就是两人想不见面都难。

在梁亮刚刚失恋，情绪最低落的那一阵子，朱大菊表现出了无微不至的关怀。梁亮的值班被朱大菊代劳了，梁亮经常不去食堂吃饭，朱大菊每次都关照炊事兵给梁排长做病号饭。其实病号饭也没什么特殊的，无非就是下一碗挂面，打两个鸡蛋，在汤里多放些香油和葱花什么的。每次都是朱大菊亲自把病号饭端到梁亮的床前，然后坐在那里嘘寒问暖。

她说："小梁子，快趁热吃吧，人是铁，饭是钢，天大的事也要吃饭。”

她又说：“小梁子，失个恋算啥，那个李静跳楼又不是你推的。男子汉大丈夫，说出去的话泼出去的水，没有往回收的。”

她还说：“小梁子，你是不是后悔了？可千万别这样，好姑娘多得是，凭你的条件还怕找不到？”

情绪低落中的梁亮把朱大菊的话当成了耳旁风，并没往心里去。那会儿，他正在一遍遍地回忆着自己和李静热恋中的每一个细节。不是为了怀念，而是为了遗忘。他想到自己和李静这些细节时，不自然地就会幻想出李静和陈大虎的种种情形，越想，心里越难受。

渐渐地，他在创伤中慢慢平复下来。警通排负责师部的大门、山脚，以及弹药库的岗哨，包括晚上师部大院的流动岗，作为警卫排长，他每天晚上都有查哨的任务。这段时间，梁亮每次出去查岗，都能看到朱大菊的身影。她提着手电，从这个哨位走到那个哨位，不辞辛劳的样子。当她发现梁亮后便说：“小梁子，你回去歇着吧，这里有我呢。”

这让梁亮心里很过意不去，他是警卫排长，这是他的职责，自己的工作让别人干了，他内心愧疚得很。朱大菊见梁亮执意不走，她也不走。在一旁陪着他，一边走还一边劝道：“小梁子，我知道你这些日子心里不得劲儿，你就多歇歇，我替你查岗就行了。”

梁亮说："朱排长，你有你的工作，我的工作让你干了，我怎么忍心。"

朱大菊轻描淡写地说："小梁子，我和你不一样，我们农村人劳苦惯了，这点儿事算啥。"

两人就并着肩往前走，直到查岗后往宿舍走去。走到一楼梁亮的宿舍，朱大菊停在他的门口，这时已是夜深人静了，梁亮进宿舍时并没有开灯，朱大菊就打着手电为梁亮照亮，梁亮感觉不太自然，便说："朱排长，你也回去休息吧。"

朱大菊并没有理会梁亮的不自然，嘴里还说："你睡吧，等你躺下我再回去。"

梁亮就躺下了，朱大菊这才熄灭手电，蹑手蹑脚地离去。当梁亮迷糊着睡去时，他发现一束手电光照了进来，还有人轻手轻脚地给他掖被子，待那人转身离去时，他才发现是朱大菊。清醒过来的梁亮，心里就有了股说不清的滋味。他朦胧地意识到，最近的朱大菊有些反常，究竟哪里反常，他一时又说不清楚。

其实朱大菊早就暗恋梁亮了，自从梁亮来到警通连那天开始，她就对梁亮充满了好感。她最先看中的是梁亮一表人才，这在他们老区打着灯笼都难找，就是在部队也并不多见。少女时期的朱大菊对梁亮动了心思，那时的情感对她来说还很朦胧，也有些说不清，当然也很遥远，因为部队条例中明文规定，战士不能在驻军当地谈恋爱。后来，两个人双双提干，又都在一个连队里当排长，朱大菊觉得自己的暗恋有了些目标。在平日里的工作生活中，她暗暗关心梁亮。她们女兵通信排，在朱大菊的倡导下，经常帮男兵们洗衣服，朱大菊养母的拥军本色在部队里再次被她发扬光大了。在女兵们抢男兵的衣服去洗时，梁亮的衣服差不多也被她一个人承包了。

那时，梁亮并没有意识到朱大菊对自己的这种特殊情感，他总是说："连里的好人好事都让你们女兵做了，我们男兵可就没地位了。"

朱大菊就笑笑说："你们男兵辛苦，风吹日晒的，我们女兵做这些是应该的。"

在梁亮的理解中，他们是一个连队的，相互取长补短地做些好事也是应该的。有时通信排外出查线路，他也会让自己排的战士去帮忙，总之，在警通连里，男兵和女兵的关系很融洽。

就在朱大菊以含蓄的方式表达自己对梁亮的爱慕时，她突然听说梁亮和李静恋爱了。那些日子对朱大菊来说灰暗无比。她没想到自己离梁亮这么近，却被李静抢了先。当李静出现在警通连时，朱大菊也被李静的美丽打动了，同样是女人，人家李静生得要身材有身材，要脸蛋有脸蛋，再看自己，又黑又瘦。她从那时起学会了照镜子，学会了往脸上涂脂抹粉，她希望自己一夜之间能变得和李静一样漂亮。在梁亮和李静恋爱的那段时间里，她尝到了失眠的滋味，有几次她甚至蒙着被子哭过。她的心里难受极了，眼里整日都是梁亮和李静出双入对的身影。就在近乎绝望时，梁亮突然又和李静分手了，这是她没有预料到的，正如她当初没料到梁亮和李静会恋爱一样。机会又重新出现在她的面前，她不想失去这个机会了，她要全力以赴向梁亮表白自己的爱意。

七

朱大菊不想失去梁亮了，朱大菊不是那种拐弯抹角的人，她要直来直去，明白无误地表达出自己喜欢梁亮。

她表达的方式纯朴又厚道。星期天的时候，梁亮还没有起床。自从和李静分手后，他的情绪一直很低落，干什么事情都无精打采。虽然，是他主动提出和李静分手的，结果真分手了，他又无所适从，不知如何是好。朱大菊象征性地敲了敲门，便进来了。梁亮已经醒了，他正瞅着天棚发呆，朱大菊突然破门而入已经不是第一次了，他看着朱大菊，朱大菊就挓挲着两手说："今天天儿好，我把你的被子拆了吧。"

梁亮说："朱排长，过几天我自己拆吧。"

朱大菊不想听梁亮解释什么，她掀开梁亮的被子，卷巴卷巴就抱走了。梁亮被晾在床上，他下意识地蜷起身子，朱大菊却已经头也不回地走了。没多会儿，他的被子已经旗帜似的悬挂在院里的空地上。梁亮站在门口，望着自己已被拆洗过的被子就那么堂而皇之地晾在那儿，怔在那里。

朱大菊像一个麦田守望者，精心打理着梁亮的被子，一会儿抻一抻，一会儿撣一撣，似乎晾在那里的不是一件被套，而是一件价值连城的工艺品。心情麻木的梁亮恍然明白了朱大菊的司马昭之心，想起朱大菊他竟有了一点点感动。他和朱大菊的关系似乎一直有些说不清，他刚到警通连时，朱大菊已经当兵一年了，虽然两人同岁，但朱大菊处处摆出一副老兵的架势，有几次夜晚他站在哨位上——朱大菊那时还是话务兵，她们每天夜里也要交接班，下班后她总是绕几步来到哨位上，看见他便走过来，捏捏他的衣角道："小梁子，冷不冷哇？"

有一天夜里刮风，她就拿出自己的大衣，死活让他穿上，当时才入秋，还没到穿大衣的时候。他就轻描淡写地说："朱老兵，谢谢你了。"朱大菊挥挥手，没事人似的走了。

对于朱大菊，他真的没往深处想，他一到警通连便知道朱大菊是拥军模范的养女，她所做的一切，都被他和拥军联系在一起。他穿着朱大菊温暖的大衣，心想：朱大菊这是拥军呢。

现在的一切，梁亮知道朱大菊已经不仅仅是拥军了。关于和朱大菊的关系，如同一团雾一样，让他看不清也摸不透。

晚上，他盖着朱大菊为他拆洗过的被子，那上面还留着洗衣粉的清香和太阳的温暖，很舒服。冷静下来的梁亮真的要把他和李静以及朱大菊的关系想一想了。李静当然要比朱大菊漂亮，漂亮不止一倍，重要的是李静身上那股招人的劲儿，朱大菊身上是没有的。那股劲儿是什么呢，想了好半天，他只能用“女人味”来形容了。他和李静在一起，时时刻刻能感受到李静是个温柔的女人，而朱大菊呢，是他的战友，他们是同事，有的只是一种友爱。他想起朱大菊时有的不是冲动，只是冷静。他正胡思乱想的时候，突然门被推开了，朱大菊出现在他的面前。她显然是梳洗过了，身上还散发着淡淡的雪花膏的气味。朱大菊以一个查夜者的身份来到梁亮的床前，她为他掖了掖被角，当她俯下身的时候，看见梁亮正睁着一双眼睛望着她，她伸出去的手就停住了。

她问：“被子还暖和吧？”

他望着她，半晌才答：“你以后就别查我的夜了，让干部战士看见不好。”

朱大菊见他这么说，就一屁股坐在桌前的椅子上，她想敞开天窗说亮话，她道：“小梁子，除了女兵宿舍，我可没查你的男兵宿舍，我是专门来看你的。”

梁亮坐起来，披件衣服，又点了支烟道：“查我干什么？我一个大活人还能跑了不成？”

朱大菊把椅子往床旁挪了挪，说：“小梁子，你是真不明白呀，还是装糊涂？”

梁亮望着她，她也望着梁亮。

她索性一不做，二不休了，又道："小梁子，我朱大菊心里有你，这你没看出来？李静有啥好的，我也是个女人，比她少啥了？"

梁亮把手电拧开，把外面的灯罩取掉，光线就那么散漫地照着两个人。他没有开灯，部队有纪律，熄灯号一吹就一律关灯。

梁亮口干舌燥地说："这种事，是两个人的事，一个人怎么能行呢？"

他这话的意思是朱大菊喜欢他还不够，得让他也喜欢她才行。

朱大菊误解了，她马上道："咱们就是两个人，你和李静行，咱们也能行。"

梁亮怔在那里，他没想到朱大菊这么大胆，这么火热，简直要让他窒息了。

朱大菊激动地站起来，说："小梁子，我可是干净的，没和谁谈过恋爱，我的手还没让男人摸过呢，当然握手不算。梁子，我知道你就想找一个囫囵个儿的，李静和陈大虎谈过恋爱，她不干净了，你才不要她，我可是干净的，你就不喜欢我？"

朱大菊的这番表白，着实让梁亮惊呆了，他坐在那里，望着光影里的朱大菊，此时的朱大菊神情激动，面孔红润，眼里还汪了一层泪水。那一刻，他真的有些感动，一个女人，一个干净的女人，如此真情地向一个男人表白自己的情感，对方就是块石头也被焐热了，何况梁亮是个有血有肉的人，他那颗失恋的心需要慰藉和关爱。梁亮哆嗦了一下，他觉得自己被朱大菊热烈的情感击中了。他沉吟着说："朱大菊同志，我理解你的情感，这事你让我再考虑考虑。"

朱大菊一拍手道："这么说你同意咱们在一起了？"

梁亮低下头有气无力地呢喃着："让我再想一想。"

朱大菊什么也不想说了，她走上前来，像对待孩子似的扶着梁亮躺下，又把他的被角掖了，轻松地说："梁子，你明天只管多睡会儿，我带队出操。"

说完转过身子，异常温柔地走去，又轻轻地为他关上房门。

那一夜，梁亮几乎一夜没合眼，他眼前晃动的都是朱大菊的身影，朱大菊已经无声无息地走进他的生活，他想赶都赶不走。

这事很快就在连队中传开了，干部战士望着他们俩的眼神就不一样起来，冷不丁的会突然有人喊："梁排长、朱排长——"那意味是深远的，所有听到的人都会发出会心的微笑。朱大菊听到了脸就有些红，然后笑意慢慢在脸上漾开。刚开始，梁亮却觉得很不舒服。

直到有一天，指导员在办公室里对梁亮说："梁排长，我看你和朱大菊真是合适的一对，她这么能干，你小子就等着享福吧。”

说完还在他肩上拍了一巴掌。梁亮想和指导员解释几句，想说那都是没影的事儿，指导员却又说了：“不错，你们两个排长要是能结合在一起，咱们连队那还有啥说的。”

连队所有的人都把这件事当真了，梁亮开始觉得有口难辩了，他只能摇摇头，苦笑一下。

不久，他和朱大菊恋爱的消息像风似的在师机关传开了，许多机关干部一见了他就问：“梁排长，什么时候请我们喝喜酒呀？”

他忙说：“哪有的事。”

人家就说：“你还不承认，朱大菊早就招了，你还不如女同志勇敢呢，真是的。”

他听了这话怔在那里，他没想到朱大菊会这么大胆。

一天，师长一个电话把他叫到办公室。当兵这么多年，他还是第一次来到师长办公室。师长很热情，也很高兴，让他坐，又给他递了支烟，然后笑着说：“大菊把你们的事都向我汇报了，我看挺好。她是老区的后代，对部队有感情，她自己不说哇，我还想帮她张罗呢。看来大菊的眼光不错，看上了你，大菊这孩子挺好，也能干，不愧是咱们老区的后代。”

范师长一直称朱大菊为孩子，师里盛传着范师长已经收朱大菊做了干女儿。有关范师长和朱大菊养母的关系，全师的人也都是清楚的，那是救命之恩，非同一般。范师长对朱大菊关爱有加，也是理所当然。

范师长又说："你们俩什么时候成亲啊？到时候我给你们做证婚人，没什么问题就早点儿办吧。我们当年打仗那会儿，部队休整三天，就有好几对结婚的，你们要发扬传统，拿出作战部队的速度来。"

范师长已经板上钉钉了，他还能说什么呢，他不得不认真考虑和朱大菊的关系了。

八

梁亮在人前人后的议论声中选择了沉默，他无法辩解，也说不清自己和朱大菊之间的关系。此时，朱大菊这个人在他心里还很模糊，他说不清自己是否喜欢她。

朱大菊这些日子里一直处于幸福之中，她脸色红润，走起路来虎虎生风，见人也多了笑脸。她在爱情的滋润下，人一下子竟妩媚了许多。大庭广众之下，她也不避讳别人看她和梁亮的眼神，她望着梁亮的目光也多了许多内容。只要梁亮一出现在她的视线里，她的眼睛便开始水汪汪的，和梁亮走在一起时，会时不时地抻抻他的衣角，撣撣他的衣领什么的。梁亮在众人面前无法接受她的这种关照，就小声说："不用，这样不好。"朱大菊则大声道："怕啥，我喜欢你帅气的样子，不好吗？"

朱大菊这样无微不至地对待梁亮，梁亮不可能无动于衷，他开始想朱大菊的种种好处。这么一想之后，有些许喜欢了。她除了长得不如李静那么娇媚，剩下的一点儿也不比李静差，起码她比李静能干，最重要的是朱大菊是完美的，朱大菊是初恋。这么想过之后，他的心里竟涌出一些甜美来。

朱大菊每天晚上查完女兵宿舍后，都忍不住走进梁亮的宿舍，给他掖掖被角，或者站在他的床前，凝视着她的心上人。自从两人的关系公开后，她再出入梁亮的宿舍似乎更理直气壮、顺理成章。

这一天，她毫无例外地又一次走进了梁亮的宿舍，梁亮刚查完夜班岗回来，他还没有睡着，朱大菊打着手电就进来了。进门时，她把手电熄灭了，轻车熟路地来到梁亮的床前，她又习惯地伸出手去为他掖被角，做这些时她的心里洋溢着强烈的母爱，似乎她在对待一个幼儿。就在这时，梁亮攥住了她的手，她的嗓子里哦了一声，身体就顺势扑在了梁亮的怀里。她抱住梁亮，嘴里含混不清地说着："小梁子，我喜欢你，真的喜欢你。"

梁亮一时也无法克制自己的冲动，用胳膊死死地搂住她，后面的事情便可想而知了。当两人冷静下来，朱大菊翻身下地穿好衣服后，她第一件事就是把床上的单子扯了下来，然后打开手电，用光照着上面的痕迹说："小梁子，你看好了，我可是完整的。"此时的朱大菊在梁亮看来，她的脸和床单上的某个地方的颜色一样鲜红。

再接下来，一切都发展得很快，两人不久便到当地政府领了结婚证。养母也从老区风尘仆仆地来了，六十多岁的养母身体很好，人也收拾得干净利索。她不是空手来的，而是带来了许多拥军用品，比如鞋垫、大红枣什么的。老人家把自己纳的一双双鞋垫分给人民子弟兵，当然也有范师长和梁亮、朱大菊的。梁亮接过鞋垫时差点儿感动得流泪。自从他和朱大菊好上后，他从朱大菊嘴里知道了不少养母的事迹，以及拉扯朱大菊的种种不易。在没有见到朱大菊的养母时，他已经感受到了养母的情和义。

婚礼的场面完全是革命化的，师部礼堂被张灯结彩地布置一番。那是个星期天，师机关的干部战士大都参加了梁亮和朱大菊的婚礼。婚礼果然是范师长主持，他从解放战争说到了部队建设，然后又说到了眼前的这对新人。最后他把拥军模范请到台上，这时全场气氛达到了高潮，所有人都在为拥军模范鼓掌，感谢她对部队的支持，同时也感谢她为部队培养出朱大菊这样优秀的战士。一对新人郑重地向毛主席像敬礼，给师长敬过礼后，他们又把军礼献给了拥军模范。此时新人的眼里已经有了点点的泪花，养母拉着两个孩子的手说："孩子，今天你们结婚了，明天要为部队再立新功。"

婚礼后新人进入洞房，拥军模范也被范师长接回家中重叙旧情。

梁亮和朱大菊婚后已经不住在警通连的宿舍了，他们住进了家属区的一排平房，许多临时来队的家属都住在这里。婚后不久，因工作的需要，梁亮被调到师政治部宣传科，当了宣传干事。当排长对梁亮来说是大材小用了，他写写画画的专长到了宣传科后，才真正派上用场。

婚后不久，师机关的参谋陈大虎找到了梁亮，两人在陈大虎的宿舍里喝了一次酒。陈大虎也已经结婚了，妻子就是军区文工团的歌唱演员马莉莎。每个周末，陈大虎都要回军区和新婚妻子团聚。和梁亮两人的相聚是陈大虎主动提出来的，他拉着梁亮来到了宿舍。这是梁亮第一次和陈大虎这么近距离地面对面说话。陈大虎用水杯为两人倒上酒，沉闷地喝了几口酒后，陈大虎才说："梁干事，新婚有什么感受？"

梁亮就笑一笑，婚后的朱大菊比婚前对他更温柔，他正沉浸在新婚的幸福中，见陈大虎这么说，他就幸福地咧咧嘴。

陈大虎小声说："梁干事，你应该和李静结婚，她是个好姑娘。"

梁亮有些错愕地望着陈大虎。

陈大虎不管梁亮的诧异，只管说道："我和李静谈过一段，许多人都知道。后来我和她吹了，她没啥，可你和她吹了，她就跳楼了，她受不了了，这足以证明，她更爱你。"

陈大虎抬起头，红着眼睛说："你明白吗？"

这一点在这之前，梁亮还真没仔细想过，此时陈大虎这么一说，他的头一下子就大了，酒劲儿一下子上了头。

陈大虎小声说："你甩了李静，却娶了朱大菊，你会后悔的。"

梁亮放下杯子，怔怔地望着陈大虎。

陈大虎说："我知道你为什么和李静吹了，还不是因为我和李静谈过那么一阵子吗？告诉你，我和李静什么都没有，那都是别人胡说八道，我们是清白的。"

梁亮又一次惊呆了，他不明白陈大虎为什么要对自己说这些。莫名地，他就有了火气，他也说不清这火气从何而来，他用手指着陈大虎说："陈参谋，你没有必要对我说这些，你认为李静那么好，你为什么不娶她？"

陈大虎不慌不忙地喝了口酒说："我和马莉莎一结婚，我才发现自己错了。你现在和朱大菊结婚，你就没发现错了吗？"

梁亮热血撞头，他不知如何回答陈大虎，在这之前他真的没有想过。

陈大虎似乎有些喝多了，他大着舌头说：“李静是个好姑娘，咱俩都他妈瞎了眼了。”说完就大笑起来。

梁亮摇摇晃晃地站起来，他一把抓住陈大虎的脖领子道：“那你为啥不早说？”

陈大虎仍笑着说：“怎么，你也后悔了？你以为师长给你们主持婚礼就了不起了？你也后悔了吧？”

梁亮突然出拳打向陈大虎，陈大虎挣扎着和他撕扯起来，过了一会儿俩人住了手，他们坐在地上醉眼蒙眬地盯视着对方。

陈大虎用手抹抹嘴角的血道：“姓梁的，你狗咬吕洞宾——不识好人心。要是李静能为我跳楼，我他妈的保准不离开她。”

梁亮站了起来，他拉开门，摇晃着走出去。在漆黑的走廊里，他哭了。

下 篇

九

在朱大菊和梁亮婚后的几年时间里，朱大菊已经是警通连的指导员了，梁亮仍在宣传科当干事，职务由原来的排级变成了正连级。他们一晃在部队也工作十几个年头儿了。生活让他们对一切都不再感到新鲜，包括他们的婚姻。母性十足的朱大菊，照旧关心着梁亮的生活起居，每天晚上，梁亮都要回家写稿子，朱大菊不时地披衣起来为梁亮端茶倒水。在梁亮伏案忙碌的时候，朱大菊就披着衣服，背着手在他的身前身后踱步，很有指导员的样子。梁亮受了干扰，他回过头没好气地说："你能不能消停会儿，你这样我都没法集中精力。"

朱大菊便蹑手蹑脚地回到床前，慢慢躺下，可她又睡不着，过一会儿又悄悄地起来，坐在那里，很小心地往梁亮那边望。趁梁亮抬头点烟的空当，她不失时机地小声说："梁子，要不我给你做碗面去，都半夜了，我怕你饿了。"

梁亮心不在焉地挥挥手说："随便。"

朱大菊如同得到了命令，麻利地从床上下来，走到厨房，小心地把门关上。不一会儿，一碗热腾腾的汤面就端到了梁亮的案头。梁亮一看到那碗冒着热气的面就写不下去了，狼吞虎咽地把那碗面吃掉。

在平时，朱大菊似乎有许多话要对他说，只要一进家门，看见梁亮她就有说话的欲望，她在连队是指导员，要不停地给战士们做思想教育工作，回到家里，她仍然是指导员的工作状态。梁亮对连队那些鸡零狗碎的事热情不起来，但他又不好打击朱大菊的热情，任由她喋喋不休地说着。冷不丁地，他就会想起李静，如果他和李静结婚了，会像朱大菊这样吗？如果不是这样，又会是怎样呢？

在婚后的几年时间里，他不时地想起李静，当然都是在他思维真空的时候，他一想起李静，就说不清这到底是一种什么滋味，心里空空的，无着无落的。

梁亮潜意识里，一直关注着李静的消息，可自从李静离开师医院，他就再也没有听到她的消息。他只知道，李静调到军区总医院去工作了。在这期间，宣传科的刘干事曾因阑尾炎去军区医院手术，住了十几天医院，刘干事出院后，他去看望刘干事时多希望能从刘干事的嘴里打听到李静的消息，可刘干事只字未提。他就没话找话地说："你在那儿住院就没见到什么熟人？"

刘干事不解地摇摇头，然后醒悟似的说："你是说李静吧，我没见过，总院太大了，全院的人有上千呢，我住的是内科。"

他就有些失落。

这阵子，朱大菊一直在他耳边说孩子的事。结婚几年了，他们一直没要孩子，是他不想要，怕有了孩子拖累自己的工作。而朱大菊的中心话题一直是孩子，她说的时候很有策略，先是从别人的孩子说起。朱大菊真的喜欢孩子，甚至见到别人的孩子都走不动路，她舍得给人家小孩儿买礼物，然后就用这样那样的借口把礼物送过去，借机和小孩儿玩一会儿。

朱大菊对孩子的问题迫不及待，她开始直截了当地质问梁亮。

她说："梁子，你为啥不想要孩子？"

梁亮对这个问题已经回答过一百遍，已经懒得回答了，就那么疲疲沓沓地望着她。

她又说："我知道你为啥不敢要孩子，怕以后咱们离婚，孩子拖累你，是不是？"

梁亮对朱大菊已经没了激情，但离婚他还真的没想过，况且孩子和离婚有什么关系呢？

朱大菊接着说："梁子，你别占着茅坑不拉屎，你放心好了，生了孩子我不耽误你啥事，你跟现在一样，想干什么就干什么，行不？"

梁亮道："你真的就那么喜欢孩子？"

朱大菊说："只要让我有孩子，干什么都随你。"

梁亮就不好说什么了，然后和朱大菊齐心协力地生孩子。终于，朱大菊怀孕了，当她挺着腰身走路时，裁军的消息传到了师里。有的说，这个师保不住了，要取消编制，有的说这个师要减编一半，和别的师合并，种种传闻像草一样疯长着。

朱大菊原本一心一意地呵护着肚子里日渐长大的孩子，

这样的消息并没让她意识到问题的严重，按她的话说，哪儿的黄土不埋人，转业也好，留在部队也好，都不会耽误她生孩子。

梁亮却很急，他知道这时候部队裁军对朱大菊是不利的，要是离开部队就得换一个新环境，部队转业干部的工作本来就很难找，朱大菊拖着个刚出生的孩子，哪个单位愿意接收啊。他把自己的担忧说出来，朱大菊也意识到了问题的严重性，但当她看到梁亮愁眉不展的样子时，马上又说："你不用担心，大不了我不转业，还留在部队，就是咱们师没有了，部队不会没有吧，我要给范师长写信，让他帮帮我。"

当年的范师长已经调到军区当部长去了，朱大菊说到做到，她热情洋溢地给范部长写了封信，但范部长一直没有回信。孩子出生两个月后，部队减编的命令终于下来了，这个师只保留了一个团和其他单位合并。朱大菊因为情况特殊，她留在了部队，而梁亮和大多数人一起被宣布转业了。

渡过难关的朱大菊这时才长嘘口气道："我说得没错吧，这就是命，啥人有啥命，范部长不会不管我。"

接下来，整个部队就大变样了，留下的皆大欢喜，转业的那些干部开始为自己的再就业东奔西走。梁亮也加入寻找工作的行列。他们这个师是军区直属单位，大部分转业干部都回了原籍工作，因为朱大菊没有转业，梁亮可以在本地找工作。

因为赶上裁军，转业的人很多，各接收单位为了能更好地和转业干部沟通，省里有关部门专门搞了一次部队转业人员的招聘会。所有接收转业干部的单位都在招聘会上设了展台。梁亮一直认为自己还年轻，又能写会画，应该有着极强的竞争力。可当他赶到招聘会，看到黑压压的一片转业干部吵吵嚷嚷地奔波于各用人单位的展台前时，他的自信心顿时一落千丈。他把手里准备好的十几份个人材料，无声无息地放到了招人单位的桌子上，头也没抬一下，就离开了招聘会场。

那一阵子，梁亮的情绪灰暗到了极点。师里只剩一个留守处了，朱大菊和他仍住在原来的房子里，从这里到省城还有几十公里的路，去一趟很不方便，他只能等待消息。那段时间，梁亮真的有些走投无路的感觉。朱大菊一副饱汉不知饿汉饥的样子，她宽慰着梁亮道："别急，急啥啊。找不到工作有我呢，我能养活你和孩子。"

一提起孩子，梁亮就气不打一处来，这孩子早不来晚不来，偏偏这时候来，这不是雪上加霜吗？朱大菊生完孩子后，养母从老区赶了过来，养母虽然七十多岁了，但身体还硬朗，帮助带孩子绰绰有余。养母一来，梁亮彻底放松了，他整日在提心吊胆的等待中过着日子。

突然有一天，他接到了一个用人单位的来函，通知他于某日去用人单位面试，迷茫中的梁亮似乎又看到了希望。

十

梁亮做梦也没有想到，接收单位负责和他谈话的人不是别人，正是李静。那一刻，梁亮以为自己是在做梦。

李静似乎早有心理准备，她的样子镇定而从容，她平静地面对着梁亮，他不明白李静怎么会坐在这里。最后还是李静先开了口，她手里翻着他的个人资料，说："你也转业了？"

他不看她，望着桌角说："是。"

她似乎轻轻叹了口气，然后就又翻那几页纸，她不看他，继续问："你希望到我们单位工作？"

他没有说话，目光就盯着她手里属于自己的那几页纸。

她站起来，一边收拾桌上的东西，一边说："如果你想来，过几天就来办手续吧。"

李静说完，看也没看他一眼，便走进了里面那间办公室，把他一个人扔在了那里。李静还是那么年轻，只是略微胖了一些，不穿军装的李静更加动人，当年她悲痛欲绝跳楼时的样子已然不复存在，她又是一个丰满美丽的女人了。事后他才知道，当初李静调到军区总院没多久就转业了，她现在是这家单位的人事科长。

其实，这么多年他一直没有忘记李静，刚开始的时候，他一意孤行地认为李静欺骗了自己。自从那次和陈大虎打了一架后，他便开始有一种懊悔感，这种感觉很复杂，不仅仅是对李静，还有对自己的那份责难。他和朱大菊结婚之后，并没有体会到朱大菊带给他的那份幸福和快乐。朱大菊在婚前的确是完美的，这也是他追求和希望的，当朱大菊成为他生活中的一部分时，他并没有珍惜这份生活，他想高兴，可是又高兴不起来。朱大菊的确处处关心、体贴他，但他并不幸福。这种不快并不是因为李静的存在，如果没有李静，他和朱大菊也不快乐。在他的意识深处，他一天也没有忘记李静，不知什么时候，他的脑海里就会闪现出曾经和李静相处时的片段，这些片段让他留恋和怀念，这是无法言说的，像一张张底片，在他心底里越来越清晰。

他到新单位报到后，被分到了机关工会，他仍发挥他在部队时的特长，写写画画，还负责机关的福利和一些业余活动，干这种工作是他的专长。机关工会和人事科在一层楼办公，他经常可以看到李静的身影，那个身影还像当年那么美丽。当他得知李静还没结婚时，他的心里咯噔一下，这对他来说是一种巨大的震撼。从那一刻开始，他留意起李静的一举一动来。

上班后，他就住在机关提供的宿舍里，在地下一层，只有周末时才回一趟在部队的家。当然不是不想回去，因为实在不方便，来往一趟足有几十公里。这样一来，他的时间就很充裕，每天都差不多是最后一个离开办公室的。

这天，当他离开办公室时，看见人事科办公室的门虚掩着，李静在屋里不知和什么人通电话。当他发现人事科就李静一个人时，心跳突然加快，这时他才清楚地意识到，他一直在寻找机会，单独和李静见见面。他停在人事科门口，等李静放下电话后，他敲响了门，只听李静在里面问："谁呀？"

他推门走了进去，李静看了他一眼，似乎一点儿也不意外，她一边忙着手里的事，一边道："是你，有事？"

他坐在屋里的沙发上，一时不知道要说些什么，沉静了半晌，才道："谢谢你啊。"

她抬起头，专注地望着他说："谢我什么？"

"谢谢你接收了我。"他小声地说。

她笑一笑，才说："这事呀！谁让咱们曾经是战友呢，你条件那么好，这个单位不要你，别的单位也肯定要你。"

他的心又抖了一下，她居然还认为他的条件好，在部队时有阵子他也骄傲于自己的条件，那时他以为自己的前途一定不可限量。结婚后，这种优越感随着时间的淘洗，一点点地消失，这次转业到了地方，那种残留的骄傲感可以说是完全丧失了，在这种时候，她还说他条件好？他心里顿时涌出一股暖流。这句话似乎一下子又把两人的关系拉近了，起码他是这么认为的。他又鼓足勇气道："当年，是我对不住你。”

说完很快地看了她一眼，她听了这话，似乎是被一枪击中了，她的脸白了一下，眼圈顿时红了。半晌，她才说：“那事早就过去了，还提它干吗？”

他看着她的样子，心里更是内疚，觉得自己此时有千言万语要对她说，可就是一时不知从何说起，他用力地绞着双手，无助地说：“我现在真后悔，后悔当初不该那样对你。”

这时李静已经平静下来，她把桌上的一沓东西放到了包里，冷静地看着他。

他又说：“听说你现在还没成家，我心里更加难受。”

她笑了笑：“这事和那件事没有因果关系，你和那个朱大菊还好吧。”

他无言地点点头，又摇摇头。她似乎没看他，拿过包挎在肩上，站了起来。他明白她是要走了，他也忙站了起来，提前一步跨出人事科的办公室。她关门的时候才说：“你和朱大菊当年在部队可是一对红人呢。”

她似乎不想听他的回答，就向电梯口走去，电梯门一开，她头也不回地走了进去。在电梯门关上的那一瞬间，他看见她对着电梯里的镜子整理着自己的头发。他站在那里，直到电梯停在一层好半天，他才按下电梯的按钮。

那一晚，他躺在宿舍的床上怎么也睡不着。以前和李静曾经有过的一切又一幕幕地闪现出来，那时的李静对自己是满意的，甚至有些崇拜，那份感觉现在回忆起来仍让他感到满足。然而现在，他却成了朱大菊的丈夫，朱大菊对他是满足的，可两人在交流时，朱大菊对梁亮的现状并不满意，原以为自己的丈夫在部队会前途无量，否则她当初也不会毅然决然地嫁给他。别说朱大菊对自己失望，连他自己都看不起自己了。青春年少的理想永远是理想，而现实永远是现实，这是他对生活的总结。他想到这些，又想到了眼前，他转业进入机关，成了一名国家机关的公务员，每天上班就是为了领那一份薪水，时间一天天地过去，可自己的理想呢？这种生活将注定他和芸芸众生一样，平静而平淡，一直到老。当年壮怀激烈的理想已经离他远去，三十出头的男人只能学会务实了。说到现实生活，他不能不考虑朱大菊和刚出生不久的孩子，他爱她们吗？他自己也说不清楚。想到朱大菊，他又想到了李静，想起李静，他又有了那种脸热心跳的感觉，正如他和李静的初恋。那时，他也是这种感觉。和朱大菊恋爱时，他几乎是被动的，在他还没有任何感觉时，就稀里糊涂地结婚了。

他躺在夜深人静的黑暗里，隐隐地预感到自己和李静的关系还没有结束，因为李静就在他的生活中。是她把自己留在了这家单位，这一切一定预示着什么。这么想过之后，他的身体开始变得燥热起来。

十一

李静如同灯塔一样在梁亮的眼前闪耀起来，这份感觉和当初已经发生了很大的变化。那时梁亮和李静在一起是天经地义的事，他是师里公认的最英武、最有前途的青年军官，他和李静在一起是正常的。然而时过境迁，他的命运和百万军人一样，因转业又开始了一次艰难的创业。而李静依旧那么年轻貌美，三十出头就已经是人事科长了，一直未婚的李静还是那么清纯高雅，如同雪山白莲般地在他眼前绽放。

直到这时，梁亮才深深地懊悔他和朱大菊的关系。因为此时有了李静的存在，他猛然意识到，自己和朱大菊在一起并不幸福，从结婚到现在，他从没有真正地爱过她。她在和朱大菊相处的整个过程中，一直是被动的，朱大菊牵着他的鼻子走到了现在。他半推半就，还没有醒过味儿来便和朱大菊结了婚，接下来，他又稀里糊涂地和朱大菊有了孩子。他现在转业了，和朱大菊拉开了距离，这种距离让他看清了他们之间的关系，同时他也清醒地意识到，这么多年来，他爱着的仍是李静。如果这次不碰上李静，也许他会把这份爱埋在心底，只是冷不丁地会想起李静。现在李静就在自己的面前，他无法忍受自己的沉默了，他要行动。接着，他想到了和朱大菊的关系，一时间浑身出了层细汗，他努力地劝说自己，就是没有李静，自己和朱大菊的婚姻也维持不长，因为他根本就没有真正地爱过她。这样想过之后，他心安了一些。

他再关注李静的时候，眼神就异样起来，一天见不到李静，他的心里就空落落的。他们工会办公室和人事科只隔着几间屋子，有时他站在门口就能听到人事科那边的动静，他在嘈杂的声响中很快就能分辨出李静甜美圆润的声音。

他会经常地不由自主地在人事科的门前走来走去，他希望能看到李静的身影。按道理讲，他们都是同事，他推门进去也无妨，但他还没有这样的勇气。他只能远远地看一眼李静，李静在这时偶尔也会抬起头来，无意地往门口望上一眼，他们的目光碰在一起，只是短短的一瞬。他一接触到李静的目光便不能自已，浑身上下微微抖动，如同青春年少的初恋。这份感觉，他只和李静才有，他和朱大菊从没有过这种感受，这么想过后，他又和朱大菊拉开了一些距离。没人的时候，他又一次想到了和李静的初恋，每一个眼神、每一个细微的动作，都让现在的他心驰神往。

一天晚上，快下班的时候，他突然接到了陈大虎的电话。陈大虎在裁军前就调到军区机关工作了，陈大虎约他晚上一起坐一坐。他下班后，来到了约好的那家饭店，陈大虎已经先到了，酒菜都点好了。陈大虎一见他，离很远就冲他招手。陈大虎的样子很轻松，似乎比以前老练了一些。

陈大虎就说："你小子，到了新单位也不跟我联系，我查了一大圈儿才查到你的电话。"

他就冲陈大虎笑一笑。

两人一边吃吃喝喝一边说着闲话，在部队的时候，他有些瞧不起陈大虎，总觉得他背后有陈司令员在那儿撑着，他的进步并不是自己的本事，而是陈司令员的影响，包括他被调到军区机关工作。这次裁军时，陈司令员也离休了。此时，他在陈大虎身上并没有看到遗老遗少的味道，反而比以前滋润了。

突然陈大虎说："你小子跟我说实话，到底和朱大菊过得怎么样？"

他一下子就怔住了，不明白陈大虎的用意，就那么望着他。

陈大虎爽快地喝了一口酒道："我跟你说，我和马莉莎离了。"

梁亮睁大了眼睛，马莉莎可是全军区最漂亮的女人。这次裁军，他听说军区文工团也裁了不少人，马莉莎也名列其中。

陈大虎又道："真的，不骗你，就是今天办的手续。"说完，又抬胳膊看了一眼手表道："这会儿如果不发生意外，她已经到南方了。"

梁亮这才知道，离婚的事是马莉莎提出来的，她转业后并没有找工作，而是要去南方当歌手，她要去闯荡，去当明星，走前她唯一的要求就是和陈大虎离婚。陈大虎说到这儿，梁亮就有些同情他了。

陈大虎却满不在乎地说："离就离呗，这算啥，咱们又不是找不到女人。"

陈大虎冷不丁地又突然问："听说李静就在你们机关，都当科长了？"

他点点头。

陈大虎沉默了，猛地吸了口烟，望着头顶上的吊灯道："李静是个好女人，我后悔当初了。"

陈大虎的目光移下来，盯在梁亮的脸上又问："你呢？"

他这么问，让梁亮浑身激出了一层冷汗，他张口结舌地面对着陈大虎，不知作何回答。

陈大虎就笑了，他一边笑一边说："咱俩是一对傻瓜蛋，要是回到从前，我一定会娶李静，而不是马莉莎。"

看样子，陈大虎和马莉莎从结婚到现在也并不幸福，一时间，梁亮就找到了共鸣。他现在已经不再小瞧陈大虎了，他们现在是一对难兄难弟。在酒劲儿的驱使下，他突然说："大虎，我和朱大菊早晚也得离。"

他这么说完后，连自己都吓了一跳。

陈大虎怔了一下，然后哈哈大笑起来，他伸手拍着梁亮的肩膀道："好，好。"顿了一下又说："听说李静还没结婚，你要是离婚了，咱们就又回到了从前，看谁能把李静再追到手。"

陈大虎半真半假地说着玩笑话，一下子让梁亮的酒醒了一半。他清楚自己深爱着李静，不能再失去她了，他要把握住最后的机会向她表达爱意，但前提是得先离婚，如此看来陈大虎又一次抢先了。此时的梁亮热血冲顶，脑子里只剩下了一个念头，那就是离婚。后来的陈大虎又说了些什么，他一句也没听清。

第二天，他就回了一趟家。朱大菊对他的突然归来，有些手足无措，她正带着孩子在里间的床上玩儿。朱大菊抱着孩子迎出来，依旧是嘘寒问暖的样子，她显然很高兴。梁亮望着朱大菊和孩子，突然就没有了勇气。一直到了晚上，孩子都睡下了，他还在外间不停地抽烟。朱大菊过来了，坐在他的身边问："梁子，怎么了，是不是有啥事？"

他不看她，眼睛冲着地下，沉吟着说："大菊，咱们离婚吧。"

她倒吸了一口气，足足有几分钟没有说话，身子就僵在那儿，不错眼珠地望着他。

他靠在沙发上，闭着眼睛说："离吧，我已经想好了，咱们在一起不合适。"

朱大菊小声地问："你，你下决心了？"

他点点头，看了她一眼，她的脸孔有些变形，这让他的脑子里快速地闪现出李静那美丽而又青春的面庞。

她的泪水涌了出来，她用双手捂住脸道："我早就知道会有这一天，梁子，从结婚到现在，我知道我配不上你，我以为你看在孩子的面上能接受我，没想到，你这么快就不想和我过了。”

这时，他才明白，她为什么那么强烈地想要孩子，他的心痛了一下，他有些可怜眼前的朱大菊了。这时有一个声音在他的耳边说：同情不等于爱情，梁亮你要挺住。对！为了自己完美的人生和爱情，他要和朱大菊离婚。

那天晚上，两人就那么坐了一宿，朱大菊不停地抹眼泪，他则不停地吸烟。该说的都已经说了，再多说就没有必要了。天亮的时候，他离开了家，坐上长途车的瞬间，他一下子轻松了起来。来到机关后，当他再看到李静的身影时，他的心里又是另外一种境界了。

十二

朱大菊是在一个月之后给梁亮打的电话，她在电话里说：“我想通了，如果你方便就回来办手续吧。”

梁亮接到朱大菊这个电话时，他觉得朱大菊是个好人。在这期间，他再也没有回过部队的家。他的决心已定，况且在这期间他和李静的关系也正朝着良好的方向发展。有一次，李静主动来到他的办公室，当然那是在大家都下班后。李静坐在他桌前对面的位置上，就那么默默地望着他，半晌才说："这里你还适应吧？"

他真诚地看着她说："谢谢你了。"

她笑一笑，很含蓄的那种表情，他太熟悉她的笑容了，终于他鼓足勇气道："我，我要离婚了。"

她认真地看了他一眼，眼里掠过一抹亮色，顿了一下问："这么说，你过得并不幸福。"

他想和她倾心而谈，这对他来说是个绝好的机会，就在他摆出倾诉的架势时，李静挥手打断了他，背起小包道："我还有事，是否离婚是你自己的事。"说完，就走了出去。

他坐在那里，心凉了又热，热了又凉。李静虽然在关心他，关注他的感情和生活，但她并没有接受他的感情，这是令他心凉的原因。很快，他就理解了，自己毕竟还没有真正离婚，他现在还没有权利对李静示爱。他期待自己能快点儿离婚，然后就能一身轻松地向她表达自己的情感。李静这么多年一直没有结婚，这足以说明他还有机会，至少除他之外，她还没有遇到更合适的人选。这些自然是梁亮一厢情愿的猜测。从那以后，虽然他没再和李静单独谈过什么，但李静每次出现在他面前都是笑着的。他在她的笑容中，看到了她的那份情意，仿佛在笑容的背后她在问他：你怎么还没离呀？

他终于和朱大菊离了，他没想到事情办得如此顺利。当他出现在朱大菊面前时，朱大菊早就冷静了，她平静地说："梁亮，你要离咱们就离吧，你不爱我，在一起还有啥意思。我别的条件啥都没有，你也不用为我担心，我是部队上的人，有困难部队不会不管我。我只求你一件事，你好好看看孩子，这是你的孩子，从他生下来到现在，你还没有认真地看过一眼你儿子呢。"

他下意识地来到儿子的床前，儿子已经一岁多了，他正在梦中甜甜地睡着。说真的，要这个孩子时他很不情愿，孩子还没出生，部队就开始裁军，然后就是转业、找工作，这一年多的时间里，他真是没有心情抱抱儿子，哪怕仔细看看他。现在，他就要离开儿子了，突然间觉得有些对不住儿子。当他抬起头来的时候，泪水落在儿子的脸上，小家伙在梦中激灵了一下。

朱大菊在一旁长出了口气道："行了，只要你还认这个儿子，我就知足了。我不希望自己的孩子长大后，还不知道自己的爹是谁。"

他听了朱大菊的话，一下子百感交集起来。结婚前和结婚后，他还从来没注意朱大菊有这样的优点——大度和宽容。

离婚三天后，他的情绪又恢复到了常态，他要寻找机会向李静表白。中午的时候，他见办公室没人，就给李静打了个电话，在这之前他看见李静回到了办公室。李静拿起电话后，他说："是我，晚上我想请你吃饭。"她没说话，接着他说了时间和地点。她那边仍没说什么，却先放了电话，他随后也放下电话。她没说话就意味着她答应了，只有恋人才会这样心照不宣。一下午，他的感觉都是美好的。

下班后，他早早地来到了那家餐厅，酒也点了，菜也点了，就等着李静赴约了。果然，约定的时间过了十分钟后，李静出现在他的眼前，她无声无息地坐在了他的对面。他为她倒了一点儿酒，然后拿起自己的杯子，准备和她碰杯。她没有动，只平静地说："梁亮，有什么事你就说吧。"

他喝了口酒，笑一下道："李静，告诉你我离婚了。"

她没动，仍然那么望着他。

他又说："李静，当年我对不起你，不该和你提出分手。"

她仍望着他，眼圈却一下子红了。

他的心动了一下，道："李静，你知道吗，我这次离婚就是为了你，因为这么多年我爱的一直是你。"

她用手擦了一下眼睛，哽着声音道："梁亮，你也有今天，当年你说甩就把我甩了，我当时就想死，可惜没有死成。你知道我这么多年是怎么过来的吗？陈大虎甩了我，你也甩了我，你们是当初师里公认的两位条件最好的军官，我却被你们甩了，这么多年我都没有勇气去谈恋爱。我看过心理医生，可是没用，我知道只有你和陈大虎才能治好我的心病。前几天陈大虎来找过我，他也说最爱的是我，今天你也这么说……"

她说不下去了，掏出纸巾拭泪。

他一时语塞，不知说什么好。

她又说：“现在好了，我终于看到你们的结局了，你们过得都不幸福，我的心病也就好了，我在你们身上丢失的自信总算又回来了。梁亮，你什么也别说了，对不起，我走了。”

李静走了，挺着美好的身姿消失在梁亮的视线里。有一会儿，他不知道自己在哪儿，就那么呆呆地坐着。那天他喝多了。

不久，机关改革，人事上又做了一次新的调整，李静离开机关去公司任职。又是一个不久，李静结婚了，许多机关的人都去参加了她的婚礼，只有梁亮没去。

第二天上班的时候，梁亮的办公桌上放了一袋喜糖，那是李静的喜糖。他下意识地吃了一颗，又吃了一颗，一袋喜糖竟让他吃光了。之后，他大吐了一场，从此梁亮对糖过敏了。

守 墓 人

老 人 与 狗

又是一个十年后，人老了，狗却似乎仍是壮年，十岁的老狗，体力充沛，动作敏捷，目光有神。人已经七十有八了，腿脚明显不给力了，走几步就喘，似乎胸口压着磨盘，掀也掀不掉，总是一阵阵乏力，浑身的汗毛孔一层层地往外冒虚汗，眼睛也一阵阵发花，冒着金星和银星。真的老了，意识却执拗着自己的身体，还想做出年轻时的举动，守护房前屋后这山这草，还有这树和这花。清晨，早醒的鸟儿在他周边喧闹，鸟儿的鸣叫是他的闹钟，一年四季他每天都是在鸟儿的叫声中醒来。他走出低矮的房门，就看到了半山坡上那几座墓地。不论看与不看，那几座墓就在自己的眼前。他望了，心里就坦然了，她们还在，似乎她们是为了陪着他而长眠于此。他望到她们，心里就多了内容，沉甸甸的，很厚重，也很幸福，似乎自己是个富翁，拥有了整个世界。五十年了，他就在这个叫二龙山的地方守着她们，她们也不曾远离他，他们默默地相互守望着，成了一道风景。

如今他老了，下一次山不是件容易的事。他在鸟叫声中醒来，静躺一会儿后开始挣扎着起床，蜷在屋门外的狗听到动静，挤开门走进来，蹲在地上望他。他看到狗，心里就热闹了些。他喘一口气就说：“手，你去把我的鞋子拿来。”他把狗叫“手”，“手”是这只黄狗的名字，它母亲也叫“手”，它母亲不在了，他就把它也叫“手”。

手就颠着身子走到房门口，叼着他昨晚晾在门外的鞋进门，把鞋放在他脚下。他穿好鞋，开始忙碌着做早饭。早饭是馒头、稀饭和半块腐乳，馒头是从山下的小超市买回来的，稀饭是昨晚吃剩的，用水泡过了，早晨在炉子上热一热。准备好这一切，他冲狗道：“手，咱们开饭了。”

狗又跑到门外叼了自己的食盆进门，规规矩矩地放到他的脚下，他把稀饭从煮锅里倒出一些放在狗的食盆里，稀饭还是热的，冒着热气。他把热过的馒头，拿出一个递给狗，狗含住馒头，做完这一切，他才走到桌前，开始吃早饭。以前他每顿能吃两个馒头，最近这一年他的食量大不如前了，只能吃半个馒头，一小碗稀饭。

稀饭还热，他先吃馒头，嘴里的牙只剩下一半了，他就囫囵着一口口把馒头吞下去。狗见他开吃了，把含在嘴里的馒头放到脚前，趴下身子，用两只前爪按着馒头，小心地吃着，吃一口看眼他，他也在望这只狗。十岁的狗无论如何也是只老狗了，它和它妈长得几乎一样，通身是黄色的毛，脑门上一撮黑毛，黑毛中还夹杂着几根白毛。这是那只老狗留给他的最后一窝崽，一共生了三只小狗，只有它长得最像它的母亲，所以他只留下了它。另外两只小狗，他送给了山下开超市的小胡。那会儿的小胡新婚不久，家里盖了一溜大瓦房，把着路口，是做生意的绝佳地点。小胡小两口把一溜房屋腾出几间做了超市，开了超市的小胡家一下子就人多眼杂起来，需要狗看家。

手在生下最后一窝儿女后不到半年，终于离他而去了，十年前那只老手，动作和他现在一样，缓慢得很，叫它一声，它要费好大劲才转过身子，目光混浊不清地望着主人，努力听从主人的召唤，可身子不争气，走起路来一歪一扭的，趴下和起来都要费好大力气。那只老狗陪了他十五年，是他从山下一户人家要来的，刚出生不久，才二十几天，他就把它抱到了山上。他开始喂它喝牛奶，喝豆浆，又吃稀饭，他吃啥，也让狗吃啥，狗渐渐长大了，陪着他寸步不离地在山上整整待了十五年。只有每年发情那几天，狗才会跑到山下去。梦游似的待上几天，然后才回来，再也不会离开他半步。渐渐地狗的肚子就显形了，没过多久，就会生一窝小崽。小崽生下后，他一只也不留，都被养狗的人陆续抱走了。小崽被抱走的那几天，手显得焦灼不安，夜里蹲在门口冲着山下长叫，一声又一声的，一副妻离子散的样子。那些日子，他心里也不好受，想办法安慰手，做些好吃的喂手吃，手没心思吃，总是象征性地吃上几口，一门心思地引颈长嚎，他知道，手是在思念它的崽了。他心里就想：人有人性，狗有狗性。随着他对手的了解，他开始珍爱这只狗，把它当人一样地看待。他冲它说话，每次他说话，手都认真地听，说到动情处，它就过来，偎在他的怀里,伸出舌头去舔他的手和脸,然后泪眼汪汪地望着他。狗明白他的情感，这让他释然，他抚着狗在心里喟叹着。

手很懂事，很通人性，拼了老命给他留下最后一窝崽之后的半年，在一天傍晚，吃完他喂的最后一餐——他还记得，最后一餐是稀饭和半根早晨剩下的油条。老手喝了几口稀饭，把剩下的吃食都让给了小手。小手正是长身体的年纪，吃得没心没肺狼吞虎咽，把母亲留给它的吃食都吃光了。

那一晚，老手移动着身子，动作僵硬地在房前屋后转悠着,他要关门睡觉了,老手仍在门前东嗅西嗅,他没有意识到，这是老手在和他做最后的告别。他习惯地冲狗们说：“睡吧，明早鸟叫了又要起了。”说完他看一眼老手和小手，老手在黑暗中认真地看了他一眼，便被屋门隔开了。

第二天鸟叫时，他听到了狗的叫声。是小手在叫，还不停地抓门。他披衣起来，推开门，不见了老手，只见小手蹲在他面前哀鸣着。他就问："你妈呢？"

小手用嘴扯了下他的裤脚就往山林里跑，他意识到出事了，跟着小手快步向林地里走去。在小手的引领下，他看到林地深处的一堆草丛，小手走到草丛旁立住脚，回头冲他哀叫两声。他又向前走近两步，看到了老手伏在草丛中，身体已经僵硬了。

老手死了，它没死在家门口，而是死在离家几百米开外的草丛中。他想起老辈人说的话："狗死之前是有预感的，死时总会找一个没人的地方，偷偷走掉，它是怕主人难过呢。"此时他想起了老辈人的话，心里顿时潮湿了一片。他蹲在老手身旁，伸手去抚摩这只老狗，它身上的皮毛不再有光泽，湿度也不在了。小手嗅着母亲的气味，恐惧地躲在一旁哀叫着。

后来，他就在老手死去的地方挖了一个坑把它葬了。山坡上多了一座狗坟，和她们的墓地遥遥相望。从此，他心里就多了一份执念，隔三岔五地会带着小手来到老手的坟旁走一走，看一看。小手每次看到母亲的墓地都要哀叫几声，算是纪念了。他听着小手的叫，心里就喟叹几声。看着狗，他就想这个世界，有草有木，有悲有喜，兜兜转转地就有了这个世界，这人间的一切便在他心底里杂芜成一片。

老手离开他十年后，他终于老了，身子僵硬，动作迟缓，就像当年那只老手。他知道，属于自己的日子不多了，念想还在，就得活下去。他抖颤着手，用笔在一张纸上写着："馒头五个，挂面一斤。鸡蛋六个，青菜一斤。"

写完字时，手已经把一个篮子叼到他的面前，他把字条连同一些钱放到篮子里，手把头伸到篮子里，再起身时脖子就挎起了篮子，他拍拍手的头："去吧。"

手转过身就向山下跑去，颠颠的，他的目光一直追随着手远去，挪过一把小凳，坐在门边等手回来。

手下山去小胡超市了。以前，他每次去小胡超市都会带着手。他在超市里买东西，手在院子里和它哥哥姐姐玩耍，手每次见到哥哥姐姐都很兴奋，也很亲切，有几次，他看见手的姐姐从院墙下的泥土里扒出块骨头给手，手就叼在嘴里，满眼都是感激，那是手的姐姐之前藏起的骨头。小胡也看到了，就冲他感慨："狗跟人一样，姐弟情深呢。"

他感慨，这狗性比人性还让人暖心，他买完东西走到院里冲手说一句："咱们走了。"手就叼着姐姐留给它的骨头一步三回头地走了。手有时也不知从什么地方抓到老鼠或别的小动物，下山时偷偷地含在嘴里，见到哥哥姐姐时从嘴里把这些小动物吐出来分给它们。他和小胡一家人见到这一幕，总是感动得不行，都说手这狗通人性。

手不仅是他的伴儿，还救过他一命。那次他带着手在山林里寻走，自从这片山林被人承包后，他就从护林员的岗位上退下来，便成了闲人，但多年养成的习惯，他仍忍不住每天在林地里走一走，看一看。这里的一草一木早就装在他心里了，几日工夫一棵小树就长高长粗了，哪棵树发芽、哪棵树泛绿都在他心里装着，看这些山林树木已经成了他生命中的一部分。

那天他走在林地里，手一如既往地陪在他的左右。起初他觉得脖子有些硬，他用手不停揉搓脖子，后来头开始疼，他以为受了林地的风凉，他开始往回走，可没走几步，四肢便不听使唤了，他歪倒在林地里，头痛欲裂，失去了知觉。再次醒来时，发现自己已经躺在镇医院的病床上了，周围是医生护士的面孔，还有小胡的一张脸。见到他终于醒了，所有的人都长嘘一口气。那次生病，小胡告诉他，是手救了他。他昏倒后，手下山了，找到小胡，咬着小胡的裤脚往山上扯。小胡意识到他出事了，便在超市里喊了几个人随着手上山，终于在林地里发现了昏迷的他。那次医生诊断他是脑出血，住了几天院之后，他回家休养。镇长和书记都来看他，要把他接到山下去静养，但被他拒绝了。他舍不得离开这里，这里不仅是他家，也是她们的家。那几座坟墓就静静地卧在他的眼皮下，他不能离开，他已经发过誓，只要自己在一天就要陪着她们。

在他养病的日子里，仍是手在照料他。从那次开始，手的脖子上经常吊着篮子去小胡超市，为他买菜、买馒头。他抖着不太听使唤的手，在纸上写下要买的吃食，小胡就依据他要买的东西，把这些东西装到篮子里，再由手吊在脖子上运回来。狗从那一次之后似乎更懂事了，每次完成他的任务从来不偷懒，小胡在超市里找食物和菜，手就蹲在收银台旁看着小胡。小胡把东西结完账放到篮子里，又把零钱用一个塑料袋包好，手才把篮子吊在脖子上，快速地离开。

以前，每次他带手来超市时，手都要和哥哥姐姐玩上一会儿，那会儿它是快乐的，无忧无虑的。他病在床上，手没心思玩儿了，匆匆地来，又匆匆地去。在回去的路上，许多人见手还会买食物，都稀罕地站在路边看它，并指指点点议论着，它不理这些人，低下头匆匆地从人群中穿过去。也有好事人，假装吓唬它，要把篮子里的食物夺走，它躲开身子凶狠地冲着不怀好意的人吠叫几声，快速地向前奔跑，并不时回头戒备地望着那几个不怀好意的人。路上遇到一些汽车驶过，它每次都会躲到路边，背过身子，让汽车过去。车速度很快，带起一路风尘，它待风尘过去之后，又不停歇地向山上跑去。一直回到家，进门见到躺在床上的他，把篮子拖到他面前，然后才完成一件大事似的摇着尾巴看着他。他看着篮子里的东西一件不差地放在那里，冲它招招手，它偎过去，让他在自己头上拍两下，这是他给它最好的奖励。

从那以后，手就著名起来。人们都知道他养了一条通人性的狗。有时上山路过这里，都想看一看它。有些大胆的人还伸手摸摸它，或者带来一些食物给它。它从来不吃生人给它的食物，那些食物就在眼前丢弃着，它连看都不看一眼，直到他捡起那些食物再次递给它，它才肯吃。

他终于老了，老得下山一趟都不容易了。镇里的民政助理小李往山上跑得更勤了。以前民政助理小李都是一个季度上一次山，每次来都带着组织的温暖，给他捎来一个季度的政府补贴。他的身份是参加过解放战争的伤残老兵，政府每个季度都有补贴，小李每次来都很尊重的样子，坐在他屋内唯一的一把椅子上，把装有补贴的信封恭恭敬敬地放到桌子上，探下身子叫一声："老前辈。"他每次都会从信封里拿出一些钱，数好零整放到小李手里道："这是我这个季度的党费，代我交给党组织。"小李笑一笑，默默地把这些有零有整的钱装在口袋里，然后他起身，小李随在他身后，走出院门，一条小路通往山腰上那片墓地，小路光洁瓷实，在脚下延伸，曲了几曲折了几折，便来到了那片墓地。墓已经修过了，水泥基座，坟头也墁了水泥，很坚固也很整齐的样子。墓前有碑，上面刻着烈士的名字：张小草、马花花、苏婉婉，还有一个叫蔡蓉蓉，落款是省政府立。因为这四位烈士的存在，这座叫二龙山的地方，也被人们称为烈士山。每到清明节，附近的学校会组织学生来悼念烈士，学生们手捧鲜花，排着队，唱着《少先队员之歌》，孩子们的声音在墓园里响起，稚气的童声在山林里飘荡，他们一张张红红的小脸上写满了庄严。

每次学生们来，他都要陪着，有时老师会要求他讲讲这些烈士牺牲的经过，他几乎每年都要讲一遍。四个女兵牺牲时都很年轻，每次讲起时，她们的音容笑貌又会浮现在他的眼前，仿佛她们从没远离过他，这也是他住在这里不肯下山的理由。守护、陪伴她们，成了他的责任。孩子们扫墓时，也是他最庄严幸福的时刻，他把那身老军装翻找出来，胸前佩戴上军功章，他站在孩子们面前，手不远不近地随着他，像他的一名警卫员。他讲话时，手从来不乱动，蹲在那里，张着嘴看着眼前的孩子们，它似乎也听懂了他的话，神情庄重肃穆。后来孩子们唱完歌列队走了，他目送着孩子们远去，手也和他一直目送。孩子们的身影消失了，稚气的歌声也听不见了，他才举起左手向着烈士墓地敬个礼。右手的空袖管在风中飘动，他放下左手，冲手说一句："咱们回家。"一人一狗曲了几曲折了几折，沿着小路朝家的方向走去。

最近一阵子，民政助理小李往山上跑得更勤了。每次小李来都真心实意地说："老前辈，镇党委研究过几次了，领导让我来劝你下山，去养老院。那里的条件好，看病有医生，还不用自己做饭，一切都有人打理。"

这种话他已经听过无数遍了，以前那个民政助理叫大秦，大秦来看他时也无数次说过。后来大秦退休了，换成了小李，小李也这么说。他每次都不多说什么，只是摇头，在心里一遍遍地说：我是不会走的，我走了，她们会孤单的。

小李的话他不听，后来镇长和书记也轮流到山上来劝他，每次书记和镇长见到他都很谦恭和尊重，都要称他为“老前辈”，每次说的也都是相同的话题，劝他下山去享福。每次他都摇头，镇长和书记又说：“老前辈，你有什么条件只管说。”他又摇头，一边摇头一边说：“我在这里挺好的，麻烦组织费心了。”

他一次又一次地回绝，态度坚定不容置疑。来劝他的人只能无奈地离开，走时，他会把他们送到半山腰的路口，然后立住脚，冲他们说：“感谢领导的关心，慢走。”

他目送领导们远去，他和手站在半山坡上，望着远去的领导们。

一人一狗终于清净了。他回过身时，又看到了那片墓地，他仿佛又看见了那四个女兵笑靥如花地望着他，心底就潮湿了一片。

伏击战

五十多年前，就是在这座叫二龙山的地方打响了一场伏击战。

四平保卫战失利，国民党新一军把东北民主联军从四平赶了出来，联军开始后撤，国民党的部队不肯就此罢休，纠集了兵力追着联军向北面跑。

联军的队伍在四平城内伤亡惨重，延安指示，要在四平城内和敌人打攻坚战，一个多月的奋战，联军顶不住了，为了保存实力，延安又指示联军撤出战斗，向北撤退。

联军在撤退，国民党部队在追赶，在四平以东几十公里外的二龙山，一场伏击战不可避免地爆发了。

那会儿，他刚满二十岁，家住在二龙山的山腰间，三间茅草房，门前依着山坡有一个院子，院子周围扎着篱笆。民主联军撤到这里，他的家便被征用，做了战地医院。他家门前一下子拥进来一批男医生和女护士，他就是在那会儿认识马花花、张小草这群护士的。后来，他才知道，她们这些年轻护士是联军第一次攻占四平之后参的军，之前她们是护校的学生，到这场伏击战开始，她们满打满算参军还不到一个月。但她们已经是称职的战地医院护士了，伏击战一打响，便有一批又一批伤员被运送下来，她们忙而不乱，轻伤的由她们包扎处理，重伤的送到医生那里手术缝合。他家那三间房便成了手术室，地下炕上院子里躺满了伤员。

父母帮助烧水，这些水用来清洗伤员的伤口。他加入了担架队，和同村的二狗子抬一副担架。他们冒着敌人的炮弹和吱吱飞过的流弹，往返运送伤员。每次抬下伤员都要和护士们做交接。轻伤员留在院子里，重伤员抬到屋里。马花花奔跑在这些伤员中间，训练有素地大声指挥着，因为忙碌，一张小脸通红，一双眼睛睫毛很长，不停地扑闪着，军装外面披了件白色的护士服，护士服已经被血染红了。

村里许多青壮年都加入这场伏击战之中，有的往阵地上运子弹，有的参加了担架队，他们奔波在后方和战场之间。远远近近的阵地已经焦灼了，像一锅沸腾的粥，他第一次经历这种场面，最初他是慌乱的，甚至惧怕。往返阵地和医院几次之后，他看到了马花花、苏婉婉这些女兵，他慌乱的心开始镇定了。她们的年龄和自己相仿，甚至比自己还要小，她们在枪炮声中是那么镇定自若，仿佛已将战争置之度外，他看着她们冷静的样子，自己也随之沉稳下来。

那场伏击战，足足打了三天三夜，这是一支掩护大部队转移的队伍，他们的任务就是死死钉在二龙山上，阻止敌人追击。据说那场伏击战联军投入了一个团的兵力。他不知一个团有多少名士兵，总之，三天后，阻击部队撤走时只剩下稀稀拉拉几百人。

马花花、苏婉婉这些年轻的护士却没有撤走，她们永远留在了二龙山，确切地说，是留在他们家院子里。

伏击战打到第三天上午，他和二狗子抬着一名伤员从山上撤下来，正往医院赶，离他家院子几十米时，他看到一发炮弹在他家院中央炸开，两个停放在院内等待救护的伤员被炸上了天，马花花、张小草她们奔出来，去拖那些躺在院子里的伤员，就在这当口，又有几发炮弹落下来，接二连三在院子里炸响了。他亲眼看见，她们有的被炮弹炸飞，有的直接倒在地上。关于她们的记忆在那一瞬间定格了。

一群年轻的女护士永远留在了二龙山。

追赶联军的国民党队伍越聚越多，伏击的联军顶不住了。在第三天的黄昏时分，他们放弃了阵地向北撤退。追赶的国民党队伍也一直向北追去，二龙山留下许多联军战士的尸体。

联军撤走那天夜里，全村男女老少集体出动，就地掩埋了这些阵亡的战士。那几个女兵是他亲手掩埋的，就埋在他们家院子几百米开外的地方。他整理她们的尸体时，仍然记得她们的名字，张小草、马花花、苏婉婉、蔡蓉蓉，一群鲜活漂亮的女孩子，在几发炮弹落下之后，便长眠于此。

就是这场伏击战，让二十岁的他经历了生死。她们牺牲的第七天，父母递给他一沓烧纸，说："今天是几个孩子的头七，你给她们烧些纸吧。"

他夹着父母递给他的烧纸，蹲在她们的坟前点燃，升腾起的火焰红红的，在火光中，他似乎又看见了她们的如花笑靥，七天前她们还活蹦乱跳，七天后她们成了一座座土丘。

这几个女兵中，马花花留给他的印象最为深刻。他的手臂上仍然留着她的体温。抢救伤员时，他的手臂被一颗流弹擦破了一层皮，当时因为紧张，自己都没有察觉，他把伤员从担架上抬下来的时候，马花花发现了他的伤，血水已经浸透了衣袖，她惊呼一声："你受伤了。"他这才发现自己的伤情，撸开袖子看到子弹留下的伤痕，他一时手足无措。马花花攥着他的手臂说了声："别动，我帮你处理。"说完她便从急救包里拿出纱布缠在他的伤口上。系纱布时，身边没有剪刀，她低下头用嘴去咬扯纱布。那一瞬间，她的脸贴在他的胳膊上，一股异样的感觉像过电似的在他身体中流过，从小到大，还没有一个女孩子这样靠近过他。他闭上了眼睛，他从俯在身前的头发上嗅到了一个陌生女孩子的气息，这种陌生的气息在他的记忆里经久不散。

不久之后，撤到北面的民主联军经过休整，又浩浩荡荡地回来了，再一次把四平团团围住，攻打四平的第三次战役打响了。

就是在那次战役中，他参军了，成为一名战士。很快，东北解放了，部队出关南下。

部队开拔前，他回了一次家。家还是那个家，三间重新翻盖的草房，整洁如新的院子。他向父母告别，也向那几个女护士告别。他又一次来到她们的坟前，逐一看过，她们的样子又一次在他眼里鲜活起来。他向她们举起了右手，以一个战士的名义向她们告别。

队伍一出关，家就越来越远了，但他一直不能忘记那几个女护士，她们就留在他家门前，每当想家时，都会想起她们，仿佛她们已经成了他家庭中的一员，不论走到哪里，似乎都有一双双目光不离不弃地跟着他。

队伍越走越向南，他们已经来到海南岛，他是在解放海南岛的战役中负伤的，敌人的机枪子弹击中了他的右臂，从此，他失去了右臂。他在海南休整时，大部队又调到大西北去剿匪了。

在解放海南岛战役之前，他已经是名连长，伤养好后，组织劝他留在海南，海南刚刚解放，需要工作人员。他在海南养伤期间，异常地想家，想家中的父母，还有留在他家门前的那几个女护士。他自己都说不清，这种思念和记挂从何而来，总之，他就是从心底里思念，仿佛她们不是被掩埋了，而是仍然活着，就在他家院子里奔跑着，忙碌着。

在他的坚持下，他复员回到了二龙山。因为他的身份，组织最初要安排他在四平工作，这座他曾经参加过解放的城市，此时已经太平了，新中国成立后，一切都是那么美好和安宁。他又一次婉拒了组织的好意，他要回家，只有回到家里，他才踏实。

他终于回到了二龙山的家，父亲已经不在了，几年没见的母亲似乎也老了许多。父亲是在他离家三年后病逝的，就葬在二龙山的山脚下。他看完父亲，又鬼使神差地来到她们中间，告别时他用右手向她们敬过礼，这次回来他只能用左手向她们敬礼了。几年过去了，记忆如初。她们的样子仍像当年一样，一种莫名的亲切迎面而来。他抬眼望着二龙山，在心里一遍遍地说：我回来了，哪儿也不去了。

人与墓

海南岛战役结束之后，他转业回到二龙山。那会儿，他还是个小伙子，虽然少了一条胳膊，他的身份却是复转伤残军人。

乡里领导找到他，希望他到乡里去工作，伤残前他是部队的连长，按照部队干部转业政策，是要安排工作的。在乡里工作，就要离开二龙山，他摇头拒绝了。后来县里的人也找到他，让他去县政府工作，也被他拒绝了。他拒绝的理由始终如一：自己伤残了，不适合出去工作。县里乡里见他铁了心，便安排他在二龙山做了一名护林员。护林员算是林场的职工，每月领工资，也算是对伤残军人的安排照顾了。

他终于踏实下来了，每天在山林里转悠，这儿看看那儿摸摸，他会长时间地在当年伏击地驻足，每次站在昔日的战场上，他就会想起那几个女护士。她们站在院子里忙碌地布置着战地医院，有说有笑，她们讲话声音很好听，像林地的鸟叫，她们的身影是那么生动，仿佛她们是一群来到他家的天使，院子里甚至整个二龙山都亮了。他望着她们的身影，就是那会儿下决心参加担架队的。他和二狗子抬一副担架，一趟趟地从阵地上抢救伤员，每次把伤员抬到院子里，都能看到她们的身影。只要看到她们，他的浑身就都是力气。二狗子受不了了，瘫坐在地上，他怕耽误抢救伤员，揪起二狗子的衣领往阵地上拖，二狗子的脖子被勒住了，一边咳一边说："你不累呀，这都跑了十八趟了。"他和二狗子快速地向战地医院跑，多跑几次就能多见几次他心中的天使。

眼下一切都物是人非了，甚至看不到当年伏击战时的任何痕迹，炮弹在山上炸出的坑，已被雨水冲平，上面又长满了蒿草，此刻在他眼前旺盛生长着。唯有那些留在山上的墓地在静静地伫立着。

他每天都要走出自家院门，到她们的坟前站一会儿，看到她们坟头长满蒿草便蹲下身拔出来，后来他又找来锹镐把长在坟地的杂草铲除，没有了杂草的墓地干净整洁了。他从院门到墓地一趟趟走，便踩出一条小路，曲了几曲折了几折，像他犹豫不决的心情。

他每天起床站在院子里都会看到她们，他遥望片刻，然后就去山林里转悠。护林防火是他的工作，听着树林里的鸟鸣，仿佛是她们在唱歌，一想起有她们的陪伴，他的心情就愉快起来。他昂首挺胸，加大步伐，在林地里转一圈儿，最后又回到她们身旁，他会冲她们说："这天儿真热。"他又抬头望眼天："估计明天要下雨了。"仿佛这几名女兵不是长眠在地下，而是就立在他的眼前。他站过了，说过了，母亲在院子里已经喊他回家吃饭了，他又冲她们低低说一句：“我该回家了。”然后，顺着自己踩出的小路一步三回头地向家走去。

他已经二十大几了，母亲操心他的婚事，二狗子已经是两个孩子的爹了，他领着儿子上山来看过他。二狗子的目光一直瞄着他右臂空荡的袖管。在攻打四平的第三次战役中，他动员二狗子和他一起参军，他知道二狗子父母不同意，但他还是劝二狗子，二狗子本人也不同意，二狗子拉着他说：“我不去，你听我话也别去，打仗会死人的，咱们二龙山埋了多少人呢。”他听了二狗子的话，甩开二狗子拉着自己的手臂。他又想到了那几个女兵，那几个女孩子，花样的年纪，她们都不怕死，一个男人说自己怕死，他从心底里瞧不起二狗子，于是自己报名参加了部队。从那以后，他不论走到哪里，都觉得她们正在用目光望着他，他的一举一动似乎她们也能看得到，他就在她们目光中一路向南。

几年不见，二狗子已经娶妻生子了，因为当年二狗子参加过担架队，现在已经是村里的民兵连长，平日里说话办事就很“连长”的样子。那次二狗子一手牵着儿子，眼睛望着他的空袖管道：“回来就好，抓紧成个家吧。”

同村的人，不仅二狗子成家立业了，和他同龄的伙伴都成家过日子了，唯有他还孤单着。在这件事情上，母亲比他还急，他整天在山林里转悠，连山都不肯下一次，哪有机会谈情说爱。那时母亲还算腿脚灵便，便为他一次次下山，从前村走到后屯，去拜访那些媒婆。

媒婆们都很热心，纷纷领着姑娘上山，虽然他少了条手臂，但他的身份还是让姑娘们心仪，他是转业军人，立过功，虽然不是领导，也是有公职的人，姑娘们愿意嫁给他。可他却一个也没看上，媒婆领着姑娘来了一拨，又走了一批，渐渐地他家的门庭就稀落下来。媒婆们都说他心气儿高，看不上乡下姑娘。

他听了媒婆的议论，只能在心里苦笑一下，他不是看不上这些姑娘，他是忘不了那几个天使一样的护士。她们此刻就长眠在他的眼皮底下，每次见到领到家里的女孩儿，他都会暗中和那几个护士做比较，比来较去的，都不让他称心。

一晃他三十出头了，错过了成家的最好年华。母亲为他叹气，一声又一声，无论是白天还是晚上，母亲的叹气声一直缠绕着他。

母亲在叹息声中老去，又牵肠挂肚地离他而去。他把母亲和父亲合葬在一起。这个家就剩下他一个人了，一晃人到了中年。

乡改成了公社，后来又改成了镇。后来政府出资把二龙山上的烈士墓地修葺一新，每个坟前都立了石碑，上面刻着烈士的名字，山也改名为烈士山。最初政府有组织地到山上祭奠这些烈士，他成了义务讲解员，每次讲解都从那场伏击战说起，当讲到那几个天使般的护士时，他就喉头哽咽，眼睛也湿润了。他已经人到中年，可她们仍然年轻，二十岁左右的年纪，如花的年龄，如梦的青春，在他的心里，她们成了他的孩子。

人到中年的他仍然一个人在山上生活，有几次镇政府的领导上山找他谈，希望他下山工作。他参加过战争，立过功，负过伤，按政策理应被政府照顾，可每次都被他婉拒了。现在的理由是：已经习惯山上的生活了。镇领导尊重他的选择，每次走时，领导都会说："有什么困难跟组织说。"可他从未说过自己的困难，他待在山上守护着她们，心里踏实。

又是一晃，他到了退休的年纪。政府又派来一名护林员，护林员住在山下，每天按部就班地到山上转一转，然后就下山了。他虽然不再是护林员，但多年养成的习惯，他每天仍在林地里转悠，转过一圈儿之后，他就会来到她们的身旁，坐在她们中间，目光依次从她们的墓碑上扫过，张小草、马花花、苏婉婉、蔡蓉蓉，这么多年过去了，她们的样貌依旧清晰地浮现在他的眼前。张小草生性腼腆，说话细声细气；马花花活泼调皮，睫毛很长，总是忽闪着眼睛看人，她为他包扎过伤口，用牙齿咬断绷带那一幕仿佛就发生在昨天，她的气息，以及她的脸颊触碰在他手臂上毛茸茸的那种感觉，一直陪伴了他几十年，这种感觉新奇而又美好。他一遍遍地把她们的音容样貌温习过了，他觉得她们就在他的身边。他就说：“天凉了，该多穿点儿衣服。”“小苏哇，你身子骨弱，吃东西别贪凉。”

此时正是冬天，山上山下被雪盖了，皑皑一片。她们的墓地被他清扫过了，露出墓和碑静静地立在他的眼前。

坐过了说过了，他慢慢地起身，沿着那条小路，向家走去。

情未了

自从他有了狗的陪护，便给狗起名叫“手”。狗不仅成了他的另一只手，也是他生活的伴儿。

一位老人，一条狗，住在山上，日子似乎一如过往，但和以前却不同了。他已经没有力气去山林里转悠了，更多的时候是立在家门前的空地上，抻长混浊的目光去看身后的山林，山林依旧，在风的吹拂下，树木抖着树叶，繁茂旺盛。痴痴呆呆地望上一会儿，他收了目光去望家门前不远处的那几座墓地，墓地依然静卧在那里，他慢慢地移动着脚步，向墓地挪去，他要出现在她们身边。几十年了，每天如此，去看她们，在她们中间坐一坐，成了他生活的一部分。

手起初走在他身后，但他走几步就要歇一歇，扶着小路旁的树木。于是手走到他的前面，和他拉开一段距离后便停下了，回过身，蹲在原地等他。手望着他，一副爱莫能助的样子，他缓慢地向前挪几步，狗就转身向前走几步，然后又转身等他。

他望着曲了几曲折了几折的小路，扶着树，弯下身去拍打不听使唤的腿。他想起当年参加担架队时的情景，那会儿他才二十岁，浑身有使不完的劲儿。后来他加入了队伍，这支队伍从关外走到关内，走到了天涯海角，走了这么长的路，他没有累过。歇歇脚，睡上一觉，他又浑身是劲儿了。此时，他的力气似乎被一丝丝地抽走了，走几步，腿脚就软得不行，还要大口地喘气。年轻时的事，仿佛就发生在不久前的某一天。他活到现在，突然发现，生命是那么的短，短得都没给他留下足够的回忆。

他终于挪到了她们中间，他坐在地上，吁吁地喘着，他望着她们坟前的墓碑，张小草、马花花、苏婉婉……他似乎又看见了她们，她们仍然是那么年轻，活蹦乱跳地站在他的眼前。他陪了她们几十年，她们也和他相伴了几十年，他们彼此已经很熟悉了，他们像朋友更像亲人。他移过去，扶着她们的墓碑，依次地停一停站一站，阳光正好，暖暖地晒在他的身上，他在她们面前坐下，她们笑着，忙碌着，他眯着眼睛望她们。

手起初蹲在地上望他，等久了，就卧下了，两只前爪交替在身前，头伏下来，沉沉地似乎要睡过去。

他仿佛又看见了当年的战地医院，他家篱笆墙上晒满了洗过的绷带和纱布，树杈上也挂满了，像一面面立起的旗幡，她们奔跑着，接过一个又一个运下来的伤员，她们一面低声安慰着伤员，一面快速处理着他们的伤口。不知何时，他也成了伤员，躺在担架上，马花花俯在他面前，一双水汪汪的眼睛正望着他，她长长的睫毛就在他眼前忽闪着。她问他："疼吗？"他不说话，定定地望着她，他正一点点地被她的目光吸走，身子悬空，他的身体碰到了她，她的睫毛是柔软的，他闭上了眼睛，感受着柔软的抚慰。一阵风吹过来，他打了个激灵，他醒了，风吹得树林一片沙沙作响。他看到了手，手伏起身子在望他，它时刻准备听候他的召唤。

太阳一点点地在天上爬过，他开始向家的方向走去，一步步挪着身体，手在他身前不停地等他。手成了他的引路者。

每天早晨，手都要去一次超市，给他带回一天的吃食。吃食就在篮子里放着，连同小胡找回的零钱。手抬头望他，他伸手在手的头上拍两下，手受到了鼓励，伸出舌头柔软地在他手上舔几下。

镇政府民政助理小李来了，俯在他面前叫一声："老前辈。"他点点头，招呼小李坐下，狗从门里叼出一只小凳放在小李身旁。小李就笑着说："老前辈，你的狗真通人性。"

听小李这么说，他补充道："它叫手。"

小李一笑："对对，它叫手，你看我这记性，每次都忘。"

小李坐下，探过头又说："老前辈，前几天镇领导又开会研究了，觉得还是让你下山住合适。养老院有人伺候你，吃的穿的用的都不用你操心。"

小李说完期待地望着他。

他不看小李，摇摇头，在心里说：我哪儿也不会去。

小李又说了些什么，他一句也听不下去了，他盼着小李走，小李一走，他还要去看她们。小李终于走了，他站起身冲小李招招手，算是告别了。转过身冲手说："咱们该走了。"

一人一狗，慢慢地向墓地方向挪去，像两个影子，一长一短，游移在曲折的小路上。

有时，他从屋里移到门前，手叼出小凳放在他身后，他坐下，手蹲在他面前。他望着手，手也正望着他。人和狗相互凝视着，他知道属于自己的日子不多了。他不怕离开这个世界，对他来说，他拥有这个世界虽然短暂，但他来过了，他一直认为，自己去了，就会在另外一个世界上见到她们。

她们仍然那么年轻鲜活，可他已经老了，想到这儿他有些悲凉，但毕竟会和她们重逢，他守望了她们这么久，想必她们不会忘记他。这么想过了，心里就多了层东西，毛茸茸地在他心坎里爬过。他唯一不放心的就是眼前的手，手的母亲陪了他十五年，手又陪了他十年。二十五年光阴，说长不长，说短不短，手早就成了他的伙伴。他凝视着手说："我要走了，以后就剩下你自个儿了。"

手似乎听懂了他的话，把头伸过来，偎在他的腿上，温暖地靠着他。他伸出手摸着手，让它的温度传递给他。他想到了自己离开后的日子，第二天他打发手下山时，在字条上给小胡捎了句话，请小胡上山来一趟。小胡看到字条如约而至。这么多年，他很少和人打交道，打交道最多的就是镇政府的领导——过年过节的他们都会到山上来看他，其他人就只有开超市的小胡了。他脚力尚好时，几乎每天都要去小胡超市，有时不买什么，就是站在超市门口和小胡说上几句话，也让手和哥哥姐姐相聚一刻。当年他把手的哥哥姐姐送给了小胡，他和小胡也算是有交情的人了。小胡也是爱狗之人，养了两条狗一直到现在。

小胡来了，站在他面前，小胡称他"老革命"，自从认识小胡那天开始，小胡就一直这么称呼他。他从怀里掏出一摞报纸包裹的钱，大约有几万的样子。这是他这么多年的退休金，还有政府给他的伤残军人补贴。他把钱递给小胡，小胡没接，诧异地望着他。他不容置疑地说："你拿着，我有话说。"

小胡犹豫着把报纸包裹的钱接了，他才说："我要不在了，求你两件事，一件是，帮我照看手，它是只听话懂事的狗，这么多年了，多亏它陪我。"

小胡点头，望了眼静立在一旁的手道："老革命，这你放心。狗我一定会收留，你平时怎么待它的，我一定能做到。"

他把目光越到她们的坟前，说："我这三间房子十几年前修过了，不值几个钱，有房子在就是个家，你帮我照看着，抽空打扫一下，让她们累了也有个歇脚的去处。"

小胡顺着他的目光望过去，看见了那几座坟。小胡转过头来时，望着他语塞了，小胡突然明白了，老革命这么多年不下山守在这里的理由。小胡四十不到的样子，虽然他没经历过那次伏击战，但伏击战的故事他听过。生在二龙山脚下的人，没人不知道那场战斗以及牺牲在山上的烈士。

小胡把钱放在他怀里，直起身道："老革命，这两条我都依你，也保证做好，可这钱我不能收。"

他望着小胡，又举起了那包钱，眼神不容置疑，一直执拗地举着。小胡仍想推拒，但在他固执的神情下，还是一点点地把手伸出去，接过他手里的钱，垂下眼皮道："既然这样，等你真的百年了，我给你烧纸，送终。"

他摇摇头："政府会给我送终。"

小胡眼里有了泪水，别过头去抹了一把。

小胡下山了，一步三回头。

不久后的一天早晨，他仍像往常一样，从床上下来挪到门口，手已经把小凳叼在门前，他坐下，身子倚在门框上，太阳出来了，照在他的身上，晒满了整个小院。

手把篮子挎在脖子上，等他往篮子里放字条和钱，他却没动，目光越过狗去望那片墓地。墓地在不远处，笼在他的目光里，他一直睁着眼向前凝望着。

太阳一点点地升起，温度升了起来，手后来等累了，伏在他眼前，头一点一点地打着瞌睡。

太阳又偏西一些的时候，小胡上山了，手里提着菜。他没等来手，自己便上山了。小胡俯下身子冲他叫："老革命，老革命……"

他走了。

他的后事果然是政府一手操办的，生前他和镇领导以及李助理反复交代过，自己要葬在二龙山上，就在他家后院一片林子里，他为自己选好了墓地，并领着领导和小李看过。

政府就依他的遗嘱，火化后葬在了山坡上。人们发现，他的墓地在他屋后的上方，目光越过他的房顶，正好可以清晰地看到那几个女兵的墓地。

他去了，安葬了，一切似乎都结束了。

手却不肯离开，守着他的墓，守着这个昔日的家。小胡想了各种办法把手领到山下去，他把它领下去，它又回来，径直来到他的墓前，趴在那里和墓地对视。

无奈的小胡，只能每天上山一趟，给手带来食物和水，顺便打扫一下院子。那三间小房还在，院子打扫过依旧整洁，篱笆墙还是几十年前的样子。

清明节的时候，有学生，也有政府机关的人到山上来祭奠烈士。他不在了，民政助理小李便成了解说员，他站在墓前冲人们说："这是牺牲在这里的几名女护士，当年的伏击战战地医院就设立在我身后的院子里……"

后来，他留下的小院也成了当年战争的遗址。政府在小院门前立了块牌子，上书：政府保护文物——战争遗址。

手每天走进小院，叼起他的小凳，来到他的墓前，把小凳放在他的身旁，然后手趴下身去守着他，静静的。太阳升起又落下，落下又升起……

某一天，小胡来扫院子给手喂食，发现手卧在他墓前再也起不来了。小胡在他墓前的一棵树下，把手葬了。

一人一狗相依相伴，静静地望着这个世界。草青草黄又是一年……

最后的墓穴

阻击战

那是一次战略大转移，整个部队一直向东撤退，不时地和追上来的敌人交火，枪声紧一阵慢一阵。团长下达了阻击敌人的命令，连里把阻击任务交给了他们这个排。那会儿是全排满员的，加上他一共有三十一人，连长姓赵，脸上长满了胡子，如同荒草丛生。赵连长卡着嗓门说：“阻击敌人的任务就交给你们排了，你们在这里阻击三天，再追赶大部队。”连长说完，用目光从排尾扫到排头，最后把目光定在他的脸上，上前几步，手掌拍在他的肩上，声音不大，却很重：“余排长，希望三天后我还能看见你们。”赵连长说到这儿眼圈红了，他鼻子也有些酸，立正敬礼道：“连长，我保证，囫囵个儿地把全排带回来。”他向连长敬礼，连长扭过头，两滴清泪从脸上滑过。连长没再回头，瓮着声音又说了句："余排长，我在前方等你。"大部队战略转移，没有人知道他们的终点在哪里。

连长一走，他带领全排战士就奔向了阻击阵地，那是一个小山包，稀疏地长着几棵叫不上名字的树。他们刚在阵地上摆开队形，敌人的先头部队就到了。于是，枪炮声响成一片，追赶的敌人在山坡上一排排倒下去。经过一天一夜的激战，全排有七人牺牲，眼见着山下追上来的敌人越聚越多，一眼望不到头儿。一门门大炮支起来，瞄准了他们的阵地，就等天亮发起攻击。他知道是时候撤出阵地了，七个阵亡的兄弟没法带走，他们在一棵柞树旁挖了一个坑，把七个兄弟并排放在里面，然后填土。眼见前一天还活蹦乱跳的兄弟在眼前消失，他低声说道："兄弟们，你们先在这里歇着，等战争结束了，我再来接你们。"他跪在坟前，那些活着的兄弟也在他身前身后跪下了，默然无语。他起身，在那棵老柞树上划出一道记号，乘着夜色带领剩余的兄弟向后撤去。他们一口气跑出十几里远，天光一亮，果然听见后方枪炮齐鸣。他们又跑了一气，把枪炮声甩开。傍晚时分，他们终于进入了第二个阵地，比之前那个阵地的山高一些，树木也算繁茂。他让战士们修筑工事，借着月色啃了几口干粮。他不知这一天跑了多远，也许几十里路，想着留在那座山头上的兄弟，心里有股说不出的滋味，想哭，一转头却睡着了。枪声是又一个黎明时分响起的，他向山下看去，山下拥上来更多的敌人，黑压压的一片。他们不能让敌人过去，他们的任务就是掩护大部队转移。他喊了一声“打”，二十几个兄弟手里的家伙便响了，敌人伏下，掉转方向开始进攻。场面比第一天残酷了许多，山上的石头都被敌人的炮弹炸飞起来，一片片树木燃起了大火，敌人像潮水似的涌上来，又退去。有两次敌人都攻上了阵地，他们和敌人搂抱、扭打、撕咬在一起。天黑的时候，敌人终于退去了，在山脚下生起了一簇又一簇的篝火。他察看阵地，工事早就夷为平地，全排加上他只剩下五个人，刚开始战士们是受伤，熬到这个时候，已经变成了烈士。剩下的人又开始复制昨天的一切，先挖坑，然后把一个又一个牺牲的战友抬进坑里，再掩埋，又用刺刀在树上做好记号。最后他们五个人踉跄着遁入夜色中。

他们这次撤离，比昨天的动作慢了许多，因为身上已经没有多少力气了，张小宝的腿被敌人的子弹洞穿，拖着一条腿走，他们轮流架着张小宝，磕磕绊绊地向后撤去。

第三天的黎明，他们终于又选好了一个阻击阵地。在长着两棵树的山头上，他们又一次摆好了阻击的样子。工事没气力建了，便找了几块石头做掩体。他望着仅剩的四个兄弟，想起连长说过的话，怕是再见到连长时，他们这一排人，可能剩下的更少。他在心里悲戚地叫了一声：连长，我余奉山对不起你呀。他的悲哀还没来得及在心头扩散，追赶过来的敌人又成片成片地攻上来，他嘶哑着声音冲身边的四个兄弟喊：“兄弟们，阻击任务还剩最后一天了，就是咬也要把敌人咬死在阵地前。开火！”阻击阵地上的枪声虽然稀疏，但依然打响了。

那是怎样的最后一战！敌人一次又一次攻上阵地，他们的枪声和敌人的枪炮声相比显得太冷落了，他亲眼看见张小宝怀抱着几颗手榴弹，拐着腿，冲下山坡和敌人同归于尽。还有大个子张福来，迎着两个冲上来的敌人，一下子抱住两人搏斗在阵地上。从日出激战到下午时分，太阳偏西了，血红一片。他最后的记忆是拖着一条打光子弹的长枪，抡起来向山下的敌人扑去，然后就是一声巨响，浓烟遮住了太阳，他便什么都不知道了。

活 着

不知过了多久，他醒过来，先是看到天空，又一个黎明，微光透过天幕，通透深邃。他试着移动四肢，才发现一条腿已经断了，血凝在伤口处。他侧过身，呼唤着战友的名字。他记得撤到这个阵地时，还有四个兄弟，他一个又一个呼唤着，周围静静的，只有不知名的虫子在土里发出细碎的鸣叫。

天又亮了些，他能看清周边的景物了。他先是看到大个子张福来，抱着上了刺刀的枪，趴在地上。在另一侧，张小宝身子扭曲地躺在那里。他想起来了，他冲出掩体前，那四个兄弟就已经牺牲了，他是最后一个，被一发炮弹击中了。

他爬着把四个兄弟都找到了，前两天阻击战牺牲的兄弟，最后都由活着的战友掩埋了，现在他是唯一活着的人，只有他来掩埋牺牲的战友了。

他卸下张福来怀里抱着的枪上的刺刀，借着一个炸弹坑，用刺刀挖土，太阳升起丈把高的时候，坑已经挖好了，浑身的汗水已经湿透了衣服，他听见自己大口的喘息声。他伏在地上歇了一会儿，然后依次爬向战友的遗体旁，拖拽着把战友放到坑里。拖大个子张福来时，他费了好大劲儿，短短的一截路，他歇了几次，终于把张福来拖到挖好的坑里。他又转身从坑里爬上来，在高处他看到曾经熟悉的战友，都静静躺在他的眼前，昨天这个时候，他们还在自己的眼前活蹦乱跳，和他一起阻击敌人，眼下他们却永远躺在了这里。他怔了一会儿，便开始为他们掩土，渐渐地，战友们在他眼前消失了，眼前的土和山头上其他地方并无二致，他突然感到莫名的孤独。

一个排的人，加上他共三十一个鲜活的生命，经过三天阻击战，此时就剩下他一个人。他想找棵树给这四个兄弟留下个记号，周围并没有树，原来的那几棵树早被敌人的炮弹炸得只剩下几截树桩。最后他找到离战友最近的一块石头，用刺刀在上面划出一个数字“4”。

做完这一切，有一刻他有些迷怔，竟不知自己在哪儿，仰面望着天空，太阳已升到了他的面前，火辣辣地烤在他的身上。他浑身无力，真想睡一会儿，他闭上了眼睛，时光似乎又回到了三天前，赵连长立在他们面前道：“你们的任务是阻击敌人三天，然后撤出阵地去追赶大部队……”赵连长的命令犹在耳边，他一激灵清醒过来，茫然四顾，他回到了现实，还是那个山头，身旁就是他刚掩埋的四个兄弟。他还有任务，就是追赶大部队，可大部队又在何处，他向山背面爬去，他知道，只要向前爬，总有一天会追赶上大部队，回到队伍里，重新见到赵连长和那些熟悉的战友。

他的军衣湿了一次又一次，不知是血水还是汗水，他终于支撑不住，一歪头，在半山坡的一棵树下昏了过去。

当他再次醒来时，觉得是伏在一个人的背上，那人气喘着，摇晃着。他看到了满天星斗，山已经不见了，他不知自己在哪儿。他呻唤一声，便听见那气喘声止住了，叫了一声：“你醒了。”是个女人的声音，心里一惊，几乎从她背上跌下来，女子呵斥道：“别动。”然后又大喘着气向前走去。他想挣扎着下来，可一转头，又失去了知觉。

他再次醒来时，发现自己躺在一张床上，头上是屋顶，然后又听到一个女子的声音冲外面喊了一声：“娘，他醒了。”他循声望去，便看见了她。眼前立着的是个纤瘦的女子，年纪不大，穿着碎花对襟衣服。随声进来一个中年女人，手里端了一碗粥，见他睁开了眼睛，说了句：“老天爷保佑，你终于醒了。”

后来他知道，这家人姓许，两年前，这家男人随过路的部队参了军，便再也没有回来，女孩儿叫盼儿。那天她去山上放家里仅有的两只羊，发现了他。后来她说，自己的父亲就是随着和他穿着一样服装的队伍走的。两年前他们的队伍还在千里之外的东北，打着一场艰苦卓绝的、被后人称为“辽沈战役”的战争。他想，那应该是当地的县大队。

盼儿和她母亲，因为认定了他身上的这身军装，把他当成亲人一样照料，盼儿只要放羊回来，总是到他床前看一看，问声好。有时她还会在山上采些野花放在他的床头，于是幽香便弥漫在屋内。有时，她怕他寂寞还给他唱歌，是当地的民歌，曲调干净明快，在他眼里，盼儿就像她唱的一首首歌，纯朴，明媚。

当盼儿把几朵菊花放到他床前时，他知道秋天来了，那会儿他已经能起床了，那条被炸断的腿，似乎长在身体上了，但已经不是原来的样子，已经变了形。再后来，他拄着一根棍子能到院里站一站了。后来的某一天，他拄着棍子走出小院，虽然脚步再也不像以前那么铿锵有力，但还是能走了。

终于有一天，他向盼儿和盼儿的母亲告别，他要归队了。

他要走的那一天，娘儿俩来到门前为他送行，他走了几步，突然听到盼儿又唱起了歌，那是一首当地送行的歌，他回过头，见娘儿俩依旧立在他熟悉的家门前，泪水早已模糊了他的双眼。

他在心里牢牢地把她们记下了，这是他的恩人。他回过头，向前走去，盼儿的歌声变得远了，最后那歌变了泣腔，盼儿妈喊着："孩子，找不到队伍，再回来，这里还是你的家。"

他又来到了山上，找到了那块刻有"4"字的石头，找到了四个长眠在这里的战友。埋葬他们的地方，落了几片树叶，在风中翻滚，他告诉他们，自己要归队了，有朝一日，他们的排长还会来看他们。然后，他向他们敬礼，抬起头时，目光穿越到了他们另外两个阻击阵地上，他在心里向全排战友告别。他举起手向他们敬礼，然后大声说："全排人都有了，听我口令，出发。"他转身向山下走去，三十名战士似乎依然跟在他身后，目标前方，他们踏上了归队的征程。

寻 找

找寻部队并不难，顺着枪炮声，迎着因战争而逃难的人群就可以。他走了一个月后，终于在一个叫辗盘村的地方，找到了正在休整的老部队。此刻，距离那场阻击战已过去大半年时间了。他打听着三营二连，在一户农家院里，他找到了连部，出人意料的是，他见到的却不是大胡子赵连长，而是一位白面皮的年轻后生。他说："我要找赵连长，脸上长胡子的。"年轻连长说："赵连长早就不在了，半年前就牺牲了。我姓胡。"他向胡连长自报家门，说到了七八个月之前那场阻击战，胡连长虽然点头，却一脸茫然的样子。胡连长告诉他，他是几个月前从其他纵队调来的。他觉得自己问路遇到个哑巴，他最后提出要见连队其他人，王指导员、李副连长，还有那么多他熟悉的战士：大王、老马、磕巴宋。胡连长把全连人集合起来，他望着一长溜队伍，似乎在做梦，完全穿越到了一个陌生的环境中，眼前的士兵他竟然一个也不认识，一双双目光新奇地打量着他。他回头去找年轻的胡连长，又问了一次："你们就是三营二连？"胡连长确定地点点头，补充道："难道我还骗你不成。"他又提到了他的老营长，胡连长还是摇头，又强调一次："我是几个月前从其他纵队补充过来的。"

他茫然地立在队伍前，偷偷地掐了一下自己的大腿，疼痛让他知道这不是一场梦。清醒过来后，他想到了他们团长，经常爱背两只盒子枪的团长，姓吕名禾苗。他当战士时，吕禾苗是他的营长，他刚参军第二天队伍就和敌人遭遇了，那时他还不会打枪，更不会投弹，他学着别人的样子，把配发的手榴弹没拉弦便扔出去，还是吕营长阻止了他，手把手教他如何扔手榴弹，终于他扔出去的手榴弹炸响了。

他找到团部时，天空飘起了雪花，吕团长正站在院子里抽烟，眉头皱着，来回踱着步。他了解吕团长的习惯，每当遇到大事难事，吕团长都爱独自一个人抽烟。雪花落在团长单薄的军装上。他喊了一声："报告。"立在院外，吕团长抬起头望他，他看到吕团长的目光在愣神儿。他把手里拄着的木棍扔在脚边，并拢双腿又喊了一声："报告。"团长向前迈了两步，终于认出他了，拍了一下大腿："怎么是你？"他突然像找到娘的孩子，一股热辣辣的东西涌上他的心头，他哽咽了一声道："余奉山率领全排完成阻击任务，向您归队报到。"他举起手向团长敬礼。

吕团长把他带进团部，让他靠近火炉边坐定，他在团长嘴里才知道，那次队伍转移后，把敌人放了进来，在一个叫卧牛岭的地方和敌人打了一次大仗，足足有半个月，歼灭敌人两万余人，自己的部队也遭到了重创，现在的许多营、连都是新组建的。他想到刚才见过的胡连长，还有那些陌生的新面孔。他参军这几年来，大大小小的仗也经历了无数，从一名不会打枪的新兵，成长为一名身经百战的排长，部队会在一场战役后进行换血，他懂，但没想到这次血换得这么彻底，整个连队，甚至整个营都不在了。那一张张曾经熟悉的面孔消失了，但他们的音容笑貌却在他的记忆里经久不散。从离队到现在大半年时间了，他就是靠着回忆，追随着老部队。

他重新又立在吕团长面前，声音又一次哽咽道："我余奉山要归队。"吕团长上下打量着他，最后目光落在他那只残腿上，半晌才离开，望着他说："奉山同志，你已经不适合在部队工作了，你回乡复员吧。"回乡复员他经历过，以前就有伤残的干部、战士被迫离开部队。他没想到，这么快就轮到了自己，在寻找部队的路上，他也想过自己的伤腿，他心存侥幸，觉得自己虽然不能到一线打仗了，但他可以喂马、做饭，力所能及的事他还是可以干的。他也如此地去说服团长，团长告诉他，革命已到了关键节点，大部队傍晚就要再次出发，千里奔袭，绕到敌人后方去，只有包围敌人，才能全歼敌人。

他知道，部队每次行动都十万火急，他不能成为部队的累赘。团长让政治部给他出具了一份复员证明，让他带好，回到家乡可以证明他的身份。

那天晚上，他看到了全体集合的队伍，从头望不到尾，部队全副武装，顶着雪花悄然出发了，他们要千里奔袭，他知道又一场战役即将打响。他望着眼前一队队疾驰而去的队伍，他举手敬礼，泪水已模糊了视线。

队伍走了一夜，天亮时分，终于在他眼前消失了。头上的飘雪越来越大，混浊了整个世界。他辨别了一下方向，向家乡的方向迈动着脚步，拄着盼儿临别时送给他的树枝，这是一支经过修整的，握在手里很舒适的拐杖，他又想起了盼儿那张青春洋溢的脸。心情便复杂起来。

年 月

一晃他就老了，已经儿孙满堂，半年前老伴儿得了肺病，看了很多医院，还是走了，心不甘情不愿的样子。经历过许多生死的他，在老伴儿咽气那一刻，还是流泪了。思绪像穿越时光的机器，老伴儿嫁给他时还是个姑娘，那会儿战争已经结束，天蓝地宽，在媒人的介绍下，他认识了老伴儿。虽然他腿留下了残疾，可他是光荣的退伍军人，在人们心中的地位是至高无上的。结婚前他曾问过老伴儿：“我的一条腿废了，以后可能耽误干农活儿。”老伴儿低着头，害羞道：“还有我的两条腿。”简单的一句话，让他们走到了一起，先有了儿子，后来又有了女儿，生活便生生不息起来。后来孩子们都成家立业，日子就开枝散叶，盘根错节了。

他这些年都没忘记在部队的那些日子，总是忍不住去回忆，时空悠长，赵连长、吕团长……昔日战友的音容时不时地在他脑子里冒出来，然后他就发会儿呆，努力把思绪抽回来，让精神落到实处。

抗美援朝战争结束后，他找过一次他的老部队，就是想看一看他的老团长。那次他坐火车，又坐汽车，一路打探着，终于找到了老部队，看到一片片营区，还有一排排一列列士兵的身影，他的眼睛就热辣辣的，仿佛自己也置身其中。那次他在老部队失望而归，人们告诉他，吕团长牺牲在朝鲜，是在汉江阻击战中牺牲的。

那次他从老部队回来，心里就空了，总是愣神儿，目光望向老部队的方向，似乎又听到了吕团长的笑声。吕团长是个爱笑的人，总是在行军打仗的空隙里给他们讲笑话，他们笑，吕团长也笑，笑声朗朗，能传到很远的地方。

那次之后，又过了十几年，他去了一次城里，无意中看见一座烈士陵园，那次他在烈士陵园里待了很久，几乎把每座墓碑都看了，碑上有烈士的名字，还有烈士的光荣事迹，清清楚楚。这片烈士陵园里的烈士，大都是为了解放这座城市牺牲的。

他又想到了那场最后的阻击战，排里的三十名战士留在了三个不同的山冈上，当地政府给他们立碑了吗？这一想法一冒头，便搁在心里放不下了。他想着那三十个士兵整齐排列在陵园里的样子，就像站在他面前的队列。熟悉的面孔一个个在他面前浮现，大个子张福来因为个子高，总是站在队列的第一个，还有张小宝、王喜成、马四、刘欢水……他们真实地立在他的面前，这一切，仿佛就是在几天前发生的。

之后，他们经常出现在他的梦里，梦中的他们在行军，边走边吃干粮，然后蹲在小溪边喝水洗脸，张小宝淘气，总是撩水逗弄马四，在水里嬉闹。

最近总是梦见那场阻击战，他不知自己是睡着还是醒着。第一天，马四先是负伤了，肠子都流出来，那会儿敌人正往山头上冲锋，马四用腰带把肚子勒住，然后抱着一捆手榴弹滚下了山坡，手榴弹连同马四一起在敌人中间炸开了花……一幕幕当年热血悲壮的情景演电影似的出现在他的面前，让他泪流满面。

他知道，无论如何该去看看他们了，念想一经冒头，便不可遏制。他告别了儿孙，就像当年他追赶部队时一样，朝着他认定的方向，执着而又坚定地走去。陪伴他的手杖已经有些年头儿了，是多年前回老部队寻找吕团长时，老部队送给他的，从那以后，手杖便成了他对老部队的念想，再也没有离开过他。

最后的墓穴

他记得曾经养伤的吴村，想到了吴村，就想到了盼儿和她慈祥的母亲。这么多年了，盼儿的音容仍时不时地在他眼前浮现，那是一张青春纯朴的脸。每当这时，他便会想起离开盼儿家寻找部队的那天清晨，盼儿送他到了村口，他走几步回过头，看见盼儿那双含泪的眼睛，他走出去很远，回过头仍看见盼儿立在原地，她的面目模糊，却能感受到她的泪水。养伤半年，盼儿和她母亲对他的每个温暖的细节都涌了上来，他的眼睛也湿了，模糊了眼前的路。

昔日的吴村改成了吴镇，早已面目全非了，但人们依旧还是那么淳朴厚道，听说他的来意，热心的人们给他找来了镇长。镇长是个三十出头的年轻人，见到他就向他敬礼，原来，镇长以前在部队当过兵，转业前是名连长，土生土长的吴镇人。当年发生在他们附近的阻击战，许多人都还记得，神话般地流传着，在流传的故事里，当年的余排长率领一帮“天兵天将”，在这里打游击，三天三夜打退了几万敌人的进攻……

吴镇长把他带到了对面的山上，他记得这个地方应该是他们第三天伏击的地方，山上草木青翠，早已不是当年的荒凉景象了。他想起大个子张福来、张小宝就是在最后一次伏击战中牺牲的，他还记得当年在埋葬战友处附近的一块石头上，刻了一个数字“4”。他去寻找那块石头，怎么也没找到，但却惊奇地发现，山顶上多了一块高耸的石碑，上面刻着几个被描红的大字：“烈士安息地”。吴镇长告诉他，许多人知道这里是当年的战场，也有战士在此牺牲，他们却无法找到牺牲烈士的遗骸。当地政府只能立此碑纪念烈士，每到清明节、建军节、国庆节这样的节日，周围四邻八乡的人们，都会到此处纪念。他看到有几只花篮摆放在石碑前。

他的出现，受到了当地政府的重视，县里也派人接见了他，更多的是自发前来的老百姓，一睹传说中的英雄。在传说中，当年的余排长就是一名战神，指挥着“天兵天将”与成千上万的追兵展开了三天三夜的激战。

在人群中，他似乎看到了一张熟悉的面孔，确切地说是那双熟悉的眼睛。一位和自己年龄相仿的老妇人，站在他不远处凝视着他，为了更清楚地看见他，还用手背擦拭了一下自己的眼睛。他把目光定格在她的脸上，半晌，试探地问了一声：“你是盼儿？”老妇人突然张开嘴笑了，面容已老，笑容一如当年灿烂熟悉。他上前一步，伸出一只手，盼儿把双手伸过来，凝望着他，说了句：“你咋才来？”然后又一次泪流满面。他记得当年答应盼儿，找到部队报告后就会回来。两个老人，执手相望，泪眼婆娑，白云苍狗，世界早已换了模样。

后来他从老人嘴里听说，他离开吴村后，盼儿等了他几年，后来母亲生了一场大病，催促她成亲，她才嫁人。他听到此处，泪水早已在脸上纵横。好在，盼儿现在已是儿孙满堂，过往只成浮尘。

因他的出现，县政府决定在吴镇的南山上建一座烈士陵园。接下来，他带着人开始寻找当年牺牲的三十位烈士的遗骸。他的记忆尚好，还有许多镇上的长者仍然记得当年阻击战的地址。很快，在三个山头上，分别找到了埋葬烈士的地方，烈士仍然像当年安息时的样子，他记得当年埋葬这些烈士时，都是依次排开的，像他们生前站在队列里的样子。烈士的遗骸出土时，依然保持着当年入土时的样子，他仔细辨认着，王喜成、马四、刘欢水、张福来、张小宝……他一遍遍呼喊着他们的名字。

烈士陵园已在南山建好了，有一个门楼，门楼上刻了几个大字：“烈士陵园”。过了门楼，有一块高耸的石碑，石碑正面刻有“阻击战烈士纪念碑”。碑后撰文，写着烈士们的事迹，然后是每位烈士的名字。

迁烈士遗骸入陵园那天，天上下起了大雨，全镇男女老少自发来到陵园，目送着一位又一位烈士安葬在墓地里。一切完成之后，竟然雨过天晴，阳光金灿灿地洒在南山上，人群中发出一阵惊叹：这是天意。

那天晚上，他又做了一个梦，梦见全排战士整齐地站在他的面前，全都默不作声，整齐的目光把他笼罩了。他将目光依次在他们脸上扫过，他突然听见王喜成喊了一声：“排长，不要丢下我们，你说过，我们全排生死都要在一起。”

然后他听见全排人齐声喊："排长，不要丢下我们……"

他在梦中醒来，泪水早已打湿了枕巾。第二天，他找到吴镇长，提出了一个要求：在烈士陵园旁再挖出一个空墓穴。年轻的吴镇长望着他，似乎明白了，半晌，点点头。

不久，在陵园一旁的空地上，便多出了一个墓穴。从那以后，他经常蹲在最后一个墓穴旁，一个又一个数着，不多不少，一共三十一个墓穴。正如当年，赵连长命令他们打这场阻击战时的全排人马……

最后的阵地

一

咣当一声，先是一颗炮弹落在阵地上，接二连三，铺天盖地的炮弹便雨点儿似的落下，阵地上硝烟弥漫，战火冲天。张守望从硝烟里走出来，还是他年轻时的样子，身穿军装，提着冲锋枪，身上挂满了子弹袋，指着他的鼻子大声地吼道："你的援兵为什么不来，我的阵地剩下还不到一个班的人了，你见死不救，为啥，为啥不来救我?！"

每次梦到这里，李满田都会从梦里醒来，先是摸一把早就被冷汗打湿的脸，哆哆嗦嗦地坐起来，腿放到床沿下，披上一件衣服。刚才的梦境仍铺天盖地在眼前演绎着。他知道，再睡去是不可能了，便下床，来到窗子前，拉开窗帘的一角，望向外面。夜色正浓，邻家的灯火暗着，窗外院内几盏路灯，星星点点地亮着。

李满田觉得胸闷，他要找人叙说，连同满腔的委屈。

最近不知道怎么了，李满田隔三岔五地就会做上一次这样的梦，梦的情景也大体相同，阵地、炮火、张守望那张求救的脸，还有粗声大气地发泄着的不满。每次在梦里醒来，便再也睡不着，魂不守舍地熬到天亮。天刚蒙蒙亮，他便穿戴整齐地出门，来到干休所那座凉亭下。

干休所有两座凉亭，一个在院内的东南角，一个在西北角。西北角是李满田和老邢、老徐经常聚会的地方。天一亮，他们就聚在一起，有的打太极拳，有的端起拳头做出跑步的样子，不论做什么，只是做个姿态而已。太极拳是打不到位的，跑步也是不可能的，只是做个样子而已。八十多岁的人了，人生就像皮影戏似的，一切都恍如隔世，不仅动作慢了下来，还看什么都像隔了一层毛玻璃似的，影影绰绰，似有似无。

李满田来到凉亭下，天空微微地泛着白，他霜打似的立在那儿，竟一时不知如何是好。想哭却没有泪，就那么憋屈着，似乎又沉浸在梦境里，张守望粗嗓大声的喊叫仍在他耳畔回响着："你为什么见死不救，我的阵地丢了，哪怕你带来一兵一卒，我还能坚持两小时。"这似真似幻的喊叫真的让他落泪了，泪水冰冷潮湿地顺着脸颊流下来。

先是老邢走过来，老邢拄着手杖，人没到，手杖声便"笃笃"地传过来。然后是老徐，一边拍手一边踱过来，三个老朋友便在凉亭下聚齐了。他们的开篇往往是这样的："那啥，昨天晚上都睡得咋样？"老邢总是这么开场。

老徐说："还行吧，睡着了三四个小时，尿憋醒了，回来就再也睡不着了。"

放在以往，李满田也会搭讪句："管他三小时五小时，能睁眼下床，就还活着。"

然后三个加起来快三百岁的老人会干干地笑一笑，迎着东方即将升起的太阳，做出运动的姿态，度过他们通俗又普通的一天。

这次是李满田打破了这种约定俗成的模式，他扯了老邢，又拉了老徐，让二人坐在凉亭的石凳上，挓挲着手说："张守望在汉江丢了阵地，你们说这事怪我吗？"

老邢一脸错愕地甩开李满田的手道："你怎么又来了，还有完没完，跟个娘儿们似的。"

老徐也拂了拂手说："老李呀，你该放下了，别揪住那点儿事不放。"

李满田就真心实意地感受到委屈了，他立在那里，突然抽抽搭搭地哭了起来，一边哭，一边委屈得像个孩子似的说："是我揪住不放嘛，你们怎么都这么认为，是张守望揪住不放。这些日子，他天天在梦里找我，指着鼻子冲我喊，他把阵地丢了，是因为我没有支援他，怪我一兵一卒也没派。欸，你们评评理，他在汉江丢了阵地怎么怪我头上了。”

提起张守望，老邢和老徐都沉默起来，心里漾过悲伤的涟漪，两人大眼瞪小眼地望着站在中间的李满田。

李满田的委屈似乎刚开了个头儿，仍在叙说着：“大半辈子了，活着时说，死了之后还说，他干吗就和我纠缠不清呀。他丢了阵地，怎么就怪到我头上了。”

半年前，这个凉亭下，还是四个人，多了个张守望。张守望的身子骨似乎比三个人都硬朗，除了耳朵有些背。张守望耳背，从年轻时就这样，在汉江阻击战时，被美国人的炮弹炸聋的，那会儿他才三十出头，从那以后，他说话的声音陡然高了八度，几乎是扯着嗓子喊，以为别人都听不见。就是半年前的一天早晨，张守望把两只拳头端在腰间，做出跑步的姿势，没比画几下，他就坐到石凳上，说心口闷。几个人都八十出头了，不是大小伙子了，这里疼，那里不舒服，成了家常便饭。起初，谁也没太把张守望当回事，不舒服就歇歇，以前也有过类似的事，歇一歇，把气喘匀了，就啥都没啥了。这次却不一样，张守望不仅捂了胸口，脸色变得苍白，还倚在栏杆上，口吐白沫。张守望这样子着实把三个人吓坏了，正巧赶上张守望的女婿郭家华去上班，路过此地。三人忙把郭家华叫过来，女婿郭家华毕竟年轻，见识也多，查看了岳父张守望的脉搏，又翻了眼皮冲三人说：“我爸怕是心梗了。”便把岳父平放在地上，一边打电话叫救护车，一边通知了张彩云。张彩云是张守望的女儿，张守望有两个儿子、一个女儿，以前都另过日子，住在外面，后来女儿见父亲岁数大了，便搬到干休所和父母同住。三个孩子中，张守望最疼爱的就是小女儿张彩云，平日里，张口老闺女，闭口我女儿的，每次提到女儿张彩云，他都幸福得合不拢嘴。

救护车把张守望拉走后，三个人的腿都软了，刚才还好好的一个人，说倒下就倒下了，眼睁睁地被救护车拉走。三个人瘫坐在石凳上，久久没回过神来。最后不知谁说了句："回吧。"三个人才灵醒过来，抖着腿脚一步步向家挪去。回到家，心仍放不下，立在窗前向外面张望，希望再看到一辆车驶进来，从车上下来硬朗的张守望，然后站在楼下，粗门大嗓地喊一声："我老张没事，你们都下楼哇。"平时他们经常能听到张守望这么喊他们，他们一听到他的声音，便从楼上下来，走出各自楼门，集合着向凉亭走去。

一直到下午，他们重新又聚在凉亭下，仍没见张守望回来。日头又偏西了一些时，他们看见了张彩云一个人从院外走回来。张彩云似乎早就哭过了，眼睛红肿着。他们默默地迎上去，张彩云抬起眼皮，哽着声音说："叔，伯，我爸走了。"张彩云这轻轻的一声"走了"，犹如一颗炸弹在三个人心里炸响，几乎要把他们炸翻了。他们呆呆地立在那儿，久久没回过神儿来。早晨出门还好好的张守望，到了下半晌就轻轻地“走了”。

再次见到他们的好战友、好伙伴张守望，是三天后的殡仪馆里，张守望躺在那里，一如生前睡着了，他身上盖着党旗、军旗，映得他那张脸红扑扑的。哀乐一遍遍滚动着播放，提醒着他们，他们的战友张守望已经“走了”。

告别仪式是干休所组织的，来了许多现役军人，还有张守望曾经的下级、同事，但作为老战友，就剩下他们三个人了。他们立在张守望的遗体旁，就像三个门神，也像是主人。他们不离不弃地陪在张守望的身边，他们要送战友最后一程。所有参加遗体告别的人，最后都仰慕地把目光投向三人，有人还远远地向他们敬礼，有些人他们压根不认识，有的人脸熟，却想不起是谁。不论生熟，这些人都和他们无关，他们的职责就是守护着老战友，并送他最后一程。

二

汉江阻击战，那会儿老邢是团长，老徐是团政委，李满田和张守望都是营长。那是怎样的一场阻击战，还不如说是场遭遇战，守住汉江阵地，就守住了汉城。汉城是志愿军攻克的最具象征意义的城市，全世界的目光都投向这里。联合国军发动了反扑，机械化部队从四面八方麇集而来，一场遭遇战不可避免。当时的志愿军在多线作战，距离汉江最近的也有上百公里，况且，丢下阵地回援也不现实。只有他们50 军离汉江最近，而且刚参加完战役，部队还在休整中，志愿军司令部下令，命令他们停止休整，掉头直奔汉江，展开一场生死阻击战。

整整十几天时间，几倍于我军的美军用飞机、坦克、火炮，轮番向我阻击阵地发起进攻。美军当然明白，攻下汉江等于断了志愿军后路，将不战而胜。阻击敌人的志愿军也明白，汉江守不住，之前付出的所有牺牲将功亏一篑。全军将士分布在汉江外围的几十座山头上，面对着美军疯狂的进攻，以血肉之躯捍卫着阵地。

张守望的一营，是最先进入阵地的阻击兵力。阵地不大，张守望知道，小小的阵地没必要摆开那么多兵力，先是把一个连派上去，其他作为预备队，埋伏在山沟里，以保存实力。可结果，还不到一个白天，一个连队在换了八位连长后，几乎全连覆没。连干部牺牲了，排长上，排长牺牲了，班长接替，傍晚还没到，张守望又派上一个排去接替三连。最后三连只剩下十几名伤残的战士，他们缺胳膊少腿，横七竖八地躺在张守望面前，他们一声声叫着：“营长，我疼呀。”他就派出担架队护送这些伤残战士下去。那会儿张守望的心似被刀剜了一样疼。

仗再打下去，连护送伤兵撤下阵地的人都没有了，先是上一个连，最后一个排，到最后一个班一个班地上了。阵地就如同一台绞肉机，张着血盆大口，有多少肉都能生吞下去。张守望最后上阵地时，是带着炊事员、警卫员、卫生员一起冲上去的，总共也不过十来个人。他知道最后的时刻到了，他挺了挺轻机枪，红着眼睛，哑着声音冲仅有的十几个士兵喊："打完这一仗，这辈子的仗就打完了，阵地就是我们的坟墓。只要我们在阳间还有最后一口气，就要把枪里的子弹打出去，阴间没有子弹。"他喊完，挥了下手臂。十几个人跟着他，跃上了阵地。

阵地早就焦煳一片，弥漫着一股血腥味儿，令人作呕。山下敌人几辆坦克并排地向山上进攻，坦克身后是密密麻麻的美军。炮弹密集地落在阵地上，他们没处躲，也没法躲，炮弹在焦土上炸开，细碎的粉尘遮天蔽日，犹如黑夜。在这之前，他向团部求过援，那会儿电话线路还是畅通的，当初团里安排阵地时，他知道李满田的三营是预备队。他还剩下一个连时，就请求过邢团长增援，邢团长在电话里冲他咆哮道："预备队已经没人了，没有预备队，你也要把阵地给我守住！"

再后来，他只剩下一个排了，电话线早就炸飞了，他用电台向团里求救，邢团长回话："你们营剩下一个人也得把阵地守住。”

再后来，电台也被敌人的炮弹炸飞了，团里和他们彻底失去了联系。有联系又能怎样，预备队早已派出去了，没有人了。张守望看见，不仅他们的阵地如此，周围的阵地也和他们的一样，早就是一片火海。

张守望抱着最后一战的必死之心上了阵地，那会儿什么炮弹、坦克、美军，在他眼里都成了皮影戏。声音没了，一切都静场了，他的耳朵已被炮弹炸聋了，他一遍遍地喊：“打，射击，往死里打。”他的机枪口都打红了，冒着缕缕青烟，美军像割麦子似的，倒下一批又上来一批。有几个战士，抱着掷弹筒滚出阵地和敌人的坦克同归于尽。那会儿，张守望觉得自己已经飞起来了，身子似乎不存在了，他把打坏的机枪扔到一边，又端起另外一支向外射击着。时间不知过了多久，似乎一切都在他眼前定格了，硝烟之后的阵地变得瓦蓝一片，像一片静止的湖泊。就在这时，他的身后升起两颗信号弹，就是两颗，这是邢团长之前规定的。两颗信号弹升起，就是他们撤出阵地的约定。

军令如山，他射出枪里最后一颗子弹，在这之前，美军已经潮水似的撤下去了，他知道用不多时，阵地上将迎来一拨儿更猛烈的炮火。他冲身边吼：“撤，撤离阵地。”

有三四个战士从地上爬起来，向他身边聚拢，他又喊：“我命令，撤！”再没有反应，还是那三四个人。他急了，他的命令还从来没有被如此怠慢过。他又喊了一遍。一个炊事员大声地报告："营长，全营已集合完毕。"他没听到，但从炊事员的口型中明白了什么意思。他盯着眼前仅剩的四名士兵，其中两名已经负伤，相互搀扶着，这就是他们营的全部人马了。上阵地时几百人，现在连他一起，仅剩下五人，但他还是下达了撤退命令。

他们前脚刚撤出阵地，后脚黑压压的炮弹便落到阵地上。

直到和大部队会合，他才知道，他们营已经在阵地上坚守了十三天。暗无天日的阵地让他早已失去了时间概念。最后，一个军撤出战斗时，稀稀拉拉的，从队首都能看到队尾，可他们上阵地时，足足有几万人呢。为了汉江，为了志愿军的大后方，他们几乎把一个军拼光了。

从那时开始，张守望不仅耳朵聋了，还留下了一个爱做梦的毛病。每次的梦境都千篇一律，他不停地手摇着电话，一遍遍向电话里请求团部增援。他得到的答复是："增援的部队在路上。"他一次次张望，却不见一兵一卒来增援。

现实生活中，他把恨就记在李满田的身上，他分明记得李满田是预备营长，他们上阵地前，团长老邢、政委老徐就是这么分工的。可直到他们营打光了，却不见李满田派出一兵一卒。

那次，他们撤回到国内休整，李满田受了重伤，住在丹东。李满田被一颗炮弹击中，不仅头受了伤，浑身上下也中了十几处弹片。老邢、老徐，还有他赶到李满田病床前，李满田显得很激动，一把捉住他的手，眼泪含在眼里，哽咽地说："老哥儿几个，我以为再也见不到你们了。"

他在撤下来时就知道，他们奔上阵地不久，李满田的预备营就拉上了阵地，团里从战斗打响那一刻就没有了预备队。可张守望还是说："满田，为啥不来增援我们呢，哪怕来一兵一卒也好哇。"

那次，李满田躺在病床上哽着声音说："守望，我还指望你给我派一兵一卒呢。"张守望还知道，作为团长的老邢和政委老徐，也已经带着团部的警卫排上了阵地，他们军长据说都做好了棺材，带着警卫兵上了阵地。汉江阻击战，整个军都参加了战斗。

这个理张守望懂，他是名军人，还是名身经百战的老军人，这一切他能不懂吗。可梦依旧做，每次的梦境都是雷同的，他坚守的阵地变成了一座孤岛，每次他求援，团里的答复都是千篇一律。援军就在路上，可阵地都丢了，援军却仍不见一个人影。

平日里，他就把火撒到李满田的身上，话里话外的满是责备。李满田委屈，就拉着他去找老邢和老徐，老邢和老徐已经是师长和师政委了，他们各自也已经是团长了。其实也没更多解释的，张守望心里明镜似的。

有时喝多酒，他还和李满田磨叽，拉着李满田的手，他的眼前李满田已经三头六臂了，然后一遍遍地说："满田，你咋才来呀，阵地都丢了。"然后就很悲怆地哭。李满田就大声地劝道："守望，是我不好，等下次再打仗，我给你派去一个营，先把你的阵地守住。行了吧？"

张守望就抱着李满田哀哀地哭，像一个被遗弃的孩子。

不知是梦让张守望的脑子错乱了，还是他本来就错乱了，总之，张守望的记忆似乎丢在汉江，再也找不回来了。

三

从朝鲜战场上回来，李满田和张守望再也没找到共赴战场的机会。每次他们聚餐喝酒，张守望都眼泪汪汪地冲李满田说："哪怕你增援我一兵一卒，阵地也不会丢掉哇。"李满田和其他战友已不想做更多解释了，只能安慰着喝多的张守望道："守望，等下一次呀，我带着全团的人去支援你。"张守望听了，便哀哀地哭，委屈得像个孩子。

其实他们还有两次接近战争的机会，可惜，都没有轮到他们亲自上战场。

1969 年初，北部边陲战役打响了。那会儿，李满田是二师师长，张守望是三师师长，他们军的驻地离前线最近。上一年，张守望的儿子张八一已经参军了，张八一参军时只有十七岁，张八一是张守望家的老大，长得和张守望一点儿也不一样。张守望是五短身材，整个人肉墩墩的。而张八一就像一棵柳树，不仅眉清目秀，身材也苗条得很。从小到大，张八一在张守望的眼里就像个丫头，他经常盯着他家的老大张八一唉声叹气。起了一个和军人有关的名字，儿子却长得像个姑娘，这让张守望变得心事重重，经常望着张八一的背影叹息道："这以后参军打起仗来，枪都拿不稳，还不得成了俘虏。"

高中毕业，十七岁的张八一仍然像棵柳树，一副弱不禁风的样子。张八一被张守望送到了部队，去了北部边陲，那里是全军最艰苦的地方，一年四季有一半时间都是大雪纷飞。让张八一去那里当兵，张守望和老伴儿马护士长曾经发生过口角。张守望的老伴儿是部队医院的一名护士长，人们似乎忘了她的名字，一律和张守望一样称她为"马护士长"。不知张守望在家是怎么称呼老伴儿的，反正在人前人后，他一直"马护士长"这么叫。人到中年的马护士长依稀能够看出年轻时一定是个美人坯子，举手投足都很有修养和文化的样子，和张守望的画风大相径庭。张守望一直抱怨张八一长得如此女孩相，都和马护士长有关。他们在辽沈战役中相识于长春，只不过，他们被困在长春城中，外面是里三层外三层的解放军。驻守在城里的是国民党60军，那会儿张守望还只是名连长。

从1948年6月开始，城外的解放军就把长春围得水泄不通，经济封锁，军事上围而不攻。起初，还有国民党的飞机能空投一些食物，但僧多粥少，只能一解燃眉之急。那会儿城里的百姓和一些军人趁乱跑出城外，投奔了共产党的队伍。马护士长那会儿还只是名护士。一线的军队都缺衣少粮，医院里的医生护士更是贫寒交加。有许多兵痞借机打砸医院，能抢到的药都被哄抢了，那会儿，用药充饥的士兵也不在少数。张守望就是在那时认识的马护士长。有一天，她们医院又被一群兵痞袭扰了，马护士长跑出医院，投奔兵营求救，正遇上张守望查哨。马护士长只来得及喊了一声："长官，救救我。"人便晕了过去。后来张守望从后厨里拿了两个玉米饼子，还端了碗水，算是救了马护士长一命。马护士长醒来，二人聊天，发现竟是河南同乡。自此，他们就多了照应，张守望每次开伙吃饭，总会想到在医院里的马护士长。总是偷偷地把口粮留下一些，找机会给她送去。

1948年10月，著名的锦州战役打响了，国民党的飞机已顾不上长春，转向支援驻守锦州的军队，这让驻守在长春城内的国民党军雪上加霜。60军军长曾泽生在一天夜里突然下令起义，长春一夜之间解放了。他们全军将士改头换面成了解放军中的一员。张守望和马护士长就是在那一年的年底结婚的。在张守望眼里，马护士长身子跟豆芽菜似的，他当时想，这都是因为饿的，吃几顿饱饭一切都会好起来。

后来张守望才发现，自己大错特错了。即便怀了张八一，马护士长的身子也没能壮起来，人倒是滋润了，也活泛得很，可就是不胖，身子总能让人想起一些和植物有关的名称。

张守望一直抱怨，张八一随了他妈。虽然他给儿子起了一个无比阳刚的名字“八一”，“八一”是中国人民解放军的建军节。虽然张守望他们不是根红苗正的解放军，打小儿参加的就是国民党部队，但他也是打过日本人的。台儿庄战役，在李宗仁的指挥下，参战部队也打出了中国军人的血性。就是在台儿庄战役中，张守望当上了排长。

张八一被张守望送到了北部边陲连队，马护士长是有意见的，她不反对儿子去参军，但做母亲的，总希望儿子能去一个条件稍好的地方。马护士长这家长里短的妇人之心，被张守望批判得体无完肤。张守望扯着嗓门喊道：“张八一是我的儿子，你看看他长的那个娘儿们叽叽的样子，他不去艰苦的地方锻炼，谁去?！他的名字叫‘八一’，他是军人子弟。”

自从投诚之后，张守望发现身边所有的人都换了模样，不仅心比以前齐了，觉悟和以前相比也是天上地下。当初，他们作为志愿军50军，被拉到了朝鲜战场，前几次战役，他们军一直作为预备队，并没有打上几场硬仗。有人就发牢骚说党中央并不相信他们这支部队，虽然起义之后，他们还是原来的建制，也参加了辽沈战役、平津战役，可总觉得哪里不对劲，似乎和其他部队比起来，他们总是矮人半头。一直到上了朝鲜战场，要不是汉江危在旦夕，他们的部队正好离汉江最近，也许汉江阻击战还不一定轮到他们。可就是这一战，把50军的气势和威望打出来了，为了汉江，为了保护志愿军的大后方，50军拼光了家底。他们幸存下来的这帮人，从心底里才真正获得了解放，找到了归属感。

在张守望的心里，自己的儿子张八一就应该到最艰苦的地方去，和别人家的孩子并没有什么两样。马护士长自然胳膊拧不过大腿，阴沉着脸色，不满了几日，一切又都复归正常了。

就在张八一当兵的第二年，北部边陲战役突然打响，张八一在那一场战斗中牺牲了。消息传到张守望耳朵里时，他的部队已经拉到了前线。

张八一和牺牲的战友们的尸体还没来得及处理，整齐地摆在库房的地面上，显然，尸体已经过简单处理，连队给他们换上了新军装，脸也被洗过了。张守望一眼就认出了儿子的尸体，他走过去，蹲在儿子尸体面前，儿子的脸不再生动，苍白得很，右手食指还套着手榴弹的拉环，手指紧钩着。他试图把拉环从儿子手中取下，试了几次也没能成功，仿佛儿子在和他较着劲。最后他放弃了，重新把儿子的胳膊放回到原处，他立起身，冲儿子还有一起躺在地上的尸体敬了个军礼。直到这时，他才意识到，自己已经泪流满面了。他最后看了眼躺在地上的儿子，突然发现，儿子和当兵前相比，已经壮实了不少。他在心里暗暗嘘了口气。

老邢、老徐和李满田得知他儿子牺牲后都来安慰他，尤其是李满田，握住他的手，摇晃着说："守望，我们又到前线了，这次若开打，我给你留一个营做预备队，不论你打成什么样，这个营归你指挥。"

张守望不认识似的望着李满田，还愤愤地把他的手甩掉说："谁要你的预备队，我自己的部队够用。"他们说这话时，都已经是师长了。

李满田还在解释说："汉江欠你的情，我一定补上。"

老邢和老徐就打着圆场说："什么情不情的，一切以大局为重。你们各就各位，随时准备应对敌人的反扑。"

张八一牺牲，马护士长好久才缓过神来，她的脸更加苍白，身子也更加瘦弱。只要有人提起张八一，她一准儿会抽抽搭搭上好一阵子，弄得张守望心里也凄惶得很，便一遍遍地说："你有完没完了，八一不在了，咱们还有九月和彩云。"张九月是他们的老二，也是个男孩儿，现在已经上初中了；张彩云是他们唯一的女儿，正在上小学。在张守望心里，张九月才是自己真正希望的孩子，生得虎头虎脑，一身气力，充满了活力。彩云是个女孩儿，从生下来就是一副小身板，更像她妈，说话也细声细气的。八一不在了，张守望把所有的希望都寄托在了张九月身上。

九月高中毕业那一年，又被送到了部队，这次，张守望听了马护士长的建议，没有把九月送到条件艰苦的北部边陲，而是送到了南方，一个叫昆明的地方。人们都说，昆明那地方好，四季如春。九月就从天寒地冻的北方到冬天不冷夏天不热的昆明参军去了。

九月果然没辜负张守望的期望，参军后，第二年入党，第三年就提干了。提干后的九月回来过一次，身子更加敦实了，脸庞被云南的紫外线照射得黑里透红。张守望就用力地把手掌拍在九月的肩上，反作用力震得他手掌麻酥酥的，他喜在心里，高兴在脸上，嘴里一遍遍地说："九月，你行了，像条汉子了。"九月就咧开嘴冲父亲笑，骄傲地说："那是当然，没看我是谁的儿子。"张守望就很幸福，眼睛笑成了一条缝，眯着眼睛打量着儿子。

1979 年，更加著名的南线战争打响了，战斗打响前，北方的部队并没有闲着，除了战争动员之外，部队又一次被拉到了北部边陲。那会儿张守望已经调到军区后勤部任职了，李满田也当上了军区副参谋长，老邢和老徐已经退休。

这一次，李满田又找到了张守望，他仍没忘记汉江那场阻击战。这次李满田把话说得很正式，他说："老张，你我虽然不是年轻那会儿了，但我们又一次上前线了，你记住，我老李还是你坚强的后盾，不论战场上发生什么事，我老李会第一个冲到你身边。"

张守望眨巴着眼睛望着李满田，一字一顿地说："把你的兵力用到该用的地方，我张守望这里永远不会是最软的防线。"在前线，两个老战友拥抱了一次，他们感受到了对方的温暖和情义，虽然他们不再年轻，战斗打响也不会冲在第一线，但两个战友，似乎已经嗅到了战场上硝烟的气味，这种大战在即的气氛让他们兴奋。

南线战争，速战速决，并没有拖泥带水。九月的连队，是最后一个撤出战斗的，他们掩护大部队撤退，结果遭到了敌人的埋伏。在增援部队受阻后，整个连队化整为零和敌人打起了游击，最后突围无望，全部阵亡。

张守望看到前线部队战斗总结时说过的话，九月所在的连队全部阵亡，连个尸体都没有见到。他把参加南线战争部队的战斗报告拍到桌子上，大声地喊了一句："增援部队在哪里，怎么不去大部队接应，胡闹。"他的手掌一次又一次拍到桌子上。当李满田又一次过来安慰他时，他冲李满田干吼着："这样的指挥员该上军事法庭。"

九月牺牲了，张守望已经欲哭无泪。两个儿子，两场战事，他们都牺牲了。

九月的牺牲，让身经百战的张守望看到，儿子的牺牲完全是指挥员的责任，不仅是儿子白白牺牲，那是一个连队呀。他们在南方丛林里各自为战，直到弹尽粮绝，射出了枪膛里最后一粒子弹。九月的牺牲无疑是悲壮的，也是冤枉的。后来，他在全军的通报中，终于看到对那场战斗有了总结及教训，相关责任人，也受到了应有的处理。可九月再也不能复生，永远躺在了异域他乡的丛林里。

在南疆某县的烈士陵园里，他和马护士长看到了九月的墓，虽然只是一座空墓地，但他们仍然找到了寄托。儿子似乎就在眼前，冲他们憨憨地笑着，仿佛在说："爸，妈，儿子没给你们丢脸。"

那一次，张守望和马护士长哭晕在儿子的空坟前。

四

张守望和马护士长失去了他们的两个儿子张八一和张九月。

看惯了生死的张守望和马护士长，擦干眼泪，把无尽的哀愁和思念埋在心底，日子还得往下过，好在他们还有一个女儿张彩云。张彩云这名字很普通，一如她的童年和少年，一副营养不良的样子，头发焦黄，一脸菜色，和那个年代经历过饥饿的孩子一样，到了少年也是瘦瘦小小的。自从上了高中后，人一下子就变得出挑了，女大十八变在张彩云的身上活灵灵地展现。彩云不仅变成了大姑娘，身材和面容也与众不同。她和父母谁也不像，只像她自己。

张彩云上初中时，便被市文化宫的老师挑中了，每天放学后，都要去文化宫练上两个小时的舞蹈。跳了几年舞蹈的彩云更加与众不同，不仅胳膊腿和别的女孩子不一样，而且总是挺胸抬头地走路，在女生中她显得鹤立鸡群。

李满田家的老二李援朝和张彩云是同学，他们从幼儿园到上学一直在一个年级里。机关下班，正是父母上幼儿园接孩子的时间，李满田和张守望经常一起接孩子，他们在幼儿园门口各自拉住孩子的手回家。那会儿的李援朝个头儿比彩云高了半头，精神面貌也大不一样，虎头虎脑的李援朝面孔像只苹果，彩云则像一只冻秋梨。李满田看了彩云就咂着舌头说："老张，你太偏心眼儿了，两个男孩儿让你养得跟铁蛋似的，怎么到了丫头这儿，就跟个稻草似的。"

张守望听了，明显不高兴，拉长脸说："我又没向你家借米，孩子养得好坏和你有啥关系。"

李满田就说："和我肯定没关系，这和你有关系，你这是重男轻女呀。"

说完拉着李援朝快步地向家走去，留下愣神儿中的张守望。

论偏心眼儿，张守望从内心里肯定是偏向八一和九月两个男孩子。两个哥哥穿小的衣服，被马护士长改了改，穿在彩云身上。从幼儿园到小学，都从服装上很难辨别出彩云的性别。有一次下课上厕所，曾被一年级的新生误认为是男孩子，在厕所里被轰了出来。一时间，在学校里成了笑话。

上了高中后的彩云，没人再敢小看了。那会儿她的两个哥哥——八一和九月相继牺牲，张守望满眼都是女儿了。他和马护士长把所有的爱都倾注到女儿身上。

有一天，李满田从司令部到后勤部串门，来到张守望的办公室，张守望正透过办公室的窗子往院内张望。李满田顺着张守望的目光望过去，先是看见彩云挎着书包往家赶，此时，正是学校放学时间，张守望的目光恋恋不舍地望着女儿彩云的身影远去。李满田看见了儿子李援朝跟在彩云身后不远处，也向家门走去。他一拍脑袋，心血来潮地冲张守望说："老张，要不咱们做亲家吧。"

李满田的话吓了张守望一跳，他睁大眼睛不认识似的望着李满田。李满田不明就里地说："咋了，是我们家援朝配不上你家彩云？"

张守望摇着头说："你打住吧。"

当时，两个人就当是一句玩笑，说说就过去了。直到几年后，两个人各自退休，李援朝和张彩云双双参军，他们之间真的擦出了爱情的火花，有一年春节两人一起从部队探亲回到家中。

一次李援朝在吃晚饭时，轻描淡写地端起碗，半只碗遮到脸上说：“爸，妈，我和彩云恋爱了，想明年‘五一’结婚。”

李满田听了似乎早在自己的意料之中，当了几年兵的李援朝，已经是部队的排长了，理应恋爱结婚了，他和老伴儿对视一眼。老伴儿是地方纺织厂的一名女工，当年援朝参军时，老伴儿还不太同意，她希望援朝接自己的班，理由是纺织厂大都是女工，儿子若是到纺织厂上班，还不跟皇帝选妃子似的。李满田就笑话老伴儿，头发长见识短。最后把权利交给李援朝，让他自己去选择。

那会儿，张彩云已经被某军的文艺宣传队选中了，她将要成为一名文艺兵了。李援朝笑嘻嘻地说：“爸，妈，你们不用争了，要依我，我就参军去。”

李援朝果然参军了，和张彩云在同一支部队。刚当兵那会儿，李援朝和张彩云也一同回来休过假，两个人都是军人了，红领章、红帽徽佩在他们胸前、额头，照耀在他们青春的脸上，红扑扑的。休假的日子里，两个人也同出同进过军区大院，当时谁也没多想，他们是一起从小长到大的孩子，又一起参军，在一起见见同学，玩一玩，都属于正常的。

那天，李满田的老伴儿也表态了：“彩云那孩子不错，听说在宣传队都当上分队长了。”说到这儿，又停顿一下道：“不知人家爸妈咋个想法。”

李满田把筷子拍在桌子上，抹着嘴说：“老张还能有个啥想法，子一辈父一辈的，他还挑啥。”

李满田过于自信了，当张彩云羞涩地把自己和李援朝恋爱的消息汇报给自己的父母时，张守望啪的一下，把茶杯蹾在茶几上，又拍了下自己的大腿说：“我不同意！”张守望这么快，几乎毫不犹豫地否定了女儿的爱情，大大出乎马护士长和彩云的预料，两人张口结舌地望着他。

张守望武断地说：“别问我为什么，我说不行就不行。”

彩云的爱情遭遇腰斩，眼泪控制不住，稀里哗啦地从脸颊上滚落下来。

马护士长就说：“老张你抽什么风，老李哪儿得罪你了，他们家的援朝我看挺好的，和咱们彩云知根知底，也般配。”

张守望狠狠地瞪了眼马护士长，马护士长就噤了声，用手捂着胸口，惴惴地喘。

彩云把父亲张守望的意见告诉了李援朝，援朝也有些吃惊，他没想到，看着他长大的张叔叔会干预他和彩云的爱情。援朝也把张守望的意见婉转地告诉了父亲，李满田轻描淡写地说：“别听你张叔胡说八道。你和彩云该怎么样还怎么样，你张叔的工作我来做。”

两个年轻人高高兴兴地回部队了。两个孩子前脚一走，李满田就找到了张守望，他还在自己家里提了两瓶酒，叫上老邢和老徐，四个人到饭店喝了一回酒。酒过三巡之后，李满田把杯子放下来，满脸带笑，半开玩笑地冲张守望说：“守望，你这么办事不对呀。”

张守望明白盐从哪儿咸，醋从哪儿酸，也放下杯子，认真又大声地说：“我说的是认真的，不是开玩笑，你家小子和我家丫头不合适。”

两人如此这般，老邢和老徐也觉得事态严重了，纷纷侧目看着两人。

李满田就一拍大腿说：“守望，你让两个老首长评评理，我李满田哪儿对不住你。”

张守望就挥挥手说：“咱不说那些，反正，让彩云嫁给援朝我不同意。”

接下去的酒喝得就变味儿了，越变味儿，张守望和李满田两人就比赛似的喝，你一杯我一杯，弄得老邢和老徐两头劝。两个人较上了劲，仍一杯接一杯地喝，喝到最后，两人摽着膀子相互搀扶着走回干休所。老邢和老徐见两人这样，说了一团和气的话就各自回家了。两人在楼下的凉亭里并没有走的意思，相互凝视对望着。

李满田把外衣甩在膀子上，怒气冲冲地说：“守望，说吧，这里也没外人了，我李满田这辈子怎么你了？”

张守望挥了下手：“不说别的，就说那次汉江阻击战，我们营打得那么艰苦，最后就剩下十来个人。阵地都丢了，要是没接到撤退命令，我就得上军事法庭。”

李满田说：“张守望，为这件事，你都纠缠大半辈子了，你有意思吗？我们营最初是作为预备营，可战斗一打响，我们就补缺上了阵地呀，这事老邢、老徐可以做证，是他们交给我的任务。你们营剩下十来个人，我们营也不比你多多少哇。阵地白天丢了，晚上又夺回来，拉锯似的争夺了好几回，这事你又不是不知道。”

张守望又挥下手：“李满田你少扯这个，一营你支没支援？当初一营阵地就要失守了，你派出一个排，又把阵地夺回来了。我这儿呢，你派出过一兵一卒吗？当时我们阵地成了绞肉机，人都拼光了，只剩下几个伤兵在战斗，我多么希望你派给我一兵一卒哇，可你派了吗？”

李满田生气了，甩了下手道：“张守望你这话说得太没意思了，当时各营之间的电话线都炸断了，电台也呼叫不上，咱们都各自为战。当初，要是接到你求救信息，就是我自己阵地不守了，我也会派兵增援你。”

“你听不见，眼睛还看不见吗？我们营的阵地就在你的左前方。距离还不到一公里，我们都守不住了，我看你们阵地还在打冲锋，战壕里能动的还有几十号人。哪怕你支援我一兵一卒，我们营也不致打得那么惨哪。”张守望似乎又说到了伤心处，蹲下身子，哀哀地哭了。也许是酒精的作用，张守望哭得伤心无比，痛彻心扉的样子。

他这一哭，也勾起了李满田的伤心往事，似乎又回到了炮火连天的汉江阻击战，一个又一个战友在他面前倒下，他也伤心欲绝地哭了起来。两个离休老人蹲在地上，在那个夜晚，娘儿们似的哭了一气儿，又哭了一气儿。

不知过了多久，不知谁先站了起来，另一个也站了起来。各自擤了鼻子。张守望嘟囔着声音说：“李满田，是你对不住我，让我丢了阵地，我记你一辈子。”

李满田也上来脾气：“你记就记，小肚鸡肠。”

两人各自散了。

从那以后，两人见面就吵，每次争执的话题都是从汉江阻击战展开。老邢和老徐自然也是当事人，是他们的团长和政委，对两人各打五十大板。批评张守望丢阵地肯定不对，也说李满田在和友邻部队失去联系的情况下，没能随机应变。但话说回来，战场上的事情千变万化，都由不得自己。老邢和老徐在战斗最关键时，不是也带着炊事员、卫生员和警卫员冲上了阵地吗？

老邢和老徐把话说得很折中，并没有责怪两人的意思。上级也没有追究他们。就是汉江阻击战，让他们50军一战成名，一扫笼罩在他们起义部队头上的阴霾。那一战让他们军几乎失去了番号，回国休整时，才源源不断地补充进了新的兵源，一支崭新的军队又重新集结在世人面前。

张守望也惊奇自己，对李满田怨恨的情结不知为什么，这么深又这么久。在风平浪静的日子里，两人几乎是无话不说的好朋友，从部队到军区，后来，他们各自又离休住到了干休所。可不知为什么，人老了，总是爱做梦，梦境又一直纠缠在汉江阻击战，每次做梦都是败走麦城，阵地丢了一回又一回。或许当时自己对预备营期望太高，那场战役真是让人绝望呀，阵地上丢弃的满是枪支和尸体。敌人攻上来了，满地的武器，就是没有足够的人去射击。眼见着敌人越来越近，攻势越来越猛，可阵地上射出的子弹只是零星地响着。他一次又一次回头，多么希望这时杀上来一批援军啊，这股有生力量冲进阵地，那将是怎样一股力量，敌人一定丢盔弃甲。可是他张望了，在心里千遍万遍地呼唤李满田，可援军一个也没有。通往阵地后方的小路静静的。在绝望中，他喊叫着冲出阵地和敌人展开白刃战。

每次从梦中醒来，张守望脸上都是湿湿的，一摸是泪。也不知从何时起，他开始滋生出对李满田的不满。可白天一到，一见到满脸是笑的李满田，还有老邢、老徐，他的心又软化了，一遍遍地想，他们是多么亲近的战友哇。在白天，他几乎原谅了李满田的一切，可到了晚上，一入梦，这种心里过不去的坎，又一次纠结在了胸口。张守望也不知自己到底是怎么了。

五

当李援朝和张彩云又一次从部队探亲回来时，两人在部队开好了结婚登记介绍信，只等登记结婚了。

李满田提前接到了儿子的来信，新房已布置妥当，一副张灯结彩的样子。李满田和老伴儿忙活了一阵，又忙活了一阵，在儿子即将回来的前两天，李满田终于忍不住，下楼来到干休所院内的凉亭里，找到了张守望。老邢和老徐在下军棋，张守望在一旁做裁判。干休所院外的大街上，经常可以看到三五个不老不少的老头儿，围在一起下象棋，吆五喝六。干休所的离退休老干部则反其道而行之，他们不下象棋，而下军棋，相互背着对方排兵布阵。行营、兵站、司令、军、师、团各种首长听从自己调遣，你派一个师，我派一个团，在双方阵地上对子厮杀。李满田平时也爱下这种军棋，每一盘都要重新排兵布阵，然后像一位指挥官一样，源源不断地把自己的千军万马派上战场。最惨烈时，只剩下个别的一些营团职干部了，便在阵地上收缩防守，在几条要道处做最后的坚守，把大本营中的军旗护住。谁的军旗被扛走了，便只能弃子认败了。为了自己最后的阵地，双方绞尽脑汁，拼力派上自己最强的火力来抵御对方的长驱直入。以往，李满田和张守望也经常在棋盘上对垒，两人互有胜负，张守望每次输了棋，总是不依不饶的样子，抓起棋子吵吵嚷嚷要再来一盘。有时都过了吃饭时间，张守望仍然缠着李满田再杀一盘，输了想扳回，赢了想再赢下去。李满田就说："守望，你这是何苦呀，饭菜都凉了。"张守望神情严肃地说："我要不赢上这一盘，晚上睡觉都不踏实。"然后两人执子，再次厮杀到一起。

这几天李满田为了儿子的婚房，已经好几天没到凉亭里来了。这次他的出现，一副喜不自禁的样子，冲着三位老战友说道："下完这一盘，你们跟我走。"

老邢和老徐就抬起头，疑惑地打量着李满田，老邢就说："满田，你是不是想请我们喝酒哇？"

李满田就说："酒是必须要有的，你们跟我走吧，到了就知道了。"

老徐就把棋盘一推，终结了厮杀到一半的棋局，拍拍屁股说："走，看看满田和咱们卖什么关子。"

两人一走，张守望自然也一起跟上，三个人来到了李满田家里。李满田把家里的主卧腾出来了，房间被粉刷一新，床呀，桌椅什么的，自然也是从家具市场上新购的，老伴儿正在往窗子上贴着喜字。

老徐、老邢就打着哈哈说："咋的，家里有喜事呀。"

李满田望眼张守望就说："可不，援朝马上就要探亲了，回来就结婚。"

张守望很警觉，把李满田拉到一旁正色地道："你家援朝要结婚，这是要和谁结呀？"

这次轮到李满田发怔了，他盯着张守望，疑惑地打量着他的表情，把嘴巴凑近张守望的耳朵，为了让未来的亲家听得更真切一些，还把手扩成喇叭状道："亲家，你别装糊涂，我家援朝和你家彩云结婚。他们明天就回来了。"

张守望顿时变了脸色，鼻子不是鼻子，脸不是脸地道："你家援朝想娶我家彩云，你休想，别做白日梦了。"说完也不解释，打开门噔噔噔地下楼了，留下一屋子迷惑不解的人。

去年李援朝和张彩云双双从部队回来探亲，公开了两人的恋情，虽然遭到了张守望一意孤行的反对，但两个年轻人并没往心里去，都觉得这都什么年代了，父母干涉婚姻自由这种事怎么也不会轮到自己头上，况且，各自的父亲都是老战友，平时的关系又密切得跟一个人似的。他们一直认为，张守望就是一时气儿不顺，胡说八道而已。两人回到部队之后，该干什么干什么，不仅热恋，还做好了来年探亲完婚的准备。

当李援朝和张彩云两个年轻人，欢天喜地回到家准备完婚时，张守望闹了一出轰动整个干休所的幺蛾子。

张彩云回家的当晚，他就逼迫彩云交出了从部队开出的结婚登记证明，当着彩云的面，一把火把那张证明给烧了。全家人都愣了，彩云更是不能接受眼前的现实，她扑在母亲的怀里，凄惨地叫了声："妈，我爸这是要毁了我一生的幸福呀。"

马护士长眼见女儿悲痛欲绝，她又想起了八一和九月两个牺牲的儿子，悲从中来，冲张守望大喊一声："老张，咱们家就剩下这一个闺女了，你闹的这是哪一出呀。"

马护士长自从在长春被围时认识了张守望，直到最后嫁给他，一直对丈夫百依百顺。彩云还小时，她把女儿抱在怀里，就一遍遍地说过："你爸是个好人，当初要不是你爸给我的玉米饼子，妈妈就饿死了。"马护士长一直感恩张守望救了自己一命，后来嫁给张守望，她一直怀着一颗感恩的心。一口气为张守望生了三个孩子，又把他们哺育成人，送到部队上。八一和九月相继牺牲，这对一家人的打击可想而知，好在他们还有一个女儿。豆芽菜一样的女儿最后长成了饱满俊俏的大姑娘，他们又把她送到了部队，两人的爱也都给了女儿。没料到在女儿的婚姻上，张守望做得这么决绝不近人情。

彩云崩溃了，马护士长也做出一个惊人的决定，她要和张守望离婚。当天晚上她就带着女儿离开家门，住到了军区招待所。

张守望烧毁了女儿的结婚登记证明，马护士长和张守望闹离婚，很快就传遍了干休所。干休所里住的都是军区离退休的老战友，他们活了大半辈子了，生生死死各种稀奇古怪的事都见过了。张守望做出这种不可理喻的事情，他们还是第一次听说。于是轮番登门，来做张守望的工作，最先来的自然是老邢和老徐，他们是最亲近的战友，也一直是张守望的老上级。

老邢一见张守望就拍着手掌说："守望，你这是闹的哪一出呀。"

张守望坐在沙发上，两眼望着窗外，不说一句话。

老徐当过政委，政治教育和开导人的理论总是一套一套的，这次他坐到张守望的身边，把手搭在张守望的肩上，慢条斯理地说："满田家的援朝不够优秀吗？"张守望摇头，老徐就又说："李满田是你的战友，这么多年，我们都在一起，是不是满田不够好？"张守望迟疑一下，又摇头。老徐接着说："援朝和彩云在一起很般配，两个年轻人恋爱结婚是他们的自由，我们老一辈的不能干预。现在都什么年代了，守望呀，咱们不能越活越抽抽哇。"

张守望流泪了，老徐以为自己做的工作有效果了，他还想再接再厉地说下去。只见张守望抹了一把脸上的泪，吼叫般地说："彩云嫁给谁都行，就是不能嫁给满田家的援朝。"

老邢和老徐还没缓过神儿来，李满田从门口挤开围在一起的老战友，撸胳膊挽袖子地闯进来，站在客厅中间位置上，指着张守望道："姓张的，你别把事情做得太绝了，这么多年我李满田哪儿对不起你了？就是我得罪你了，你冲我来，朝两个孩子使什么劲！"

张守望也站了起来，血红着眼睛，盯着站在面前的李满田。老邢和老徐以为张守望要和李满田拼命，便一人拽住他一只胳膊，不料，张守望一下子跪下了，声泪俱下地说："满田，这次算是我对不住你，我能说服我这个人，可心不依呀。"说到这儿，还要做出磕头的样子，被老邢和老徐拦住了。

李满田也双眼含泪，上前把张守望扶了起来，深也不是浅也不是地说："守望你这是何苦啊，你的心咋就那么冥顽不化呀。"

所有的战友都熟知张守望，但没人能看透他的心。不论谁出面，张守望都一口咬定，不同意彩云嫁给援朝这件事实。

战友们出面做不通他的工作，干休所的领导轮番出面，最后也不了了之。

援朝和彩云结婚未遂，两个孩子假期还没结束便归队了，带走了满腔的不解和遗憾。

马护士长那次在军区招待所一口气儿住了一个多月，最后还是老邢、老徐和李满田共同出面，才把马护士长劝了回来。那阵子，张守望谁也不理，人变得飘飘忽忽的，出门办事总是溜着墙根走，从不和熟人正视。遇到有人和他打招呼，他也像没听见一样。

那场风波平息之后，老邢、老徐、李满田等战友再聚在凉亭里时，议论得最多的仍然是张守望。老邢就感叹道："汉江那场阻击战，不仅炸坏了守望的耳朵，脑子也被炸坏了。"老徐也不禁忧伤地下了结论："守望脑子不坏，他不会做出这种荒唐不可理喻的决定。"然后回身又捉住李满田的手说："满田，原谅守望吧，看在咱们这么多年战友的情分上。"

李满田已经没有理由可找了，他也坚信张守望的脑子坏掉了。他们是情同手足的战友，原谅不原谅又能怎样，但一想到援朝离开家门时，那副欲哭无泪的眼神，他的心还是一剜一剜地疼。不仅是为援朝，也为自己的战友张守望。

当张守望又一次溜着墙根，低眉顺眼正准备走掉时，被李满田给捉住了，扯着他半个膀子把他拉到凉亭里。从那天开始，他们又在一起下棋了，只不过，没人再提起两个孩子的婚事了。仿佛那是个禁地，不慎迈入，便会硝烟四起。

又过了两年，彩云又一次探亲时，经别人介绍，认识了郭家华。郭家华是大学毕业生，在省里的设计院工作，父母都是公务员，根红苗正的样子。这次张守望没再提出异议，两人很快平静地结婚了。

彩云结婚两年后，李援朝也结婚了，女方是军区总院的一名护士。关于两个孩子的结局，暂时告一段落。又不久，彩云从部队转业回来，分配到了市文化馆工作。援朝仍在部队上工作，每次回来休假，偶尔会在干休所院里某一处碰上回家探望父母的彩云，两人会站在那里，心平气和地说上一阵子话，然后两人就擦肩而过，忙各自的去了。

李满田有时看到儿子和彩云如此这般，就想，要是援朝和彩云在一起，又会是个什么样子呢。他想象不出，只能摇摇头，叹口气，从窗前离开，心里便有种情绪沉甸甸地坠在胸口。

张守望偶尔也会看到援朝和彩云站在一起说话的样子，他总是把视线移开，紧走几步，用力地捶打几下胸口，眼泪止不住，总是模糊了双眼，然后在心里说：我脑子坏掉了，就是坏掉了。他这么一遍又一遍地说服自己。

六

张守望究竟脑子坏没坏掉，他自己也说不清。

那一次，在李援朝的婚礼上，张守望喝得大醉，最后被人抬回家里，许多年过去，人们仍然记得张守望的那场大醉。

先是彩云找到了现在的丈夫郭家华，然后从军宣传队转业。大概两三年后，李援朝才从军里调回到军区机关。援朝的女朋友也是热心的战友帮忙介绍的。最初李援朝和王护士处得漫不经心，有时十天八天也不见一次面，军区总院和军区并不远，坐车也就两三站地的样子。有一个周末，李满田站在自家窗前看到了张彩云和郭家华走回干休所的身影。彩云结婚之后，就搬出去住了，但每个周末都要回娘家坐一坐，或吃上一顿饭。

彩云走在前面，郭家华手里提着一袋水果走在后面，两人并不说话，一前一后地走着。在这之前，李满田和老伴儿已经多次看到过彩云回娘家的场景了。每次纺织女工出身的老伴儿看到这样的场景都会说："人家彩云都结婚两三年了，咱们援朝还没着落呢。"每次听老伴儿这么说，李满田心里都会冒出一股无名的火气，又无处发泄。每每这时，他就会走出家门，来到院内的凉亭里，拉上张守望去下棋。每次的棋局他都势如破竹的一般，没有迂回，甚至没有战术，把司令、军长、师长们都排在阵地的最前面，一阵猛冲猛打，杀得张守望的阵地上狼烟一片。有时，张守望只有招架之力。有几次，张守望已经弃子认输了，他仍然不依不饶，只给张守望留下一兵一卒与他周旋。连下了几盘棋之后，看到张守望的一张脸从红润转为蜡黄，肚子里那股火气才消了些。把棋盘一推，背着手说一句："不玩儿了。"留下张守望和老邢、老徐等人发怔。受到伤害的张守望便拉老邢再来一盘，希望在老邢身上把受到伤害的心缝补起来。

那个周末，看到彩云回到娘家，他的无名火气又蹿了上来，便对援朝说："你谈的那个王姑娘到底怎么样了？"

援朝正坐在桌前看书，头也不抬地说："就那样。"

李满田心里的火苗已经到处乱窜了，他走过去，在援朝的桌子上重重拍了一下道："我给你个任务，今年年底前，你必须结婚，和谁结我不管。"

援朝吃惊地抬起头，注视着父亲。在自己的婚姻大事上，援朝还是第一次见父亲发这样大的火气。

两三个月后，援朝和总院的王护士结婚了。王护士叫婷婷，是南方人，人和名字差不多，虽然不如彩云那般水灵，也算是亭亭玉立了。按李援朝和婷婷的意思，他们结婚不想操办了，去南方婷婷家看一看，再旅游几天，就算结婚了。但李满田坚决不同意，不仅要操办，还要大办，扬言要把干休所认识的叔叔阿姨都请去。

援朝的婚礼是李满田亲手操办的，结婚日子定下后，他去订酒席，又亲自写请柬，然后挨家挨户地去送。每次把请柬交到对方手里，都会大声地交代一句："我家援朝结婚了，老战友都去捧场呀，一定去呀，不去我可真生气了。"一家家送，一户户说，最后整个干休所就都知道援朝要结婚了。

结婚当天，李满田把老邢、老徐、张守望等人安排在了一桌上。老邢作为长辈当了证婚人，婚礼的程序很简单。两个新人上台说了几句感谢感恩的话，证婚人上场宣读一段婚礼证言。接下来，婚宴就开始了，酒自然是少不了的。李满田拉着老伴儿，招呼着援朝和婷婷，挨桌敬酒，那架势似乎不是儿子结婚，反倒像自己的大喜事。他端着酒杯一路吆喝着："援朝结婚了，我替援朝敬大家，感谢叔叔伯伯们。"然后仰头喝光了杯中的酒。婷婷一边给他倒酒，一边小声地说："爸，你少喝点儿。"他摆摆手："爸今天高兴，喝不醉。"

张守望望着穿梭在酒桌间的李满田，自己一杯连着一杯地喝着闷酒，然后又抽空敬同桌的老邢和老徐。老邢、老徐几杯酒下肚之后，就说了几句抱怨张守望的话。先是老邢说："守望呀，要是你家彩云和援朝结婚该多好，你们就是亲上加亲了。"老徐也说："可不是，都怪你脑子坏掉了，把一门好亲事给折腾黄了。"

张守望不论谁说他，他都要喝杯酒，然后赔礼般地说："我张守望认罚。"一仰头，把一杯酒喝得精光。

整个婚礼现场的确也没有外人，军区总医院来了两桌，然后就是军区机关的一些参谋干事，剩下的大多是干休所这些离退休老人了。大家平时很难这么齐全地凑在一起，因为援朝的婚礼，大家聚在了一起，相互敬酒，推杯换盏地互敬着。人们轮流来到张守望这桌时，看到张守望都会怔一下，彩云和援朝当年的事，整个干休所的人都知道。如今援朝结婚，又看到张守望，熟络一点儿的人就拍着张守望的肩膀说："老张，当初你不那啥，多好。"不太熟，平时又少来往的人也会含蓄地说："老张，哈哈，啥也不说了。"不论别人说什么，张守望都会把酒杯里的酒一口喝干，然后赔着笑脸道："我老张认罚。"

酒宴还没结束，当李援朝带着婷婷走过来敬酒时，张守望摇晃着站了起来，援朝就叫了句："张叔，你坐。我来敬酒。"

张守望就捉住李援朝的一只手，没说话先红了眼圈，他哽着声音大声地说："援朝，叔对不起你呀。"

说完倒仰着，摔到了地上，与此同时，呕吐物像箭似的喷射出来。张守望只来得及说了这一句完整的话，便醉得人事不省了。众人七手八脚地把张守望抬回到干休所的家里。

第二天一早，老邢、老徐和李满田结伴去看张守望，张守望还在床上躺着。酒劲儿仍没过去，但脑子已经清醒了，嘴里一遍遍地说："赔罪了，真不好意思。"他嘴上说的赔罪，不知是因为醉酒还是另有所指，只有他自己明白。

三天后，张守望又从楼门洞里走出来，来到凉亭，吵吵嚷嚷地张罗着和人下棋，又恢复到了以前的样子，似乎什么也没发生。

援朝婚礼没多久，人们发现有一阵子彩云搬回到家里来住了。上班时走出去，下班时又准时回来，然后把自己关在屋内，便不再下楼了。以前彩云偶尔也会回家住上三两天，原因是郭家华出差，她抽空回到娘家住上几日。这一次不同，彩云一连在娘家住了许多日子还不见走。

张守望那些日子也显得魂不守舍的，脸色泛黄，头发蓬乱，下棋时也总显得心不在焉，总是被老邢、老徐杀得片甲不留。

马护士长每天买菜情绪也不高，心事重重的样子。以往她路过凉亭，只要老邢、老徐一声召唤，她就会到凉亭这里坐一坐，大家都是多年的老熟人，唠上几句眼下或以前的事。现在，马护士长走路只看自己的脚尖，别人喊她，她也似乎没听见一样。

一日下午，老邢、老徐端着茶杯走到凉亭里，张守望蔫头耷脑地走过来，老徐把张守望拉到自己身边坐下，郑重地说："守望，你说实话，是不是家里发生什么事了？"张守望望眼老徐，又望眼老邢，话都到嗓子眼儿了，最后又咽下去。老邢看出了他的心思，盯着他的眼睛说："守望，咱们老哥儿几个在一起可大半辈子了，生呀死呀都经历过，你不和我们说实话，那就是信不过我们老哥儿几个。"

张守望绷不住了，未开口，泪先流下来。抽泣一会儿说："彩云想离婚。"

彩云躲回家闹离婚的事很快就在干休所内传开了。彩云闹离婚，没人知道为什么，但都不自然地想到了刚结婚的援朝，可援朝已经结婚了。什么原因，人们不得而知。

一天傍晚，李满田下楼遛弯，碰到了张守望，他似乎早就在这里埋伏好了，专门等李满田出来一样。果然，他拉着李满田说："咱哥儿俩出去走走。"两人走出干休所大门，来到一条林荫路上。张守望突然停下来，望着李满田道："满田，求你件事，你让援朝劝劝彩云，让她回家过日子。"

李满田知道张守望拉他出来，一定有事要说，但不知道他竟会提出这种要求。半晌才道："让援朝出面合适吗？"

张守望就哀求道："彩云就是因为援朝才提出要和家华离婚的。"

李满田更不解了："可援朝结婚了，他们俩已经没可能了。"

张守望就眼泪汪汪地说："可彩云心里这个坎过不去呀。"

李满田不说话了，手扶着一棵树，望着马路上的车流和人流，好久才转过身问了一句："守望，你和我说句实话，当初你不同意援朝和彩云在一起，到底为了什么？"

张守望说不出话，嘴张成了洞，呆呆地望着李满田。

李满田又说："还是因为汉江那次阻击战，我没有派人增援你？”

这时张守望似乎才灵醒过来，摇了摇头，又点点头。

李满田说：“守望，这里就咱俩人，你能不能和我说句实话，咱们这都快一辈子了，不能让我带着糊涂走哇。”

张守望抱着脑袋，做出痛苦状，蹲在地上，一遍遍地说：“我脑子坏掉了。”

几天后的一个周末，文质彬彬的郭家华把彩云又接走了，郭家华在前，彩云在后，在那个周末，干休所内的许多人都看到了这一幕。

援朝见没见彩云，见了又说了什么，只有两个人知道。但不论见与没见，彩云婚没离成，又回去和郭家华过日子去了。

又是几年，彩云和援朝都有了孩子，他们周末带着孩子回到干休所，在楼下的花园里，两个孩子经常会玩儿在一起。带孩子的援朝和彩云，他们相距几步的距离，目光投向玩耍中的孩子，有一搭没一搭地聊上几句天，没人知道他们聊的是什么内容。

七

张守望走了，走得让人猝不及防，干休所都是离退休的老人，每年都会走几个，有的在医院里，有的在家里。每次有人走了，这些老人们都会聚在一起，神色凝重地议论上一阵子，然后回忆起诸多生前细节，感叹上一阵子，日子还得过，平静了一阵，就算有什么也没什么了。但张守望走了，李满田心里就像破了一个大洞，怎么补也补不上，到处漏风，空空荡荡。

凉亭里，那副军棋仍然在石桌上摆着，李满田再也没有碰过，老邢和老徐似乎也失去了下棋的兴趣，目光不经意落在棋盘上，又离开。

一片树叶从树上落下来，悠悠荡荡地落在眼前。

老邢就叹口气："都秋天了，守望走了也有半年了。"

老徐扭过头，看着那片落在附近的树叶，也悠长地叹口气。

李满田又想哭，心里破了的洞装满了秋天的风。他又想起了自己做的梦，年轻的张守望在硝烟里走出来，军装被火烧焦了，还冒着缕缕青色的烟，他哭丧着脸冲他说："满田，你见死不救，为什么不来支援我呀，哪怕一兵一卒也好哇……"反反复复的梦，总是纠缠着李满田。每次从梦里醒来，心里的那个洞又多了一缕风。醒来便再也睡不着了，关于张守望的往事一件件地在眼前回放着，一帧一帧的，清晰得像放电影。

他把自己的梦和老邢、老徐说了，两人沉默了一会儿，先是老邢说："还是守望最想你，总在梦里找你。"

老徐也说："你和守望，没白做一次搭档。"

李满田还是觉得委屈："可守望到现在还在埋怨我。"说到这儿，又要哭出来。

老邢就说："满田，梦都是反的，别往心里去。"

李满田眼睛潮湿了："可他活着时也这么想的，只是嘴上不说。"

老徐说："守望脑子坏了，他有些事记不清了。"

李满田把目光从两人脸上扫过："你们两个给我做证，汉江阻击战，我没接到支援守望阵地的任务。"

老邢说："我和老徐都给你做证，战斗一开始，你们预备队就上去了，那仗，是咱们经历的最残酷的战斗。伤兵都来不及抬下阵地，电话线刚接上就被炸断，各阵地都失去了联系。"

老徐目光似乎也穿越到了过去："有一次，电话线被接上了，守望的电话就打进来了。他在电话里让我派兵增援他们的阵地，他告诉我，他们的阵地还剩下不到一个排的兵力了。我告诉他，一个多余的人都没有了。话还没说完，电话线就又被炸断了，也不知守望听没听到。"

老邢清清喉咙，似乎想打断老徐的话："不说了，一回忆我这心就疼。"

然后三个人就沉默下来，时间似乎也停滞了。阳光静静地在凉亭外流淌着，坐在凉亭里的三个人，似乎成了雕塑，久久不动一下。

“那边都有谁了？”老邢突然开口了。

两个人心里都一震，目光虚虚地望着老邢那张皱巴巴的脸。

老邢说的“那边”，两个人心里自然知道指的是什么，老徐就掰着指头数：“有老马、老刘……还有守望。”十个手指头不够用，又开始数第二次手掌了。他们相互补充着，猛然发现，自从住进干休所后，已经有十几位老家伙不在了。

他们的思路像断了线的风筝，飘来荡去。

李满田就说：“守望不知到了那边，脑子好了没有。”

老邢笑了，老徐也跟着咧了咧嘴。

老邢就说：“也怪了，你说守望这个人，什么都记得明白，就是汉江阻击战，把没有支援他的责任归到了满田头上。”

老徐突然拍了下大腿，他这一举动吓了两人一大跳，老邢就责备道：“你这一惊一乍的，抽风啊。”

老徐不仅拍了腿，还拍了下脑门才说道：“我明白了。”说到这儿，老徐又把话停住，瞅着两个人。

老邢用脚踢了一下老徐的腿，责备道：“老徐，你越老越神道，明白啥你就说呀。”

老徐夸张地用手在胸前比画一下才道：“我打个比方

啊，咱们任何人，遇到最困难的事，首先想起谁？”

老邢望眼李满田，李满田望眼老徐又望眼老邢，不明就里地摇摇头。

老邢盯着老徐道：“快说吧，你都把人急死了，又打比方，又讲理论的。”

老徐这才说：“一定是身边最亲近的人。”

李满田听了这话，心里呼啦一下亮了起来。

老邢搓了下手：“老徐，你这话有道理，我信。”

老徐咧开嘴：“我也是刚想明白为啥守望老是出现在满田的梦里，而咱们一次也梦不到。满田，守望的心里，你才是他最亲近的人。”

李满田已经泪流满面了。他任凭泪水在脸上淌着，最后汇到下巴上，孩子似的抽搭着。老徐的话一下子让他想通了，他以前一直认为守望的脑子坏了，时不时地怪罪他。照老徐的解释，守望把他当成了最亲最近的人。

李满田再次入梦时，张守望又如约而至了，还是那个神情，盯着他说：“为啥不来支援我……”这回，梦有了下集，他率领着全营，迎着守望跑过去，高声喊叫着：“守望，援军来了。”他的身后是一个全副武装的营，军旗在风中猎猎飘舞。张守望脸上绽放出满意的笑容，转过身，在前面引路。他们冲上了硝烟弥漫的阵地，枪炮声和喊杀声从四面八方传来，他们和攻上阵地的敌人战斗到一处。

这是他们最后的阵地，坚守住就是胜利。

李满田再次醒来时，天光已亮了。他从来没睡得如此酣畅过，仿佛刚从阵地上凯旋。

横　赌

20 世纪 30 年代，关东赌场上流行两种赌法。一种是顺赌，赌财、赌房、赌地，一掷千金，这是豪赌、大赌。然而，也有另一种赌法，没财、没钱，也没地，身无分文，就是硬赌，赌妻儿老小、赌自己的命，在赌场上把自己的命置之不顾，甚至自己妻儿的生命，用人当赌资，这种赌法被称为“横赌”。

横赌自然是几十年前的往事了，故事就从这里开始。

一

身无分文的冯山在赌桌上苦熬了五天五夜，不仅熬红了眼睛，而且熬得气短身虚。杨六终于轰然倒在了炕上。他在倒下的瞬间，有气无力地说：“冯山，文竹是你的了。”然后就倒下了，倒下的杨六立刻昏睡过去。

当文竹绿裤红袄地站在冯山面前的时候，冯山一句话也没说，他仔仔细细地看了文竹一眼，又看了一眼。文竹没有看他，面沉似水，望着冯山后脑勺那轮冰冷且了无生气的冬日，半晌才说："这一个月，我是你的人了，咱们走吧。"

冯山听了文竹的话，想说点儿什么，心里却杂七杂八的很乱，就什么也没说，只狠狠地吞咽了口唾液。转过身，踩着雪，摇晃着向前走去。

文竹袖着手，踩在冯山留在雪地上的脚印，也摇晃着身子一扭一扭地随着冯山去了。

冯山走进自家屋门的时候，他看见灶台上还冒着热气。他掀开锅盖看了看，锅里贴着几个黄澄澄的玉米面饼子，还炖着一锅酸菜。他知道这是菊香为自己准备下的。想到菊香，他的心里不知怎么就疼了一下。

文竹也站在屋里，就站在冯山的身后。冯山掀开锅盖的时候，满屋子弥漫着菜香。她深深浅浅地吸了几口气。

冯山似乎是迫不及待的样子，他一只脚踩在灶台上，从锅沿上摸起一个饼子，大口嚼了起来。他侧过头，冲着文竹含混地说："你也吃。"

文竹似乎没有听见冯山的话，她沉着脸走进里间。里间的炕也是暖热的，两床叠得整齐的被子放在炕脚，炕席似乎也被扫擦过了。这细微之处，文竹闻到了一丝女人的气息。

这丝女人的气息，让她的心里复杂了一些。外间，冯山还在稀里呼噜地吃着。文竹袖着手在那儿站了一会儿。她看见窗户上一块窗纸被刮开了。她脱下鞋走上炕，用唾沫把那层窗纸粘上了。她脚触在炕上，一缕温热传遍她的全身。

冯山抹着嘴走了进来，他血红着眼睛，半仰着头望向炕上的文竹。文竹的脸色和目光一如既往地冷漠。她的手缓慢而又机械地去解自己的衣服，冯山就那么不动声色地望着她的举动。

她先脱去了袄，只剩下一件鲜亮的红肚兜，接下来她脱去了棉裤，露出一双结实又丰满的大腿。她做这一切时，表情依旧那么冷漠，她甚至没有看冯山一眼。

接下来，她拉过被子躺下了。她躺下时，仍不看冯山一眼，她说："杨六没有骗你，我值那个价。"

杨六和冯山横赌时，把文竹押上了。他在横赌自己的女人。文竹是杨六在赌场上赢来的。那时文竹还是处女，文竹跟随了杨六半年之后，杨六又把文竹输给了冯山。

冯山把左臂押给了杨六，杨六就把文竹押上了。如果文竹就是个女人，且是被杨六用过的女人，那么她只值冯山一根手指头的价钱。然而杨六押文竹时，他一再强调文竹是处女。冯山就把自己的一条手臂押上了。结果杨六输了。文竹就是冯山的女人了，期限是一个月。

文竹钻进被窝的时候，又伸手把红肚兜和短裤脱下来了。

然后就望着天棚冲冯山说："这一个月我是你的人了，你爱咋就咋吧。"

说完文竹便闭上了眼睛，只剩下两排长长的睫毛。

冯山麻木茫然地站在那里，他想象了一下被子里文竹光着身子的样子。他甩下去一只鞋，又甩下去一只，然后他站在了炕上，他看了一眼躺在面前的文竹，他想到了菊香。菊香每次躺在他面前，从来不闭眼睛，而是火热地望着他。

他脑子里突然一阵空白，然后就直直地躺在了炕上，昏天黑地睡死过去。

文竹慢慢睁开眼睛，望眼躺在那里的冯山，听着冯山海啸似的鼾声，眼泪一点一滴地流了出来。

二

文竹是被父亲作为赌资输给杨六的。文竹的父亲也是个赌徒，一路赌下来，就家徒四壁了。文竹父亲年轻的时候，先是输掉了文竹的母亲。输文竹母亲的时候，文竹才五岁。文竹母亲也是父亲在赌桌上赢来的，后来就有了文竹。没生文竹时，母亲不甘心一辈子跟着父亲过这种赌徒生活，几次寻死觅活都没有成功。自从有了文竹，母亲便安下心来过日子了，她不为别的，就是为了把孩子养大成人。母亲无法改变父亲的赌性，便只能嫁鸡随鸡，嫁狗随狗，认命了。父亲在文竹五岁那一年，终于输光了所有的家产，最后把文竹母亲押上了，结果也输掉了。文竹母亲本来可以哭闹的，她却一滴泪也没有流。她望着垂头丧气地蹲在跟前的文竹父亲，很平静地说："孩子是我的，也是你的，我走了，只求你一件事，把孩子养大，让她嫁一个好人家。"

蹲在地上的父亲，这时抬起头，咬着牙说："孩儿她娘，你先去，也许十天，也许二十天，我就是豁出命也把你赢回来，咱们还是一家人，我不嫌弃你。"

母亲冷着脸，呸地冲父亲啐了一口，道："你的鬼话没人相信。你输我这次，就会有下次，看在孩子的分儿上，我只能给你当一回赌资，没有下回了。"

父亲的头又低下去了，半晌抬起来，白着脸说："我把你赢回来，就再也不赌了。咱们好好过日子。"

母亲说："你这样的话都说过一百遍一千遍了，谁信呢。"

母亲说完拉过文竹的手，文竹站在一旁冷冷地望着两个人。五岁的文竹已经明白眼前发生的事了。

母亲蹲下身，抱着文竹，泪水流了下来。

文竹为母亲擦泪，母亲说："孩子，你记住，这就是娘的命。"

父亲给母亲跪下了，哽着声音说："孩儿她娘，你放心，你前脚走，我后脚就把你赢回来，再也不赌了，再赌我不是人养的。"

母亲站起来，抹去脸上的泪说："孩子也是你的，你看着办吧。"

说完，母亲便走出家门，门外等着母亲的是向麻子。向麻子也赌，但只赌女人，不押房子不押地，于是向麻子走马灯似的换女人。赢来的女人没有在他身边待长的，多则几个月，少则几天。向麻子曾说要把方圆百里的女人都赢个遍，然后再换个遍。

母亲走到门口的时候，文竹细细尖尖地喊了声："娘。"

母亲回了一下头，脸色苍白得没有一丝血色。最后母亲还是坐着向麻子赶来的牛车走了。

父亲果然说到做到，第二天又去找向麻子赌了，他要赢回文竹的母亲。父亲没有分文的赌资，他只能用自己的命去抵资。向麻子没有要父亲的命，而是说："把你裆里的家伙押上吧。"

父亲望着向麻子，他知道向麻子心里想的是什么。向麻子赢了文竹的母亲，用什么赌向麻子说了算，他只能答应向麻子。结果父亲输了，向麻子笑着把刀扔在父亲面前。赌场上的规矩就是说出去的话，泼出去的水，没有收回的余地，除非你不在这个圈儿里混了。背上一个不讲信誉的名声，在关东这块土地上，很难活出个人样来，除非你远走他乡。

那天晚上，父亲是趴着回来的。自从父亲出门之后，文竹一直坐在门槛上等着父亲。她希望父亲把母亲赢回来，回到以前温暖的生活中去。结果，她看到了浑身是血的父亲。

就是在父亲又一次输了的第二天，母亲在向麻子家，用自己的裤腰带把自己吊了起来。这是当时女人一种最体面、最烈性的死法。

母亲死了，父亲趴在炕上号哭了两天。后来他弯着腰，叉着腿，又出去赌了一次，这回他赢回了几亩山地。从此父亲不再赌了，性情大变。父亲赌没了裆里的物件，性格如同一个女人。

靠着那几亩山地，父亲拉扯着文竹，每年总要领着文竹到母亲的坟前去看一看，烧上些纸。父亲冲坟说："孩儿她娘，你看眼孩子，她大了。"

后来父亲还让文竹读了两年私塾，认识了一些字。

父亲牛呀马呀地在几亩山地上劳作着，养活着自己，也养活着文竹。一晃文竹就十六岁了，十六岁的文竹出落成一个漂亮姑娘，方圆百里数一数二。

那一年，父亲又来到母亲坟前。每次到母亲坟前，文竹总是陪着，唯有这次父亲没让文竹陪着。他冲坟说："孩儿她娘，咱姑娘大了，方圆百里，没能有人比得上咱家姑娘。我要给姑娘找一个好人家，吃香喝辣受用一辈子。”

父亲冲母亲的坟头磕了三个响头，又说：“孩儿她娘，我最后再赌一回，这是最后一回，给孩子赢回些陪嫁。姑娘没有陪嫁就没有好人家，这你知道。我这是最后一回了呀。”

父亲说完冲母亲的坟磕了三个响头，然后一步三回头地走了。

父亲走前冲文竹说：“丫头，爹出去几天，要是死了，你就把爹埋在你妈身旁吧。这辈子我对不住她，下辈子当牛做马我伺候她。”

文竹知道父亲要去干什么，扑通一声给父亲跪下了。她流着泪说：“爹呀，金山银山咱不稀罕，你别再赌了，求你了。”

父亲也流下了泪，仰着头说：“丫头，我跟你娘说好了，就这一次了。”

父亲积蓄了十几年的赌心已定，十头牛也拉不回了。父亲又去了，他是想做最后一搏，用自己的性命去做最后一次赌资。结果没人接受他的赌“资”，要赌可以，把他的姑娘文竹做赌资对方才能接受。为了让女儿嫁一个好人家，十几年来，父亲的赌性未泯，他不相信自己会赌输，真的把姑娘赌出去，他就可以把命押上了，这是赌徒的规矩。久违赌阵的父亲最后一次走向赌场。

结果他输得很惨，他的对手是隔辈人了，以前那些对手要么洗手不干了，要么家破人亡。这些赌场上的新生代，青出于蓝，只几个回合，他就先输了文竹给杨六，后来他又把命输掉了。

杨六显得很有人性地冲他说：“你把姑娘给我就行了，命就不要了。你不是还有几亩山地嘛，凑合着再活个十几年吧。”

当文竹知道父亲把自己输给杨六时，和母亲当年离开家门时一样，显得很冷静。她甚至还冲父亲磕了一个头，然后说：“爹，是你给了我这条命，又是你把我养大，你的恩情我知道。没啥，就算我报答你了。”

说完立起身，头也不回地走了。

杨六牵着一匹高头大马等在外面。文竹走了，是骑马走的。

父亲最后一头撞死在母亲坟前的一块石头上。文竹把父亲埋了，文竹没有把父亲和母亲合葬在一起，而是把父亲埋在了另一个山坡上，两座坟头遥遥相望。

文竹在杨六的身边生活了六个月又十天之后，她作为杨六的赌资又输给了冯山。

三

冯山下决心赢光杨六身边所有的女人，他是有预谋的。冯山要报父亲的仇，也要报母亲的仇。

冯山的父亲冯老么在二十年前与杨六的父亲杨大，一口气赌了七七四十九天，结果冯老么输给了杨大，输的不是房子不是地，而是自己的女人山杏。

那时的山杏虽生育了冯山，但仍是这一带最漂亮的女人。杨大对山杏念念不忘，他和冯老么在赌场上周旋了几年，终于把山杏赢下了。

山杏还是姑娘时，便是这一带出名的美女，父亲金百万也是有名的赌徒。那时金百万家有很多财产，一般情况下，他不轻易出入赌场，显得很有节制。赌瘾上来了，他才出去赌一回。金百万从关内来到关外，只是孤身一人。他从横赌起家，渐渐置办起了家业，而且娶了如花似玉的山杏母亲。山杏的母亲说金百万是明媒正娶的。有了家业，有了山杏母亲之后，金百万就开始很有节制地赌了。

后来有了山杏，山杏渐渐长大，最后出落成这一带最漂亮的女人。漂亮的女人，从古至今，总是招摇出一些事情，山杏自然也不例外。

冯老么和杨大，那时都很年轻，年轻就气盛，他们都看上了山杏。关外赌徒，历来有个规矩，要想在赌场上混出个人样来，赢多少房子和地是不能树立自己的威信的，而是一定要赢最漂亮的女人。漂亮女人是最大的一笔赌资，无形、无价。凡是混出一些人样的关东赌徒，家里都有两三个漂亮女人。这样的赌徒，不管走到哪里，都会让人另眼相看。

冯老么和杨大，他们都想得到山杏。凭他们的实力，想要明媒正娶山杏是不可能的，金百万不会看上他们那点儿家财。要想得到山杏，他们只能在赌场上赢得山杏，而且要赢得金百万心服口服。

冯老么和杨大那时很清醒，凭自己的赌力，根本无法赢得金百万。金百万在道上混了几十年了，什么大风大浪都见过。从横赌起家，赌下这么多家产，这本身就足以说明金百万的足智多谋。那时的冯老么和杨大两个人空前团结，他们要联手出击，置金百万于败地。而且在这之前，两人就说好了，不管谁赢了山杏，两人最后都要凭着真正的实力再赌一次，最后得到山杏。

刚开始，两人联起手来和金百万小打小闹地赌，金百万也没把两个年轻赌徒放在眼里，很轻松地赌，结果金百万止不住地小赌。先是输了十几亩好地，接着又输了十几间房产。这都是金百万几十年置办下来的家产，输在了两个名不见经传的小赌徒手里，他自然是心有不甘。那些日子，金百万和冯老么、杨大等人纠缠在一起，你来我往。金百万就越赌越亏，初生牛犊的冯老么和杨大显得精诚团结，他们的眼前是诱人的山杏，赢金百万的财产只是他们计划中的第一步，就像在池塘里捕捉到一条鱼一样，首先要把池塘的水淘干，然后才能轻而易举地得到那条鱼。心高气傲的金百万触犯了赌场上的大忌：轻敌又心浮气躁。他还没等明白过来，便在几个月的时间里输光了所有家产。金百万红眼了，他在大冬天里，脱光了膀子，赤膊上阵，终于把自己的女儿山杏押上了。这是冯老么和杨大最终的目的。两人见时机到了，胜败在此一举了，他们也脱光了膀子和金百万赌起来。三个人赌的不是几局，而是天数，也就是在两个月的时间里，谁先倒下，谁就认输了。这一招儿又中了两个年轻人的计，金百万虽然英豪无比，毕竟是几十岁的人了，和两个年轻人相比，无论如何都是吃亏的。金百万在不知不觉中，又犯了一忌。

最终的结果，在三个人赌到第五十天时，金百万一头栽倒在炕上，口吐鲜血，一命呜呼。冯老么和杨大在数赌注时，杨大占了上风，也就是说山杏是杨大先赢下的。两人有言在先，两人最终还是要赌一回的。

精诚合作的两人，最后为了山杏，又成了对手。结果是，冯老么最终赢得了山杏。之后，他们生下了冯山。

这么多年，杨大一直把冯老么当成对手。这也是赌场上的规矩，赢家不能罢手，只有输家最后认输，不再赌下去，这场赌博才算告一段落。

杨大和冯老么旷日持久地赌着。双方互有胜负，一直处在均衡的态势。谁也没有能力把对方赢到山穷水尽。日子就不紧不慢地过着。

冯山八岁那一年，冯老么走了背字。先是输了地，又输了房子，最后他只剩下山杏和儿子冯山。他知道杨大这么多年一直都想赢得山杏，但他不相信自己最终会失去山杏。输光了房子、地和所有家产的冯老么红了眼，失去理智的他，结局是失去了山杏。

走投无路的冯老么只能横赌了，他还剩下一条命，对赢家杨大来说他无论如何要接受输家冯老么的最后一搏。冯老么就把自己的命押上了，且死法也已选好。若是输了，就身上系上石头，自己沉入大西河。如果赢了，他就又有能力和钱同杨大做旷日持久的赌博了。

孤注一掷的冯老么最终没能翻动心态平和的杨大的盘子，只能一死了之。赌场上没有戏言，最后输家不死，也没人去逼你，你可以像狗一样地活下去，可活着又有什么意思呢？没了房子没了地，老婆都没了，生就不如死了。关东人凭着最后那点儿尊严讨个死法，也算是轰轰烈烈一场，赢得后人几分尊敬。

冯老么怀抱石头一步步走进了大西河，八岁的冯山在后面一声又一声地喊叫着。走进大西河的冯老么，最后回了一次头，他冲八岁的儿子冯山喊道：“小子，你听着，你要是我儿子，就过正常人的日子，别再学我去赌了。”说完头也不回地走进了大西河，他连同那块石头沉入河水中。

两天以后，冯老么的尸首在下游浮了上来。怀抱的那块石头已经没有了，他手里只抓了一把水草。

杨大很义气也很隆重地为冯老么出殡，很多人都来了，把场面整得很热闹，也很悲壮。

八岁的冯山跪在父亲的坟前，那时一粒复仇的种子就埋在了他年少的心中。

一个月后，山杏吊死在杨大家中的屋梁上。杨大没有悲哀，有的是得到山杏后的喜庆，他扬眉吐气地又一次为山杏出殡。山杏虽然死了，但却是自己的女人了。杨大把山杏的尸体葬到自己家的祖坟里，一口气终于吐了出来。

斗转星移，冯山长大了，杨大的儿子杨六也长大了。

杨大结局也很不美好，在最后一次横赌中，他也走进了大西河，他选择了和冯老么一样的死法。当然，那是冯老么死后的二十年了。

冯山和杨六就有了新故事。

四

冯山是在菊香家长大的。菊香的父亲也曾是个赌徒，那时他帮助冯老么和杨大一起去算计金百万。冯山和菊香是两家家长指腹为婚的。当时冯老么说："要是同性，就是姐妹或兄弟，要是异性就是夫妻。"

在赌场上摸爬滚打的两个人，知道这种亲情的重要，那时冯山的父亲冯老么早已和菊香的父亲一个头磕在地上成兄弟了。

冯山出生不久，菊香也落地了。菊香出生以后，她父亲便金盆洗手了，他靠从金百万那里赢来的几亩地生活着。他曾经多次劝阻冯老么说："大哥，算了吧，再赌下去，不会有什么好下场。"

冯老么何尝不这么想，但他却欲罢不能。把山杏赢过来以后，杨大就没放过冯老么，树活一层皮，人活一口气。他不能让人瞧不起，如果他没有赢下山杏，借此洗手不干了，没人会说他什么。恰恰他赢下了山杏，山杏最后能和冯老么欢天喜地地结婚，就是看上了冯老么敢爱敢恨这一点。冯山的母亲山杏这一生只崇拜两个男人，一个是自己的父亲金百万，第二个就是冯老么。冯老么赢了父亲，又赢了杨大，足以说明冯老么是个足智多谋的男人。虽然山杏是个漂亮女人，但她却继承了父亲金百万敢赌、敢爱、敢恨的性格。父亲死了，是死在赌场上，这足以证明父亲是个响当当的汉子。她心甘情愿做父亲的赌资，山杏崇拜的是生得磊落，活得光明。父亲为了家业，为了她，死在赌场上，丈夫冯老么也为了自己死在赌场上。她最崇敬的两个男人走了，她也就随之而去了。

这就是冯老么所理解的生活，但他却不希望自己的儿子冯山走他的路。在临沉河前，他找到了菊香的父亲，把冯山托付给了菊香父亲。两个男人头对头地跪下了，冯老么说："兄弟，我这就去了，孩子托付给你了。"

菊香父亲点着头。

冯老么又说："冯山要是不走我这条路，就让菊香和他成亲；若是还赌，就让菊香嫁一个本分人家吧。"

菊香的父亲眼里已含了泪，他知道现在说什么都已经没用了。他只能想办法照顾好冯山。

冯山和菊香一起长大了，他们从小就明白他们之间这层关系。当两人长到十六岁时，菊香父亲把菊香和冯山叫到了一起，他冲冯山说："你想不想赌？"

冯山不说话，望着菊香父亲。

菊香父亲又说："要是想赌，你就离开这个家，啥时候不赌了，你再回来，我就是你爹，菊香就是你妹子。你要是不赌，我立马让你们成亲。"

冯山扑通一声给菊香父亲跪下了，他含着泪说："我要把父亲的脸面争回来，只要把我母亲的尸骨赢回来，埋回我冯家的祖坟，我就从此戒赌。"

菊香父亲摇着头，叹着气，闭上了眼睛，他的眼里滚出两行老泪。

从此，冯山离开了菊香，回到父亲留下的那两间草屋里。不久，菊香父亲为菊香寻下了一门亲事，那个男人是老实巴交种地的，家里有几亩山地，虽不富裕，日子却也过得下去。择了个吉日，菊香就在吹吹打打声中嫁给了那个男人。

菊香婚后不久，那个男人身体便一日不如一日，从早到晚总是没命地咳嗽，有时竟能咳出一缕血丝来。中医便络绎不绝地拥进家门，看来看去的结果是男人患了痨病。接下来，男人便烟熏火燎地吃中药，可男人的病始终不见好也不见坏。不能劳动了，那几亩山地也一点点换成药钱，日子就不像个日子了。菊香便三天两头儿地回到父亲家，住上几日，临回去时，带上些吃食和一些散碎银两，再住上些日子。日子就这么没滋没味地过着。好在她心里还有个男人，那就是冯山。

菊香出嫁前，来到了冯山的小屋里。两人从小明白他们的关系后，自然就知道了许多事理。在那时，菊香就把冯山当成自己男人看了。渐渐大了，这种朦胧的关系渐渐清晰起来，结果父亲却把她嫁给了这个身患痨病的男人。她恨冯山不能娶她。

冯山的心里又何尝放下过菊香呢。他知道自己未来的命运，他不想让菊香为自己担惊受怕，赌徒没有好下场，他不想连累菊香，他甚至想过，自己不去走父亲那条路，但他的血液里流淌着父亲的基因，他不能这么平平淡淡地活着，况且母亲的尸骨还在杨大家的坟地里埋着呢。他要把母亲的尸骨赢回来，和父亲合葬在一起，他还要看着杨家家破人亡，只有这样他不安的心才能沉寂下来。最终，他选择了赌徒这条路。

那次菊香是流着泪来求他。

菊香说：“冯山哥，你就别赌了，咱们成亲吧。”

他叹了口气道：“今生咱们怕没那个缘分了。”

菊香给他跪下。

他把菊香从地上拉起来。

后来菊香就长跪不起，他也跪下，两个人抱在一起哭成了一团。最后他说到了母亲，说到了父亲，菊香知道这一切都已无法挽回。

再后来，菊香就把衣服脱了，在他面前。菊香闭着眼睛说：“咱们今生不能成为正式的夫妻，那咱们就做一回野夫妻吧。”

冯山愣在那里，他热得浑身难受，可是他却动不了。

菊香见他没有行动，便睁开眼睛说：“你要是个男人，你就过来。”

他走近菊香身旁，菊香说：“你看着我的眼睛。”

他望着菊香的眼睛，那双眼睛又黑又亮，含着泪水，含着绝望。他的心疼了。

菊香问：“你喜欢我吗？”

他点点头。

菊香又说："那你就抱紧我。"

他抱住了菊香，菊香也一把抱住了他，两个人便滚到了炕上……

菊香喊："冤家呀……"

他喊："菊香，我这辈子忘不了你呀……"

……

菊香的男人得了病以后，菊香便三天两头儿地从男人那里回来。她刚开始偷偷摸摸地往冯山家里跑，后来就明目张胆地来了。刚开始，父亲还阻止菊香这种行为，后来他也觉得对不住菊香，给她找了一个痨病男人，便不再阻止。

后来菊香生了一个孩子，是个男孩儿，叫槐。菊香怀上孩子时，就对冯山说："这孩子是你的。"果然，孩子长到三岁时，眉眼就越来越像冯山了。

每当菊香牵着槐的手走进冯山视野的时候，冯山的心里总是春夏秋冬地不是个滋味。那时，他在心里一遍遍地发誓："等赢光杨家所有的女人，赢回母亲的尸骨，我就明媒正娶菊香。"

五

冯山昏睡两天两夜之后，终于睁开了眼睛。他一睁开眼睛便看见了文竹的背影，恍若仍在梦里。他揉了揉眼睛，再去望文竹时，他才相信眼前的一切不是梦，文竹就在他的身边，是他从杨六那里赢来的。他伸了一个懒腰坐了起来，一眼便望见了炕沿上放着一碗冒着热气的面条，面条上撒着葱花，还有一个亮晶晶的荷包蛋，这时他才感觉到自己真的是饿了。他已经有好几天没好好吃饭了，在赌场上，他所有的心思都用在赌局上，没心思吃饭，也不饿。他端起面条狼吞虎咽地吃起来。

文竹这时回过身望了他一眼，他有些感激地望一眼文竹。

文竹别过脸，依旧望着窗外。窗外正飘着清雪，四周都是白茫茫的一片。文竹说："这面条不是我给你做的。"

冯山停了一下，他才想起了菊香。他三口两口吃完面条，放下碗，他推开外间门，看到了雪地上那串脚印。这是菊香的脚印。菊香刚刚来过。想到菊香，他的心里暖了起来。他端着膀子，冲雪地打了个喷嚏，呆想一会儿后，关门走进屋里。

文竹的背影仍冲着他。他望着文竹的背影在心里冷笑了下，他不是在冲文竹冷笑，而是在冲杨六冷笑。现在文竹是他的女人了，是从杨六那里赢来的。

这时文竹就说："已经过去两天了，还有二十八天。"

他听了文竹的话心里愣了一下，他呆呆地望着文竹的后背，文竹的背浑圆、纤细，样子无限美好。他就冲着文竹美好的后背说："你说错了，我要把你变成死赌。因为你是杨六的女人。"文竹回过身，冷着脸一字一顿地说："冯山，你听好了，我不是谁的女人，我只是赌资。你就把我当成个玩意儿，或猪或狗都行。"

文竹的话让冯山好半晌没有回过味儿来，他又冲文竹笑了笑。他想：不管怎么说，你文竹是我从杨六手里赢来的，现在就是我的女人了。想到这儿他又笑了笑。

他冲文竹说："我不仅要赢你，还要赢光杨六身边所有的女人，让他走进大西河，然后我给他出殡。"

说到这儿，他就想起了自己的母亲，母亲的尸骨还在杨六家的祖坟里埋着。这么想过了，从脚趾缝里又升起蚂蚁爬行似的仇恨，这种感觉一直涌遍了他的全身。

他赢了文竹，只是一个月的时间，这被称为"活赌"。"死赌"是让女人永远成为自己的老婆。他首先要办到的是把文竹从杨六手里永远赢下来。一想起杨六，他浑身的血液就开始沸腾了，而眼前的女人文竹现在还是杨六的女人，只属于他一个月，想到这儿他的牙根就发冷发寒。

他冲文竹的背影说："上炕。"

文竹的身子哆嗦了一下，却没有动，仍那么坐着。

他便大声地说："上炕。"

半晌，文竹站起来，一步步向炕沿走过去。她脱了鞋子坐在炕上。在这个过程中，她没看冯山一眼，脸色如僵尸。

冯山咬了咬牙说："脱。"

这次文竹没有犹豫，依旧没有表情地脱去了绿裤红袄，又把肚兜和内裤脱去了，然后拉过被子，咚的一声倒下去。

冯山在心里笑了一下，心里咬牙切齿地说：杨六，你看好了，文竹现在可是我的女人。

几把脱光了自己，掀开文竹的被子钻了进去。他抱住了文竹，身子压在她的身上。直到这时，他才打了个冷战，他发现文竹的身体竟冷得有些可怕，他抱着她，就像抱着一截雪地里的木头。这种冰冷让他冷静下来，他翻身从文竹身上滚下来。他望着文竹，文竹的眼睛紧紧闭着，她的眼角，有两滴泪水缓缓流出来。

冯山索然无味地从被子里滚出来，开始穿衣服。他穿好衣服，卷了支烟，吸了一口，又吸了一口，才说："你起来吧，我不要你了。"

文竹仍躺在那里一动不动。

冯山觉得眼前的女人一点儿意思也没有，只是因为她现在还是杨六的女人，所以他才想占有她。

他站在窗前文竹站过的地方，望着窗外，窗外的雪又大了几分，洋洋洒洒的，覆盖了菊香留在雪地上的脚印。

文竹开始在流泪，后来就轻声哭泣起来，接着又痛哭起来。她想起了自己的父亲还有母亲，父亲最后一赌是为了自己，为了让自己有个好的陪嫁，然后找个好人家，可父亲却把自己输了，输给了赌徒。

刚才冯山让她脱衣服时，她就想好了，自己不会活着迈出这个门槛了，她要把自己吊死在房梁上。她恨父亲，恨所有的赌徒。可她又爱父亲，父亲是为了她才做最后一搏的。这都是命，谁让自己托生在赌徒的家里呢。做赌徒的女人或女儿，总逃不掉这样的命运。母亲死后，父亲虽然不再赌了，可那层浓重的阴影，永远在她心头挥之不去。

她号哭着，为了母亲，也为父亲，更为自己，她淋漓尽致地痛哭着。

她的哭声让冯山的心里乱了起来。他回过头冲她说："从今以后，我不会碰你一根指头。我只求你一件事，老老实实地在这里待着，等我赢光杨六家所有的财产和女人，我就让你走，你爱去哪儿去哪儿。"

文竹听了冯山的话止住了哭声，她怔怔地望着冯山。

冯山说："晚上我就出去，我不出去，杨六也会找上门来的。十天之后我就回来，到时你别走远了，给我留着门，炕最好烧热一些。"

文竹坐在那儿，似乎听到了什么，又似乎什么也没听到。

冯山说："家里柜子里有米，地窖里有菜，我不在家，你别委屈了自己。"

冯山又说："我只要亲眼看见杨六抱着石头走进大西河，我就再也不赌了。要是还赌，我就把我的手剁了去。"

冯山穿上鞋，找了根麻绳把自己的棉袄从腰间系上。他红着眼睛说：“我走了，记住，我十天后回来。”

说完冯山头也不回地开门出去了，走进风雪里。

文竹不由自主地走到门旁，一直望着冯山走远。不知为什么，她的心忐忑不安起来，不知为谁，自从父亲把自己输了，她的一颗心就死了。她觉得那时，自己已经死了。直到现在，她才发现自己似乎又活了一次。她的心很乱，是为了冯山那句让她自由的话吗？她自己也说不清楚。

六

冯山走进赌场的时候，杨六已经在那里等候了。赌场设在村外两间土房里。房子是杨六提供的。村外这片山地也是杨六家的。自从杨大那一辈开始，赌场上的运气一直很好，赢下了不少房子和地。这两间土房是杨六秋天时看庄稼用的。现在成了杨六和冯山的赌场。

杨六似乎等冯山有些时候了，身上落满了雪，帽子上和衣领上都结满了白霜。杨六那匹拴在树上的马也成了一匹雪马，嚼着被雪埋住的干草。

杨六一看见雪里走来的冯山就笑了，他握住冯山的手说：“我知道你今天晚上一准儿会来。”

冯山咧了咧嘴道："我也知道你早就等急了。"

两人走进屋里，屋里点着几只油灯，炕是热的，灶膛里的火仍在呼呼地烧着。两人撕撕扯扯地脱掉鞋坐在炕上。

杨六笑着问："咋样，我没骗你吧，那丫头是处女吧？"

冯山不置可否地冲杨六笑了笑。

杨六仍说："那丫头还够味儿吧？玩儿女人嘛，就要玩儿这种没开过苞的。"

冯山闷着头抽烟，他似乎没有听清杨六的话。

杨六这时才把那只快烧手的烟屁股扔在地上。从炕上的赌桌上取过笔墨，一场赌战就此拉开了序幕。

赌前写下文书，各执一份，也算是一份合同吧。杨六铺开纸笔就说："我是输家，这回的赌我来押。"

冯山摆摆手说："你押，你尽管押。"

杨六就在纸上写："好地三十垧，房十间。"

冯山就说："老样子，一只左手。"

冯山身无分文，只能横赌。横赌、顺赌双方都可以讨价还价，直到双方认同或一方做出让步。

杨六把笔一放说："我这次不要你的手，我要你把文竹押上，文竹是我的。"

冯山知道杨六会这么说，他要先赢回文竹，然后再要他的一只手，最后再要他的命。冯山也不紧不慢地说："那好，我也不要你房子，不要你地。我也要文竹，这次我赢了，文竹就永远是我的了。”

杨六似乎早就知道冯山会这么说，很快把刚才写满字的纸放在一旁，又重新把两人的约定写在了纸上，写完一张，又写了一张，墨汁尚未干透，两人便各自收了自己那份，揣在怀里。

两人再一次面对面的时候，全没了刚才的舒缓气氛，两人的目光对视在一起，像两名现代的拳击手对视在一起的目光。杨六从桌下拿出了纸牌。

杨六说：“在女人身上舒服了，赌桌上可不见得舒服。”

冯山只是浅笑了一下，笑容马上就消失了。他抓过杨六手里的牌，飞快地洗着。

一场关于文竹命运的赌局就此拉开了序幕。

对两个人来说，他们又站在同一起跑线上。冯山想的是，赢下文竹是他的第一步，然后赢光杨六的房子和地，再赢光杨六身边所有的女人，再赢回母亲的尸骨，最后看着杨六抱着石头沉入大西河。这是他最后的理想。

杨六想的是，赢下冯山的命，在这个世界上他就少了个死对头，那时他可以赌也可以不赌。文竹只是他手里的一个筹码。他不缺女人，这几年他赢下了不少颇有姿色的女人。现在他养着她们，供他玩乐，只要他想得到随时可以得到。至于文竹只是这些女人中的一个，但他也不想输给冯山，他要让冯山一败涂地，最后心服口服地输掉自己的命，到那时，他就一块石头落地了，然后放下心来享受他的女人，享受生活。也许隔三岔五地赌上一回，那时并不一定为了输赢，就是为了满足骨子里那股赌性。他更不在乎输几间房子几亩地，如果运气好的话，他还会赢几个更年轻更漂亮的女人，直到自己赌性消失，然后就完美地收山。杨六这么优越地想着。

冯山和杨六在赌场上的起点一样，终点却不尽相同。

灶下的火已经熄灭了，寒气渐渐侵进屋里。几只油灯很清澈地在寒气中摇曳着一片光明。冯山和杨六几乎伏在赌桌上发牌、叫牌，两人所有的心思都盯在那几张纸牌上。

文竹也没有睡觉，窗台上放着一盏油灯，她坐在窗前，听着窗外的风声、雪声。她无法入睡，她相信冯山的话，要是冯山赢下她，一定会还给她一份自由。她也清楚，此时此刻，两个男人为了自己正全力以赴地赌着。她不知道自己的命运将会怎样。

杨六赢下她的时候，她就想到了死。她在杨家住的那几天，她看到了杨六赢下的那几个女人，她知道要是冯山输了，她也会像杨六家养的那几个女人一样，成为杨六的玩物。说不定哪一天，又会被杨六押出去，输给另外的张三或李四，自己又跟猫跟狗有什么区别。文竹在这样的夜晚，为自己是个女人，为了女人的命运担心。她恨自己不是男人。要是个男人的话，她也去赌一把，把所有的男人都赢下来，用刀去割他们裆里的物件，让他们做不成男人，那样的话，男人就不会把女人当赌资赢来输去了。

当初杨六没要她，只是想把她押出一个好价钱，现在冯山也没要她，她有些吃惊，也有些不解。当冯山钻进她的被窝里，用身体压住她的时候，她想自己已经活到尽头了。她被父亲押给杨六时，她就想，不管自己输给谁，她都会死给他们看。她不会心甘情愿地给一个赌徒当老婆，她知道，自己的命运将会是什么。

冯山在关键时刻，却从她身上滚了下来，穿上衣服的冯山说出了那样一番话。为了这句话，她心里有了一丝感激，同时也看到了一丝希望。就是这点儿希望，让她无法入睡，她倾听着夜里的动静，想象着冯山赌博时的样子，她把自己的命运押在了冯山这次一赌上。窗缝里的一股风，把油灯吹熄了，屋子里顿时黑了下来。随着黑暗，她感受到了冷。她脱了鞋，走到炕上，用一床被子把自己裹住。这次，她在被子里嗅到了男人的气味，确切地说是冯山的气味，这气味让她暂时安静下来，不知什么时候，她偎着被子，坐在那里睡着了。

七

文竹怀着莫名的心情，似在期盼什么的时候，菊香来过一次，菊香的身后跟着槐。那时文竹正倚着门框，冲着外面白茫茫的雪地愣神儿。菊香和槐的身影便一点点地走进文竹的视野，她以为这母子俩是路过的，她没有动，就那么倚门而立。

菊香和槐走进来。菊香望了眼文竹，文竹也盯着菊香，菊香终于立在文竹面前说："你就是冯山赢来的女人？"

文竹没有回答，就那么望着眼前的母子俩。菊香不再说什么，侧着身子从文竹身边走过去，槐随在母亲身后，冲文竹做了个鬼脸。

菊香轻车熟路地在里间外间看了看，然后就动手收拾房间。先把炕上的被子叠了，文竹起床的时候，被子也懒得叠，就在炕上堆着。菊香收拾完屋子，又走到院里抱回一堆干柴，往锅里舀几瓢水，干柴便在灶下燃了起来。

文竹已经跟进屋，站在一旁不动声色地望着菊香。菊香一边烧火一边说："这炕不能受潮，要天天烧火才行。"

文竹说："你是谁？"

菊香抬头望了眼文竹，低下头答："菊香。"

槐走近文竹，上下仔细打量了一会儿问："你是谁？我咋没见过你？"

文竹冲槐笑了笑，伸出手摸了摸槐的头。

槐仰着脸很认真地说："你比我妈好看。"

文竹又冲槐笑了笑，样子却多了几分凄楚。

菊香伸出手把槐拉到自己身旁，一心一意地往灶膛里添柴，红红的火光映着菊香和槐。锅里的水开了，冒出一缕一缕的白汽。菊香烧完一抱柴后立起身，拉着槐走了出去。走到门口说："这屋不能断火。"说完便头也不回地走了。

文竹一直望着母子俩在雪地里消失。

冯山在走后第九天时，摇晃着走了回来。在这之前，菊香差不多每天都来一次。从那以后，文竹每天都烧水，因为她要做饭。冯山离家第五天的时候，菊香便开始做面条，做好面条就在锅里热着，晚上就让槐吃掉。第九天的时候，菊香做完面条，热在锅里，刚走没多久，冯山就回来了。那时文竹依旧在门框上倚着。这些天来，她经常倚在门框上想心事，她自己也说不清这到底是为什么。

当冯山走进她视线的时候，她的眼皮跳了一下，她就那么不错眼珠地望着冯山一点又一点地走近。

走到近前，冯山看了她一眼，没说什么，低着头走进屋里。他径直走到灶台旁，锅里还冒着热气。他掀开锅盖，端出面条，脸伏在面条上深吸了两口气，然后就狼吞虎咽地大吃起来，很快，那碗面条就被冯山吃下了肚，然后长嘘了一口气。

文竹一直望着冯山。冯山走到炕前，咚的一声躺下去，他起身拉被子时看见了站在一旁一直望着他的文竹，他只说了句："我赢了，你可以走了。"

刚说完这句话，冯山便响起了鼾声。冯山这一睡，便睡得昏天黑地。

文竹呆呆定定地望着昏睡的冯山，只几天时间，冯山变得又黑又瘦，胡子很浓密地冒了出来。

她听清了冯山说的话，他赢了。也就是说杨六把自己完整地输给了冯山，冯山让她走，这么说，她现在是个自由人了。她可以走了，直到这时，文竹才意识到，自己并没有个去处。家里的房子、地都被父亲输出去了，自己已经没有家了。她不知道自己将去向何方，她蹲在地上，泪水慢慢地流了出来。她呜咽着哭了。

灶膛里的火熄了，屋子里的温度慢慢降了下来。

傍晚的时候，菊香带着槐又来了一次。菊香看见仰躺在那儿昏睡的冯山，文竹记得冯山刚躺下去时的姿势就是这个样子，冯山在昏睡时没有动过一下。

菊香动作很轻地为冯山脱去鞋，把脚往炕里搬了搬，又拉过被子把冯山的脚盖严实。做完这一切，又伸手摸了摸炕的温度。

文竹一直注视着菊香的动作。

菊香起身又去外面抱了一捆干柴。正当她准备往灶膛里添柴时，文竹走过去，从菊香手里夺过干柴，放入灶膛，然后又很熟练地往锅里添了两瓢水，这才点燃灶里的柴。火就红红地烧起来，屋子里的温度渐渐升了起来。

菊香这才叹了口气，拉过槐。不看文竹，望着炕上睡着的冯山说："今晚烧上一个时辰，明天天一亮就得生火。"

说完拉着槐走进了夜色中。

菊香一走，文竹就赌气地往灶膛里加柴，她也不知道自己在跟谁赌气。

冯山鼾声雷动地一直昏睡了三天三夜，他终于睁开了眼睛。

在这之前，菊香已经煮好了一锅面汤。她刚走，冯山就醒了。菊香似乎知道冯山会醒过来似的，她出门的时候冲文竹说："他一醒来，你就给他端一碗面汤喝。"

文竹对菊香这么和自己说话的语气感到很不舒服，但她并没有说什么。

当冯山哈欠连天醒过来的时候，文竹还是盛了碗面汤端到冯山面前。冯山已经倚墙而坐了，他看也没看文竹一眼，稀里呼噜地一连喝了三碗面汤，这才抬起头望了文竹一眼。他有些吃惊地问："你怎么还没走？"

文竹没有说话，茫然地望着冯山。

冯山就说："你不信？"

文竹没有摇头也没有点头，就那么望着他。

冯山又说："我说话算数，不会反悔。"

文竹背过身去，眼泪流了出来，她不是不相信冯山的话。当父亲把她输给杨六的时候，她就想到了自己的结局，那就是死。她没有考虑过以后还有其他的活法。没想到的是，冯山又给她一个自由身，这是她万万没有想到的。她不知道自己该怎么面对将来的生活。

她为自己无处可去而哭泣。半晌，她转过身冲冯山说："你是个好人，这一辈子我记下了。"

冯山摆摆手说："我是个赌徒。"

她又说："你容我几天，等我有个去处，我一准儿离开这里。"

冯山没再说什么，穿上鞋下地了，走到屋子后面，热气腾腾地撒了一泡长尿。他抬起头的时候，看见远方的雪地里菊香牵着槐的手正望着他。

他心里一热，大步向菊香和槐走去。

八

冯山连赢了杨六两局，他把文竹赢了下来。在这之前，他从没和杨六赌过。那时他一直在赌，大都是顺赌。当然都是一些小打小闹的赌法。他赢过房子也赢过地，当他接过输家递过来的房契和地契时，他连细看一眼都没有，便揣在怀里，回到家里他便把这些房契或地契扔在灶膛里一把火烧了。他没把这些东西放在眼里，他知道自己最后要和杨六较量，让杨六家破人亡，报父辈的仇才是他真正的目的。

到现在他赢了多少房子多少地他也说不清楚，每到秋天，便会有那些诚实的农民，担着粮食给他交租子，地是他赢下的，租子自然是他的了。他就敞开外间的门，让农民把粮食倒到粮囤里，见粮囤满了，再有交粮食的人来到门前，他就挥挥手说："都挑回去吧，我这儿足了。"农民就欢天喜地地担着粮食走了。

冯山把这些东西看得很轻，钱呀，财呀，房呀，地呀什么的，在赌徒的眼里从来不当一回事。今天是你的，明天就会是别人的了。就像人和世界的关系一样，赤条条地来了，又赤条条地走了，生不带来，死不带去。生前所有的花红柳绿、富贵人生都是别人的了。

冯山早就悟透了，这些都缘于父亲冯老么，父亲该赢的都赢过，该输的也都输过。他是眼见父亲抱着石头沉入大西河的，河水什么也没有留下，只留下几个气泡。这就是父亲的一辈子。

他十六岁离开菊香家便在赌场上闯荡，一晃就是十几年。身无分文的时候，他也赌过自己的命，有惊无险，他一路这么活了下来。他在练手，也在练心，更是练胆量。他知道一个赌徒在赌场上该是一个什么样子，没有胆量，就不会有一个好的心态。子承父业，他继承了父亲冯老么许多优点，加上他这十几年练就的，他觉得自己足可以和杨六叫板了。

当他一门心思苦练的时候，杨六正在扩建自己的家业。父亲留给他的那份家业，又在杨六手里发扬光大了，不仅仅赢下了许多房子和地，还有许多年轻漂亮的女人，有些女人只在他手里过一过，又输给另外的人。杨六有两大特点，一是迷恋赌场，其次就是迷恋女人。他一从赌场上下来就往女人的怀里扎。杨六的女人都非烈性女子，她们大都是贫困人家出来的。她们输给杨六后，都知道将来的命运意味着什么。今天她们被输给杨六，杨六明天还会把她们输给别人。她们来到杨六家，有房子有地，生活自然不会发愁，她们百般讨好杨六，一门心思拴住杨六的心，她们不希望杨六很快把自己输出去。杨六便在这些争宠的女人面前没有清闲的时候，今天在这厢里厮守，明天又到那厢里小住。杨六陶醉于现在的生活。如果没有冯山，他真希望就此收手，靠眼下的房子和地，过着他土财主似的生活。

杨六知道，冯山不会这么善罢甘休，文竹只是他的一个诱饵，他希望通过文竹这个诱饵置冯山于死地，就像当年自己的父亲杨大赢冯老么那样，干净利落地让冯山抱着石头沉入大西河里，那么他就一了百了了。没想到的是，一和冯山交手，便大出他的意料，冯山的赌艺一点儿也不比他差，只两次交锋，文竹这个活赌便成了死赌。

警醒之后的杨六再也不敢大意了，连续两次的苦战，与其说是赌博，还不如说是赌毅力，几天几夜不合眼，最后是冯山胜在了体力上，杨六都支撑不住了才推牌认输的。

昏睡了几天之后的杨六，他一睁开眼睛，那些女人便像往常一样争着要把杨六拉进自己的房间，杨六像轰赶苍蝇似的把她们赶走了，他要静养一段时间再和冯山决一死战。那些日子，杨六大门不出，二门不迈，他除了吃就睡，对窗外那些讨好他的女人充耳不闻。每顿饭杨六都要喝一大碗东北山参炖的鸡汤，睡不着的时候，他仍闭目养神，回想着每轮赌局自己差错出在哪里。

文竹和冯山和平相处的日子里，觉得自己真的是该走了。

冯山在白天的大部分时间里根本不在家，后来文竹发现冯山每次回来都带回一两只野兔或山鸡。她这才知道，冯山外出是狩猎去了。一天两顿饭都是文竹做的，对这点，冯山从来不说什么，拿起碗吃饭，放下碗出去。倒是菊香在文竹生火做饭时出现过几次，那时文竹已经把菜炖在锅里，菊香不客气地掀开锅盖，看了看炖的菜，然后说："冯山不喜欢吃汤大的菜。"

说完就动手把汤舀出去一些，有时亲口尝尝菜，又说："菜淡了，你以后多放些盐。"然后就又舀了些盐放在里面。

冯山晚上回来得很晚。他回来的时候，文竹已经和衣躺下了，冯山就在文竹躺下很远的地方躺下，不一会儿就响起了鼾声。有时文竹半夜醒来，发现冯山在吸烟，烟头明明灭灭地在冯山嘴里燃着。她不知他在想什么，就在暗夜里那么静静地望着他。

随着时间的推移，文竹发现冯山是个好人。这么长时间了，他再也没碰过她，甚至连多看她一眼都没有。不仅这样，他还给了她自由，他是通过两次赌才把她赢下的，那是怎样的赌哇，她没去过赌场，不知男人们是怎样一种赌法。父亲的赌，让他们倾家荡产，还把生命都搭上了，她亲眼看见冯山两次赌，回来的时候几乎让人认不出来了，她一想起赌，浑身便不由自主地发冷。她有时就想，要是冯山不赌该多好哇，安安心心地过日子，像冯山这么好心的男人并不多见，这么想过了，她的脸竟然发起烧来。

文竹又想到了菊香，她不知道菊香和冯山到底是什么关系，但看到菊香对冯山的样子，不知为什么，她竟然有了一丝妒意。看到菊香的样子，她越发觉得自己在这里是多余的人了。她又一次想到了走，这一带她举目无亲，她不知去哪里。她曾听父亲说过，自己的老家在山东蓬莱的一个靠海边的小村里，那里还有她一个姑姑和两个叔叔。自从父亲闯了关东之后，便失去了联系。要走，她只有回老家这条路了，她不知道山东蓬莱离这里到底有多远，要走多少天的路，既然父亲能从山东走到这里，她也可以从这里走回山东。就在文竹下定决心准备上路时，发生了变故。

九

冯山这次输给了杨六，冯山为此付出了一条左臂的代价。

文竹在冯山又一次去赌期间，做好了离开这里的打算。她没有什么东西可收拾，只有身上这身衣裤，她把身上的棉衣棉裤拆洗了一遍，找出了冯山的衣裤穿在身上。她不能这么走。她要等冯山回来，她要走也要走得光明正大。缝好自己的衣裤后，她就倚门而立，她知道说不定什么时候，冯山就会从雪地里走回来，然后一头倒在炕上。

冯山终于摇摇晃晃地走进了她的视线，她想自己真的该走了，不知为什么，她竟有了几分伤感。她就那么立在那里，等冯山走过来，她要问他是不是改变主意了，如果他还坚持让她走，她便会立刻走掉的。

当冯山走近的时候，她才发现有什么地方不对劲，当她定睛细看时，她的心悬了起来。冯山左臂的袖管是空的，那只空了的袖管染满了血迹。冯山脸色苍白，目光呆滞。一瞬间她什么都明白了，她倒吸了口冷气，身体不由自主地向前迈了几步，她轻声问："你这是咋了？"这是她第一次主动和冯山说话。冯山什么也没说，径直从她身边走过去。

她尾随着冯山走进屋里，冯山这次没有一头倒在炕上，而是伸出那只完好的右手把被子拉过来，靠在墙上，身体也随着靠了过去。她立在一旁想伸手帮忙，可又不知怎么帮，就那么痴痴呆呆地站着。良久，她才醒悟过来，忙去生火，很快她煮了一碗面条，上面撒着葱花，还有一个荷包蛋，热气腾腾地端到他的面前。冯山认真地望了她一眼，想笑一笑，却没有笑出来。伸出右手准备来接这碗面条，可右手却抖得厉害，冯山便放弃了接面条的打算。她举着碗犹豫了一下，最后用筷子挑起几根面条送到了冯山的嘴边。冯山接了，在嘴里嚼着，却吃得没滋没味，不像他以前回来吃那碗面条，总是被他吃得风卷残云。后来冯山就摇了摇头，闭上了眼睛。

她放下面条不知如何是好地立在一旁，她问："疼吗？"

他不说话，就那么闭着眼睛靠在墙上，脸上的肌肉抽动着。

她望着那只空袖管，凝在上面的血水化了，正慢慢地，一滴一滴地流下来。

她俯下身下意识地抚那只空袖管，她闻到了血腥气，她的后背又凉了一片。

她喃喃地说："你为啥不输我？"

她的声音里带了哭音。

他终于又一次睁开了眼睛，望着她说："这事和你没关系。”

说完这话身体便倒下了。

菊香和槐来到的时候，文竹正蹲在地上哭泣，她不知道自己为什么要哭。

菊香一看便什么都明白了，她跪在炕上声色俱厉地说：“我知道早晚会有今天的，天哪，咋就这么不公平呀。”

菊香伸手为冯山脱去棉袄，那只断臂已经简单处理过了，半只断臂被扎住了，伤口也敷了药。菊香又端了盆清水，放了些盐在里面，为冯山清洗着，一边清洗一边问冯山：“疼吗？疼你就叫一声。”

冯山睁开眼睛，望着菊香说：“我就快成功了，我用这只手臂去换杨六所有家当。我以为这辈子我只赌这一回了，没想到……”

菊香一迭声地叹着气，帮冯山收拾完伤口后，拉过被子为冯山盖上，这才说：“我去城里，给你抓药。”

说完就要向外走，文竹站了起来，大着声音说：“我去。”

菊香望着她，冯山也望着她，就连槐也吃惊地望着她。

还没等众人反应过来，她抓过菊香手里的钱，头也不回地走了出去。她走得又急又快，百里山通向城里，她很小的时候随父亲去过一次。就凭着这点儿记忆，她义无反顾地向城里走去，她也不知道是一种什么力量在驱动着她。

文竹一走，菊香的眼泪就流了下来，她一边哭一边说：“本来这两天我想回去看看那个‘死鬼’的。前两天有人捎信来，说那‘死鬼’的病重了。”

冯山微启开眼睛望着菊香说：“那你就回去吧，我这儿没事。不管咋说，他也是你男人。”

菊香呜哇一声就大哭了起来，不知是为自己，还是为冯山，或者自己的男人。菊香悲痛欲绝，伤心无比地哭着。好久菊香才止住了哭声，哀哀婉婉地说：“这日子啥时候才是个头儿哇。”

一直站在那里的槐突然清晰地说：“我要杀了杨六。”

槐的话让菊香和冯山都吃了一惊，两个人定定地望着槐。

清醒过来的菊香扑过去，一把抱住槐，挥起手，狠狠地去打槐的屁股。她一直担心槐长大了会和冯山一样。她没有和槐说过他的身世，她不想说，也不能说，她想直到自己死时再把真相告诉槐。她一直让槐喊冯山舅舅。她和冯山来往时，总是避开槐。

槐被菊香打了，却没哭，跑出屋外，站在雪地里运气。

菊香冲窗外的槐喊：“小小年纪就不学好，以后你再敢说，看我打不死你。”

菊香止住眼泪，叹着气说：“生就的骨头长成的肉。”

菊香的泪水又一次流了出来，她一边流泪一边说：“我真不知道以后的日子该咋过。”

冯山望着天棚咬着牙说："杨六我跟你没完，我还有一只手呢，还有一条命哪。"

菊香听了冯山的话，喊了声"老天爷呀"，便跑了出去。

文竹是第二天晚上回来的，她一路奔跑着，跑得上气不接下气。二百里山路，又是雪又是风的。她不知摔了多少跟头，饿了吃口雪，渴了吃口雪。她急着往回赶，她知道冯山在等这些药。

她进门的时候，喘了半天气才说："我回来了。"

冯山正疼痛难忍，被子已被汗水湿透了，他就咬着被角挺着。

文竹来不及喘气，点着了火，她要为冯山熬药。

菊香赶来的时候，冯山已经喝完一遍药睡着了。

十

冯山输给了杨六一条手臂，使文竹打消了离开这里的念头。她知道冯山完全可以把自己再输给杨六，而没有必要输掉自己的一条手臂，从这一点她看出他是一个敢作敢为、说话算数的男人。仅凭这一点，她便有千万条理由相信冯山。

文竹在精心地照料着冯山。她照料冯山的时候是无微不至的，她大方地为冯山清洗伤口，换药，熬药，又把熬好的药一勺一勺喂进冯山嘴里。接下来，她就想方设法地为冯山做一些合口的吃食，这一带不缺猎物，隔三岔五的总会有猎人用枪挑着山鸡野味什么的从这里路过，于是文竹隔三岔五地买来野味为冯山炖汤。在文竹的精心照料下，冯山的伤口开始愈合了。

有时菊香赶过来，都插不上手。文竹忙了这样，又忙那样。屋里屋外都是文竹的身影。

一次文竹正在窗外剥一只兔子，菊香就冲躺在炕上的冯山说："这姑娘不错，你没白赢她。"

冯山伤口已经不疼了，气色也好了许多。他听了菊香的话，叹了口气说："可惜让我赢了，她应该嫁一个好人家。"

菊香埋怨道："当时你要是下决心不赌，怎么会有今天，这是过的啥日子，人不人鬼不鬼的。"

冯山想到了槐。一想到槐他心里就不是个味儿，本来槐该名正言顺地喊他爹的，现在却只能喊他舅。

冯山就咬着牙想：是人是鬼我再搏这一次，他知道自己壮志未酬。

半晌，菊香又说："你打算把她留在身边一辈子？"

冯山没有说话，他不知道该怎么打发文竹。当初他赢下文竹，因为文竹是杨六的一个筹码。他对她说过，给她自由，她却没有走。他就不知如何是好了，这些天下来，他看得出来，文竹是真心实意地照料他。以后的事情，他也不知会怎样，包括自己是死是活还是个未知数，他不能考虑那么长远。

菊香又说："有她照顾你，我也就放心了。明天我就回去，看看那个'死鬼'。"

冯山躲开菊香的目光。他想：菊香毕竟是有家的女人，她还要照看她的男人，不管怎么说那男人还是她的丈夫。这么想过了，他心里就多了层失落的东西。

他冲菊香说："你回去吧，我没事。"

菊香抹了一把脸上的泪水就走了出去。外面文竹已剥完了兔子皮，正用菜刀剁着肉。她望着文竹一字一顿地说："你真的不走了？"

文竹没有说话，也没有停止手上的动作。

菊香又说："你可想好了，他伤好后还会去赌。"

文竹举起菜刀的手在空中停了一下，但很快那把菜刀还是落下去了，她更快地剁了起来。

菊香还说："他要是不赌，就是百里、千里挑一的好男人。"

文竹这才说："我知道。"

菊香再说："可他还要赌。"

文竹抬起头望了眼菊香，两个女人的目光对视在一起。就那么长久地望着，菊香转身走了，走了两步她又说："你可想好喽，别后悔。”

文竹一直望着菊香的背影消失在雪地里。

那天晚上，窗外刮着风，风很大，也很冷。

冯山躺在炕头上无声无息，文竹坐在炕角，身上搭着被子，灶膛里的火仍燃着。

文竹说：“你到底要赌到啥时候？”

冯山说：“赢了杨六我就罢手。”

文竹说：“那好，这话是你说的，那我就等着你。”

冯山又说：“你别等着我，是赢是输还不一定呢。”

文竹又说：“这不用你管，等不等是我的事。”

冯山就不说什么了，两人都沉默下来。窗外是满耳的风声。

文竹还说：“你知道我没地方可去，但我不想和一个赌徒生活一辈子。”

冯山仍不说话，灶膛里的火有声有色地燃着。

文竹再说：“那你就和杨六赌个输赢，是死是活我都等你，谁让我是你赢来的女人呢。”

冯山这才说：“我是个赌徒，不配找女人。”说到这儿他又想到了菊香还有槐，眼睛在黑暗里潮湿了。

文竹不说话了，她在黑暗里静静地望着冯山躺着的地方。

十一

冯山找到杨六的时候，杨六刚从女人的炕上爬起来。杨六身体轻飘飘的，正站在院外的墙边冲雪地里撒尿。他远远地就看见了走来的冯山，他有些不敢相信自己的眼睛。他没料到冯山这么快就恢复了元气。

上次冯山输掉了一条手臂，是他亲眼看见冯山用斧头把自己的手臂砍了下去，而且那条手臂被一只野狗叼走了。杨六那时就想，冯山这一次重创，没个一年半载的恢复不了元气。出乎意料的是，冯山又奇迹般地出现在他的面前。他不知所措地盯着冯山一点点地向自己走近，一种不祥的预感笼罩在杨六的心头。

一场你死我活的凶赌，不可避免地发生了。还是那间小屋，冯山和杨六又坐在了一起。冯山知道自己已经没有退路了，他不可能把剩下那只手押上，如果他输了，虽能保住自己的一条命，但他却不能再赌了。冯山不想要这样的结局，他宁为玉碎，不为瓦全。冯山便把自己的性命押上了。如果他输了，他会在大西河凿开一个冰洞，然后跳进去。

杨六无奈地把所有家产和女人都押上了。杨六原想自己会过一个安稳的年，按照他的想法，冯山在年前是无论如何不会找上门的，可冯山就在年前找到了他。

无路可退的杨六也只能殊死一搏了，他早就料到会有这么一天，可他没想到来得这么快。早一天摆平冯山，他就会早一天安心，否则他将永无宁日。杨六只能横下一条心了，最后一赌，他要置冯山于死地，眼看着冯山跳进西大河的冰洞里。

两人在昏暗的油灯下，摆开了阵势。

文竹的心里从来没有这么忐忑不安过，自从冯山离开家门，她就站也不是，坐也不是。她不知道自己该如何是好。她一会儿站在窗外，又一会儿站在门里。

冯山走了，还不知能不能平安地回来，冯山走时，她随着冯山走到了门外，她一直看着冯山走远，冯山走了一程回了一次头，她看见冯山冲她笑了一次，那一刻她差点儿哭出声来，一种很悲壮的情绪瞬间传遍了她的全身，她不错眼珠地一点点望着冯山走远。

无路可去的文竹，把所有的希望都系在了冯山身上。当初父亲输给杨六，杨六又输给冯山的时候，她想到了死，唯有死才能解脱自己。当冯山完全把她赢下，还给她自由的时候，死的想法便慢慢地在她心里淡了下去。当冯山失去一条手臂时，她的心动了，心里那缕说不清道不明的渴望燃烧了起来，她相信冯山，相信他说的每一句话。文竹现在被一种看不见摸不着的期盼折磨着。

两天过去了，三天过去了。冯山还没有回来。文竹跪在地上，拜了西方拜东方，她不知道冥冥上苍哪路神仙能保佑冯山。文竹一双腿跪得麻木了，她仍不想起来，站起来的滋味比跪着还难受，所以她就那么地久天长地跪着，跪完北方再跪南方。

五天过去了，七天过去了。

冯山依旧没有回来，文竹就依旧在地上跪着，她的双腿先是麻木，然后就失去了知觉。她跪得心甘情愿，死心塌地。

十天过去了。

冯山仍没有回来。

文竹的一双膝盖都流出了血，她相信总有一天她会等来冯山的。

窗外是呼啸的风，雪下了一场，又下了一场，四周都是白茫茫的一片，天空便混沌在一处了。

文竹跪在地上，望着门外这混沌的一切，心里茫然得无边无际。第十五天的时候，那个时间差不多是中午，文竹在天地之间，先是看见了一个小黑点儿，那个黑点儿越来越近，越来越大。她慢慢地站了起来，她终于看清，那人一只空袖筒正在空中飘舞，她在心里叫了一声：冯山。她一下子扶住门框，眼泪不可遏制地流了出来。

冯山终于走近了，冯山也望见了她，冯山咧了咧嘴，似乎想笑一下，却没有笑出来，他站在屋里仰着头说："我赢了，以后再也不会赌了。"

说完便一头栽在炕上。

十二

冯山赢了，他先是赢光了杨六所有的房子、地，当然还有女人。杨六就红了眼睛，结果把自己的命押上了，他要翻盘，赢回自己的东西和女人。

当他颤抖着手在契约上写下字据时，冯山的心里咕咚响了一声，那一刻他就知道，自己的目的达到了。父亲的仇报了，父亲的脸面他找回来了。

杨六的结局有些令冯山感到遗憾，他没能看到杨六走进西大河。杨六还没离开赌桌，便口吐鲜血，倒地身亡了。

冯山昏睡了五天五夜后，他起来的第一件事便是很隆重地为母亲迁坟。吹鼓手们排着长队，吹吹打打地把他母亲的尸骨送进冯家的祖坟里，和冯山的父亲合葬在一处。冯山披麻戴孝地走在送葬队伍的前面，母亲第一次下葬的时候，那时他还小，那时他没有权利为母亲送葬，杨家吹吹打打地把母亲葬进了杨家的坟地。从那一刻，他的心里便压下了一块沉重的碑。此时，那座沉重的碑终于被他搬走了。他抬着母亲的尸骨，向自家的坟地走去。他一边走一边冲着风雪喊："娘，咱们回家了。"

他又喊："娘，这么多年，儿知道你想家呀。"

他还喊："娘，今天咱们回家了，回家了……"

冯山一边喊一边流泪。

风雪中鼓乐班子奏的是《得胜令》。

安葬完母亲的第二天，冯山便和文竹走了。没有人知道他们去了哪里。

又是几天之后，菊香和槐回到了这里，他们回来就不想再走了。菊香和槐都穿着丧服，菊香的痨病男人终于去了。

当菊香牵着槐的手走进冯山的两间小屋的时候，这里早已是人去屋空了，只留下冷灶冷炕。

槐摇着母亲的手带着哭腔说："他走了。"

菊香喃喃道："他们走了。"

槐说："他们会回来吗？"

菊香滚下了两行泪，不置可否地摇摇头。

槐咬着牙说："我要杀了他。"

菊香吃惊地望着槐，槐的一张小脸憋得通红。

槐又说："我早晚要杀了他。"

啪！菊香打了槐一个耳光，然后俯下身一把抱住槐，哇的一声哭了，一边哭一边说："不许你胡说。"她在槐的眼神里看到了那种她熟悉的疯狂。当年冯山就是这么咬着牙冲杨家人说这种话的。她不想也不能让槐再走上冯山那条路。

菊香摇晃着槐弱小的身子，一边哭一边说："不许你胡说，他是你亲爹呀。”

槐咬破了嘴唇，一缕鲜血流了出来，眼睛里蓄满了泪水，然后又说：“那他为啥不娶你？我要杀了他。”

菊香就号啕大哭起来。

几年以后，这一带的赌风渐渐消失了，偶尔有一些小打小闹的赌，已经不成气候了。赌风平息了，却闹起胡子。

很快，一支胡子队伍成了气候。一个失去左臂的人，是这只胡子队伍的头，被人称作“独臂大侠”，杀富济贫，深受人们爱戴。

又是几年之后，一个叫槐的人，也领了一班人马，占据了另一个山头，这伙人专找“独臂大侠”的麻烦。

两伙人在山上山下打得不可开交。

人们还知道“独臂大侠”有个漂亮的压寨夫人，会双手使枪，杀人不眨眼。槐的母亲痛心儿子占山为王，吊死在自己家中。槐率所有的胡子，为自己的母亲守了七七四十九天的灵。人们都说槐是个孝子。

这又是另外一个故事了。

图书在版编目（CIP）数据

最后的墓穴 / 石钟山著. -- 石家庄：河北教育出版社，2022. 10

（年轮典存丛书 / 邱华栋，杨晓升主编）

ISBN 978-7-5545-7182-8

I. ①最… II. ①石… III. ①中篇小说 - 小说集 - 中国 - 当代 ②短篇小说 - 小说集 - 中国 - 当代 IV. ① I247.7

中国版本图书馆 CIP 数据核字（2022）第 157409 号

年轮典存丛书

书　　名　最后的墓穴

ZUIHOU DE MUXUE

作　　者　石钟山

出 版 人　董素山

总 策 划　金丽红　黎　波

责任编辑　孙亚蒙　高树海

特约编辑　张　维　韦文菡

出　　版　河北出版传媒集团

河北教育出版社　http://www.hbep.com

（石家庄市联盟路 705 号，050061）

印　　制　天津盛辉印刷有限公司

开　　本　787 mm × 1092 mm　1/32

印　　张　10

字　　数　191 千字

版　　次　2022 年 10 月第 1 版

印　　次　2022 年 10 月第 1 次印刷

书　　号　ISBN 978-7-5545-7182-8

定　　价　48.00 元